A TAPEÇARIA DE EMMA

ISOBEL BLACKTHORN

Tradução por
MILENE ASSUNÇÃO

Para a minha tia Sandra e todos aqueles deixados para trás.

AGRADECIMENTOS

Este romance não poderia ter sido escrito sem o envolvimento e grande interesse de minha mãe, Margaret Rodgers, e sua própria pesquisa detalhada de nossa árvore genealógica. Ela tem muitas lembranças da minha bisavó que me ajudaram a dar forma ao personagem de Emma. Eu gostaria de agradecer os membros do 1841-1939 Beyond Genealogy Discussion Group no Facebook que me ajudaram a desenterrar a história do meu bisavô. Minha calorosa gratidão ao reverendo Ray Robinson, da Igreja Espírita de Wimbledon, por me fornecer o registro de batismo da minha avó. Sou imensamente grata a Philip Wallis por seu incentivo e conselhos, que tornaram este livro muito melhor. Muito obrigada a Karen Crombie por seus comentários editoriais sobre o primeiro capítulo e seu entusiasmo por este projeto. E meus mais calorosos agradecimentos a Miika Hannila e a Next Chapter Publishing.

NOTA DA AUTORA

A linha do tempo desta história é verdadeira e baseada em extensa pesquisa genealógica. Minha bisavó Emma Katharine Harms, nascida em 19 de janeiro de 1885, de pais alemães, em um local desconhecido, era uma espírita devota, curandeira de fé e enfermeira particular altamente respeitada que cuidou da herdeira judia Srta. Minnie Adela Schuster nos últimos anos de sua vida. A afeição da Srta. Schuster por Oscar Wilde é registrada por historiadores. O retrato de Oscar Wilde de Adela é o mais próximo do registro histórico que pude fazer. No entanto, as cartas de Oscar Wilde para Adela Schuster mencionadas nesta história são pura ficção.

O primeiro capítulo deste romance foi selecionado para o Ada Cambridge Prose Prize de ficção biográfica em 2019 e aparece como um conto em *All Because of You: Fifteen tales of sacrifice and hope.*

1939

DRYLAW HOUSE

U m sino tocou, o tinir descendo as escadas até onde Emma estava. Ela foi forçada a ignorá-lo. Reunida no salão com os empregados — mordomo, chofer, cozinheira e faxineira — ela aguardava a sua vez de receber o cartão de identidade nacional, carimbado e com a responsabilidade de mantê-la em segurança durante a guerra. O clima era grave e cheio de aflição. A mulher sentada à mesa escrevia com muito cuidado. A Sra. Davies, a secretária, observava. O sino tocou de novo, um pouco mais impaciente. Emma esperava.

A faxineira recebeu seu cartão e voltou às suas tarefas. Emma observou a mulher escrever os detalhes do chofer no cartão dele. À cada palavra, o coração dela batia um pouco mais rápido. Suas mãos estavam quentes. Quando o Sr. Webster se afastou, cartão na mão, ela se esforçou para manter a compostura. O Sr. Holt, o mordomo, foi o próximo, seguido por Mary Stoker, a cozinheira. Restou apenas Emma.

— Sra. Emma Taylor — Sra. Davies leu, seu tom autoritário. — Primeiro de janeiro, 1885.

Foi tudo o que a mulher escreveu no cartão. O resto, seu

estado civil e ocupação, seriam mantidos no registro. A mente de Emma voou para suas filhas, seus maridos, para o que pairava sobre todos eles.

— Muito bom, sra. Taylor.

Ela guardou o cartão que recebeu.

— Emma!

O sino tinia e tinia.

Com um rápido olhar para a Sra. Davies, ela subiu as escadas correndo. A Srta. Schuster podia ter 89 anos, mas a sua mente permanecia jovem e afiada e sua vontade exigente.

Ao entrar no cômodo, ela viu imediatamente a causa do toque do sino. A Srta. Schuster — Adela, Minnie para os amigos — estava deitada torta, metade das cobertas de lado. Pareceu a Emma que ela havia tentado reorganizar as coisas e se meteu em apuros.

— Espero que não se incomodem comigo — disse Adela, sem fôlego e agitada enquanto Emma endireitava sua paciente e a roupa de cama. — Eu não vou nem sair de casa.

— Espero que a Sra. Davies cuide disso.

— E você guardou o seu em segurança?

Emma deu um tapinha em seu quadril. Adela a encarou.

— A Sra. Davies disse a eles que não ficaremos aqui por muito tempo?

— Ela disse que Cottenham House é onde todos nós moramos.

— Cottenham — ela parou. Depois disse, com preocupação renovada: — Ela disse a eles que não ficaremos em Drylaw?

— Ela disse — a mulher não estava nem um pouco interessada.

— Mas não é nada reconfortante, não é? A guerra logo estará sobre nós novamente. Eu não vou estar aqui para ver. Mas você estará. Você deve ser forte.

— É melhor não pensar nisso — Ela não queria que a

conversa acabasse ali, não na contingência da guerra. — Você está confortável? Posso pegar alguma coisa para você?

— Um coração novo seria bom. — Ela deu uma risada suave.

Emma sentou na cadeira ao lado da cama e pegou a mão de Adela, embalando seu punho, sentindo seu pulso, contando. Um pouco acelerado, ela pensou, mas se acalmaria com descanso. Ela estava cuidando de Adela há cerca de seis meses e havia se acostumado com as suas enfermidades, a lenta deterioração do seu coração. Também se acostumara a se sentar no quarto espaçoso de Adela, com seu teto alto e móveis elegantes. O tipo de mobília que só os ricos podem pagar, toda em madeira finamente torneada e estofamento sofisticado, embora não fosse moderno, nem mesmo desse século. Muito antes de ficar doente, Adela criou para si mesma outro boudoir extravagante, semelhante ao seu quarto em Cottenham House. Todo o turbilhão de cores, o papel de parede, os tapetes, a mobília delicada, uma profusão de movimentos inspirados em William Morris. Não era um quarto de descanso e não era do gosto de Emma, mas sempre havia algo em que se perder, algo para absorver a mente, se não acalmá-la.

Ela acomodou a mão da idosa sob as cobertas e afastou uma mecha de cabelo do seu rosto. Ela ainda era linda, apesar das rugas profundas e dobras de carne no pescoço. Ela tinha olhos gentis e um arco perspicaz nos lábios.

Como se soubesse que estava sendo estudada, Adela murmurou baixinho algo incompreensível e suas pálpebras se fecharam.

Emma se recostou. Seu olhar vagou, primeiro aqui, depois ali, fixando-se finalmente nas cortinas, no brocado, notando um leve desbotamento na abertura, resultado do forte sol de verão. Era outono agora e os dias estavam encurtando. Ela preferia o verão. Os enfermos eram sempre mais felizes nos meses de verão, ávidos para persistir. O inverno levava tristeza aos espíritos e as longas noites eram desgastantes, as cortinas quase sempre fechadas. Ela tinha certeza de que tinha perdido a maioria de seus pacientes no inverno.

A respiração de Adela se tornou rítmica. Emma observou sua paciente adormecida, uma pequena montanha sob a colcha, subindo e descendo. Adela era uma mulher grande, tão grande que seu amigo Oscar Wilde a apelidou de "Srta. Pequenina". Emma a imaginou rindo com ele, usando o nome com uma graça bem humorada. Adela disse que ele também a chamava de "Lady de Wimbledon", um título mais lisonjeiro. Na mente de Emma, Adela sempre foi uma dama, ao menos em nome. Mesmo agora, com sua idade, ela nunca vacilava, nunca escorregava e certamente nunca reclamava. Ela sempre era encantadora, sempre sabia o que dizer. Desde que se conheceram na igreja, muitas luas atrás, Emma encontrou muito o que admirar na Srta. Schuster. Ela lamentava ter conhecido a herdeira judia tão tarde na vida, quando muito do seu entusiasmo a havia deixado, depois que o seu mundo havia encolhido apenas às quatro paredes de seu quarto.

Poucos visitavam. Em sua idade avançada, muitos de seus contemporâneos já haviam falecido. Não tinha filhos. Nunca teve marido. Emma se perguntava por que ela nunca se casou. Talvez seu tamanho fosse desanimador ou ela preferisse a vida de solteira. Certamente ela teve pretendentes. Aqui Emma se sentava, como havia se sentado com muitos pacientes ao longo dos anos, geralmente no fim da vida, sempre se perguntando que aventuras viveram, os altos e os baixos, sucessos e tragédias.

Era muito mais fácil pensar na vida dos outros do que em seu próprio passado turbulento.

A respiração de Adela se tornou lenta. Às vezes, tudo o que ela precisava era a companhia de Emma, uma presença naquele quarto que havia se tornado seu universo enquanto ela lentamente desvanecia deste mundo.

Emma enfiou a mão na cesta de vime ao seu lado. Seus dedos encontraram o bastão e ela extraiu o arco. Um fio de seda azul balançava na lançadeira. Uma faixa fina de céu azul claro coroava uma cena simples de jardim. Ela estava ansiosa para terminá-la. A tapeçaria em motivo de Navajo ficaria bonita em sua lareira e o trabalho era pequeno e leve o suficiente para o seu colo. Ela puxou a lançadeira para dentro e para fora da urdidura, puxando gentilmente, com cuidado para não arrancar o fio, mantendo a tensão.

O tempo voou.

A porta se abriu às nove e Susan entrou nas pontas dos pés. Elas trocaram algumas palavras sussurradas. Uma jovem séria e simples, Susan tinha sua juventude, se não experiência, ao seu lado. Ela foi contratada para ser a guardiã do turno noturno.

— Durma bem — ela disse enquanto Emma deixava o quarto.

Ela não achou que dormiria. Ela poderia ter descido e compartilhado uma xícara de chá com a Sra. Stoker na cozinha, mas estava preocupada e buscou a solidão do seu quarto, onde poderia orar.

Orar por suas filhas, pelos maridos delas, pela segurança de todos em Wimbledon. Sua mais nova, Irene, estava grávida e Emma fez uma pequena oração para mantê-la segura, desejando que o mundo no qual viviam e se moviam não fosse destruído, que o caos não se instalasse, que tudo acabasse rapidamente e a paz reinasse. Ela orou também pela sua outra família distante, da qual ela não tinha notícias há muito tempo.

Ela se sentou à penteadeira, deslizou a mão no bolso de seu uniforme e pegou o cartão. Seu nome, data de nascimento, alguns números e um carimbo. Sua identidade. Ela esperava que Adela se segurasse à vida um pouco mais; aqui, Emma se sentia segura. Ela colocou o cartão em sua bolsa. O fecho fez um clique mudo enquanto ela dirigia seu olhar para o quarto.

Adela havia insistido que ela ficasse no quarto de hóspedes principal, ao lado do dela, e não, como era de costume, em um quarto na ala dos empregados. Ela era privilegiada, uma questão que a Sra. Davies, que tinha um quarto muito menor na ala leste, trazia à tona sempre que podia. Emma não se importava. Desde Singapura ela não morava em um lugar tão bom e estava grata.

Enquanto se preparava para dormir, ela se perguntou o que o futuro reservava para ela agora que outra guerra se aproximava. A última guerra foi difícil, mas não insuportável para ela, como foi para muitos, mas seus problemas, causados pelo acaso de seu nascimento, criaram um plano de fundo sombrio e, no fim, uma perda enorme.

Desta vez seria diferente? Pior? Ela estava aqui, uma estrangeira na Inglaterra, um país em guerra com o seu, e não como antes, uma súdita britânica por casamento vivendo em regiões remotas, em Singapura, no Japão, na América. As memórias a tomaram, vozes tagarelas, cenas angustiantes. Ela as afastou.

Ela não se preocupava em pensar no passado ou mesmo no futuro, pois tais reflexões inevitavelmente envolviam morte e, agora que a guerra estava aqui, a morte ia muito além de Adela no quarto ao lado. Ela voltou a pensar na sua paciente. Era melhor continuar assim. A enfermagem a mantinha no presente, que era onde ela preferia existir.

No dia seguinte, Adela estava alegre. Ela sempre se sentia melhor pela manhã. Ao contrário de Susan, com os olhos turvos e ansiosa para dormir. Depois que as duas acomodaram Adela nos travesseiros, Susan deixou o quarto. Adela tagarelava enquanto Emma fechava as cortinas e cuidava do tecido blecaute que o Sr. Holt havia pendurado na moldura da janela na semana anterior. Adela observava.

— Não sei por que devemos nos preocupar com essas coisas.

— Porque nós temos.

— Não ficaremos aqui por muito tempo.

— Apenas descanse, Srta. Schuster. Não é incômodo nenhum.

Elas tinham ido até Guilford para aproveitar o fim do verão e depois para fecharem a casa para o inverno e coletar vários itens preciosos para Adela, principalmente sua cópia autografada de *O Príncipe Feliz*, que ela inadvertidamente deixou para trás em sua última visita e com o qual não aguentaria ficar sem com a guerra a caminho.

Arrumadas as cortinas, Emma voltou para a cabeceira da cama e ergueu Adela nos travesseiros, assim que o Sr. Holt bateu na porta e entrou com o seu café da manhã.

— Cuidarei disso — disse Emma, encontrando-o no centro do quarto e pegando a bandeja.

Ele olhou para a cama e ergueu um pouco as sobrancelhas, como se estivesse prestes a lançar um desafio. Depois disse "Como desejar" e soltou enquanto Emma a equilibrava.

Chá, ovo cozido, torrada com geleia e uma pequena tigela de frutas em conserva. Havia duas xícaras. O bule estava cheio.

Emma colocou a bandeja na mesa e serviu antes que o chá amargasse, adicionando um pouco de leite. Ela preferia café, mas tinha aprendido a gostar de chá. Os ingleses amavam chá. Ela descobriu o quanto em Singapura. Mesmo no calor, os ingleses bebiam chá quente.

Ela ajudou Adela, cuja mão trêmula não era tão hábil em encontrar sua boca quanto antes. A mão de Emma, gentil e orientadora, ajudou a tirar da tigela, do porta ovos e do prato tudo o que Adela conseguia comer. Não era muito. Depois elas beberam chá juntas, Emma sentada na cadeira ao lado da cama de Adela.

— O sol está brilhando hoje, Emma?

— Acredito que estará.

Um olhar de expectativa apareceu no rosto de Adela. Emma conhecia aquele olhar. Ela sorriu para si mesma. A querida velhinha não amava nada mais do que relatar suas lembranças da época que passou em Torquay, no Babbacombe Cliff. Foram dias inebriantes e alegres. Quando Emma era uma criancinha crescendo em Filadélfia, Adela e a mãe viajavam de Wimbledon para Devon para se hospedar na mansão de Lady Mount Temple.

— Georgina era a anfitriã perfeita e você viajaria muito para encontrar uma mulher mais interessante. Sabe, naqueles dias, as pessoas tinham interesse nas coisas mais fascinantes. Diferente de hoje. Hoje, as coisas estão muito sombrias.

— Como era a casa? — Emma perguntou, fingindo não saber, guiando os pensamentos de Adela de volta para o passado.

— Simplesmente magnífica. Parecida com este quarto, Emma. Consegue imaginar uma casa inteira decorada com estampas florais como essas? Sem falar das pinturas mais gloriosas! Aqueles pré-rafaelitas certamente sabiam pintar. Me lembre de falar sobre os pré-rafaelitas um dia. Pessoas tão interessantes. E bastante perversas, às vezes — ela deu uma risadinha e Emma teve um vislumbre da Adela jovem na mulher idosa.

— E então, é claro, Constance vinha e trazia o seu querido Oscar. Foi assim que nos conhecemos, sabe, Oscar e eu.

Ela se calou, perdida em um mundo privado por um momento. Emma esperou, aguardando mais. Todos os dias Adela glorificava seu precioso Oscar.

— Nos divertíamos muito em Torquay, apesar de que, quando Oscar chegava, não saíamos muito de casa. Havia simplesmente muita coisa acontecendo dentro de casa para nos preocuparmos em sair — sorriu ela. — Eu suponho que os outros faziam caminhadas. Ele era tão sagaz. O que foi que ele disse às autoridades aduaneiras de Nova York?

— Eu não sei.

— "Não tenho nada a declarar, exceto meu talento" — disse ela, mais para si mesma do que para Emma. — Foi isso — ela acrescentou com um sorriso satisfeito. Ela parou e deu um tapinha na cama. — Sente aqui, onde eu possa ver você — Emma se levantou e puxou a cadeira para a frente, encarando sua paciente, e Adela continuou. — Agora, Georgina sabia como fazer uma boa sessão espírita. Você já foi a uma sessão espírita satisfatória? Não se parecem em nada com as sessões pós-culto que fazem na igreja.

Emma fingiu que nunca tinha ouvido a história. De uma mesa grande e circular em uma sala escura. De mãos unidas repousando na manta de veludo índigo. Da sensação eletrizante. Dos estranhos murmúrios da médium enquanto entrava em transe. Das mensagens que vinham dos mortos. Dos guinchos e gritos e lágrimas e desmaios. Emma imaginou o drama com facilidade. Para aqueles aristocratas aventureiros, uma sessão espírita era pouco mais que um jogo de salão. O espiritismo, para alguns, sempre foi reduzido a um jogo de salão. Para outros, para aqueles que sentiam saudades de entes queridos, uma sessão espírita não era um jogo, mas sim uma forma genuína de contato e uma fonte de consolo e esperança. E era assim que deveria ser, pensou Emma. No entanto, ela resistia agora, como sempre, ao desejo de defender sua fé para uma mulher mais interessada no frívolo e no social.

A concentração de Adela diminuiu e suas memórias desapareceram. Ela repousou a cabeça de volta nos travesseiros. A velhinha tinha muita pouca energia para algo mais.

— Leia para mim, querida — disse ela, sem fôlego.

Emma recolheu as xícaras de chá e pegou o livro ao lado da cama de Adela, o único ali. Essa era a segunda vez que ela lia O *retrato de Dorian Gray*. Ela suspeitava que, quando chegasse ao fim, seria impelida a começar de novo. Mas preferia esse à *O Príncipe Feliz*. No início de sua estadia, por insistência de Adela, Emma folheou *A importância de Ser Prudente*, mas as duas logo concordaram que estava além de sua capacidade articular os diálogos com delicadeza. Como consequência, sem surpresa, ela nunca foi convidada a ler *O Leque de Lady Windermere*. Então seria *Dorian*.

Emma conseguiu ler duas páginas inteiras sem interrupção. Quando virava para a próxima, Adela a interrompeu:

— Sra. Taylor. Você nunca me disse com qual nome você estreou.

A falta de conexão lógica pegou Emma de surpresa.

— Meu nome de solteira?

— Eu não sei qual é.

— Eu prefiro não dizer.

Adela ergueu a cabeça do travesseiro e analisou o rosto de Emma antes de deixar sua cabeça cair para trás.

— Eu a envergonhei — disse ela levemente. Uma leveza que contestava tenacidade. Depois: — Você não gosta do seu nome?

— Não é isso.

— Então o que é?

— Por favor, Srta. Schuster, eu prefiro não ter que dizer.

— Oh, mas eu insisto. Não precisa ter medo. Eu não vou rir e não vou contar para ninguém. Sem dúvidas o esquecerei a qualquer momento. Diga!

Não havia escolha. Ela era muito honesta para mentir.

— Harms — disse ela suavemente.

— Harms? — ecoou Adela. — O que diabos há de errado com Harms? É muito melhor do que Taylor, se quiser minha opinião.

— Eu acho que Taylor é um pouco...

— Comum. Aí, eu disse. Perdoe-me. Eu prefiro pensar em

você como Sra. Harms — ela respirou fundo e acrescentou de forma conspiratória: — Pode ser nosso segredo.

Emma estava aliviada e esperava que a conversa terminasse ali. Ela pegou o livro e inalou, preparando-se para continuar. Ela nem teve a chance de pronunciar a próxima palavra quando Adela disse:

— Onde ele está? Você se pergunta onde ele está?

— Quem?

— O seu marido.

— Ele faleceu, Srta. Schuster. Tenho certeza de que lhe contei.

— Sim, sim, eu sei disso — murmurou Adela vagamente. — Mas ele já entrou em contato?

— Não.

— Pena.

Adela não falou mais. Vendo que a sua paciente gastou toda a sua energia por agora, Emma fechou o livro.

A conversa a deixou inquieta. E ela rapidamente disse a si mesma que estes eram tempos perturbadores. Perturbadores por mais motivos do que Adela poderia supor.

Muitas coisas há muito enterradas agora borbulhavam na superfície.

Ela achava que tinha conseguido reprimir as memórias mas, enquanto movia a cadeira de volta para a cabeceira, a sondagem de Adela despertou em Emma sensações que ela a princípio não reconheceu. Alguma coisa se esforçava para levantar dentro dela, uma subida lenta e estável, e ela sentia a pressão como passos pesados em sua barriga, finalmente apertando o seu coração, uma forte pressão pesando sobre ela, um ferro cauterizando aquele músculo vital até que a pressão não mais queimava, mas doía. O líquido explodiu em seus olhos e ela lutou contra as lágrimas, engoliu, engasgou com o impulso de ceder à angústia involuntária. Ela se viu levada de volta para um lugar do qual há muito se recusava a lembrar. Para um verão cruel seguido de um inverno cortante, para um quarto muito pequeno para ela e seus bebês, para a solidão e confusão, e depois para o ódio malicioso; ódio por ser quem era: alemã. Um única lágrima quente escorregou, invisível, por sua bochecha.

Depois, quando a casa dormia, ela afastou as cobertas, deixou seus pés encontrarem os chinelos e foi na ponta dos pés até a penteadeira. Na última gaveta, enfiado debaixo de seus cardigãs, estava um envelope marrom. Ela não abriu para ver sua certidão de nascimento, seus documentos. Ela vestiu o roupão, foi sorrateiramente até a cozinha. O fogo no Aga ainda estava aceso.

Ela abriu a porta do forno e jogou o envelope.

Vendo as chamas se contraírem, seu âmago parecia incinerado, como se ela tivesse apagado a própria existência.

1914

SINGAPURA

O *Kaga Maru* havia acabado de atracar e os guindastes já estavam em ação, içando grandes engradados de madeira para terra em redes pesadas. Abaixo, homens equilibravam o carregamento enquanto desciam para o cais. Outros esperavam para transportar a carga para outro lugar. Um oficial inglês em um terno branco marchou até um estivador que poderia ser chinês ou malaio. Houve uma breve conversa e depois o oficial, talvez satisfeito, cruzou o cais e entrou no prédio comercial ao lado de um armazém.

O olhar de Emma vagou. Um bonde havia parado na extremidade do cais, como se esperando os passageiros do navio. Alguns gharries e riquixás haviam chegado. Diante de toda aquela atividade, carregadores subiam e desciam a passarela com bagagens. Os passageiros, que deveriam esperar no convés até que os carregadores terminassem seu trabalho, aglomeravam-se, ansiosos para desembarcar. Emma ficou para trás, absorvendo a cena, embora estivesse ansiosa para deixar o navio e a agitação do porto, ansiosa para se distanciar daqueles funis que haviam expelido fumaça durante toda a viagem, infundindo-se em todo lugar a bordo em maior ou menor grau de fedor. E, acima de tudo, ela estava ansiosa para encontrar algum alívio do calor.

A saia que ia até o tornozelo e a blusa de algodão que ela usava eram demais para o ar úmido da tarde. A brisa constante sobre o navio em movimento havia criado um falso senso de clima e, enquanto estava ao lado do marido, esperando para desembarcar, ela sentiu gotas quentes de suor deslizando em seus braços. Ela afastou os cotovelos do corpo um pouco, esperando que o fluido não molhasse o tecido de sua blusa e ficasse visível.

Apesar de seu desconforto, ela ficou fascinada com as pessoas que via no cais, os chapéus cônicos engraçados, as feições orientais e indianas dos homens. Mas a espera se arrastou e o calor e o fedor cobraram o seu preço e, quando ela ergueu o olhar do cais e o deixou pousar nos prédios de aparência pobre e nos campos planos e amplos além, ela não teve ideia do que poderia atrair alguém a Singapura. Ela supôs que, diferente dela, muitos adoravam ou achavam que adorariam os trópicos. Eles eram levados pela fantasia de um estilo de vida luxuoso e colonial. Quando seus colegas na agência de enfermagem descobriram para onde ela estava indo, ficaram encantados e com inveja e não falaram de nada mais. Tudo o que ela pensava então e o que pensava agora era em doenças tropicais que ela teria que evitar e a solidão que com certeza teria que suportar. Ela realmente não conseguia imaginar que tipo de vida levaria como a Sra. Ernest Taylor, esposa de um agente de exportação, uma enfermeira trancada em casa abanando o rosto enquanto seu marido ia para o trabalho. O que seria esperado dela?

Ela notou movimento entre os passageiros e um pequeno grupo desceu a passarela. Ernest se ocupou com a bagagem de mão enquanto avançavam. Um homem de altura média, ele já era corpulento e careca e, aos 34 anos, estava se transformando em uma espécie de dândi. Seu rosto mantinha um verniz permanente de jovialidade lúdica, mascarando a determinação de aço em seu interior, determinação aparente apenas nos olhos, que tendia a penetrar e, às vezes, desconcertar o destinatário desavisado de seu olhar.

Esse Ernest atual, todo espalhafatoso e cordial, era muito diferente do homem com quem ela se casou. Esperando a vez dele de descer a passarela, ele se transformou em um menino de cerca de seis anos. Ele estivera tão fora de si de tanto entusiasmo desde que deixaram Southampton, que houve momentos na viagem que Emma pensou que o pegou se balançando em seu assento.

A viagem dele havia sido notavelmente diferente da dela. Ela se sentiu pesada e indisposta a viagem inteira. O golfo da Biscaia foi muito cruel e o Oceano Índico um pouco melhor. Ela passou a maior parte das seis semanas na cabine, deitando-se para aliviar a cabeça latejante e sentando-se por quanto tempo conseguia aguentar, costurando frivolités para afastar a mente dos horríveis balanços, guinadas e ondulações. Por meio de uma força de vontade consciente, ela conseguiu evitar o enjoo, mas a terrível dor de cabeça nunca se foi. Enquanto isso, Ernest, decididamente indiferente ao mal-estar dela, vagava no convés, misturando-se aos outros. Ele não conseguia superar o fato de que estavam viajando na primeira classe e estava determinado a aproveitar cada segundo.

A porta da cabine se abriu enquanto ela emergia do sono. Ernest fez menção de se aproximar do seu beliche, cambaleando até metade do caminho e agarrando o nada antes de seguir em frente e se abaixar para dar um beijo molhado nos lábios dela. Seu hálito cheirava a uísque. Ela o empurrou e ele ligou a luz.

— Ernest, você me acordou — disse ela, cobrindo os olhos contra a claridade repentina.

— Você estava acordada quando entrei.

Ela se lembrou vagamente das risadinhas e sussurros fora da cabine. Vozes femininas, principalmente.

— Emma — disse ele, tirando o casaco —, você perdeu uma noite extraordinária. Você teria amado. A Srta. Frobisher tem um tabuleiro Ouija!

O coração dela se apertou. Ouija era certamente o jogo do diabo. Contatar os espíritos dos mortos. No que ele estava se metendo?

Ele se sentou na lateral do beliche e se inclinou para desamarrar os sapatos. Foi uma provação. Quando finalmente tirou os sapatos, ele disse:

— Você alguma vez...? — Ele parou para olhar para Emma. — Não, mas você sabe como o jogo funciona. As letras, o copo revirado. Nós nos esgueiramos na sala de jantar depois que os garçons terminaram de arrumar a louça do café da manhã.

Emma não fez nenhum esforço para esconder sua carranca.

Ele olhou para ela por um breve momento, como se demorasse a entender o significado.

— Não se preocupe, colocamos tudo de volta — disse ele, como se a mesa reorganizada fosse a causa da irritação dela. Ambos sabiam muito bem que não era.

Ele colocou uma mão em cada joelho, travou os cotovelos e se endireitou, sorrindo.

— Você nunca vai acreditar no que aconteceu. Primeiro, a vela apagou. Depois a mesa se ergueu e uma voz estranha que parecia vir de lugar nenhum falou em alguma língua antiga. Depois a Srta. Chance viu uma aparição na janela e desmaiou.

— A Srta. Chance! — Emma imaginou a jovem frágil, com apenas dezoito anos e tez pálida.

— Ela está bem — Ernest disse. — Nenhum dano foi causado.

— Se você diz.

Ela não tinha tanta certeza. Ela se virou para a parede e esperou que ele desligasse a luz, antecipando o ronco que viria em seguida.

A pobre Srta. Chance. Convocar espíritos era simplesmente maligno e, enquanto ela observava os outros passageiros descerem a passarela, a Srta. Chance entre eles, Emma estremeceu ao pensar nos demônios que Ernest havia deixado entrar na vida dele, na vida deles.

Eles estavam entre os últimos a desembarcar. Emma seguiu Ernest, aliviada por estar pisando em terra.

Um gharry os levaria pelo resto da jornada. Eles passariam a noite no hotel Raffles enquanto o predecessor de Ernest desocupava um bangalô em Orchard Road. Raffles não era muito longe, ela esperava. Sentindo a exaustão se instalando, o suor aumentando em sua testa, ela subitamente ansiava por um destino onde pernoitar. Dentro devia ser mais frio do que isso! Além disso, ela estava animada para ver o hotel. Ela tinha ouvido Ernest falar muito sobre ele e, é claro, o Raffles era bem conhecido.

Eles identificaram suas bagagens entre as malas que restavam e Ernest, que conseguia vestir o manto do inglês-no-comando com o que ele considerava ser uma aptidão excepcional, chamou dois carregadores para segui-los. Satisfeito por eles terem entendido suas ordens, ele seguiu em frente, com uma fanfarronice arrogante.

Com os carregadores atrás dela, ela seguiu essa versão

colonial do seu marido, que estava preocupado em abrir caminho enquanto tentavam descobrir para onde estavam indo. Para Ernest, todo mundo era um obstáculo e ele quase cambaleou em um homem e seu carregador — que estava colocando uma mala em seu riquixá — e por pouco não bateu em um casal com um bebê alguns passos à frente. Emma ficou sem fôlego enquanto se esforçava para acompanhá-lo, sentindo que deveria se desculpar pelo comportamento de seu marido e refreando-se de fazê-lo, exceto por um ocasional olhar de desculpas.

Depois de muita confusão, Ernest localizou o gharry enviado pelo hotel e ordenou que os carregadores — que exibiam expressões perplexas em seus rostos — tomassem cuidado ao carregar a bagagem. Ela subiu no assento, aliviada por estar em um gharry puxado por um cavalo e não em um riquixá puxado por um chinês musculoso. Aqueles homens pareciam muito pequenos para puxar o peso da engenhoca, ainda mais com passageiros a bordo.

Eles logo estavam longe da comoção e do fedor das docas e Emma se acomodou sob a sombra do dossel, optando a princípio por não prestar muita atenção ao seu redor. Eles não haviam viajado muito, não mais do que um quilômetro, quando Ernest, que estava inclinado para a frente em seu assento, cutucou sua coxa e apontou entusiasmadamente para uma rua lateral.

— Lá é onde irei trabalhar.

Emma se endireitou e viu duas fileiras de construções vitorianas que eram muito similares àquelas na cidade de Londres e estavam muito longe da cena das docas que tinham acabado de deixar.

— Battery Road — disse ela, lendo uma placa.

Observando a cena, ela imaginou que Ernest se sentiria em casa no escritório Guthries de Singapura. A filial estava em sua mira desde que ele começou a trabalhar para a empresa comercial. Singapura, de acordo com Ernest, era o verdadeiro centro de operações e todos os homens importantes de Guthries passaram um tempo lá.

Eles cruzaram uma pesada ponte de ferro e imponentes edifícios municipais situados em áreas verdes exuberantes preencheram a paisagem. Outro quarteirão e o gharry parou em frente ao hotel.

Enquanto Emma descia, sua ambivalência anterior em relação a Singapura desapareceu. Diante dela estava um prédio magnífico, com fileiras de janelas arqueadas com várias vidraças em alas que se estendiam como braços acolhedores bem abertos. O que a impressionou ainda mais foram os porteiros, trajando elegantes calças pretas, por baixo de longos casacos brancos, com riscas vermelhas e apertados na cintura por cintos largos; casacos adornados com faixas pretas e dragonas trançadas de ouro vívido. Turbantes brancos e frescos completavam a vestimenta. Nenhum detalhe foi poupado e, junto com seus rostos sorridentes e maneiras graciosas, os porteiros deixaram em Emma uma forte impressão.

O esplendor continuou ao longo do saguão de mármore — um vasto átrio retangular flanqueado por fileiras de coluna sustentando os níveis superiores — e até o quarto deles no segundo andar. Um quarto elegantemente mobiliado que se abria para uma larga varanda e que, para seu bendito alívio, tinha um ventilador de teto.

Colocando sua bolsa na mesa de cabeceira, a árdua jornada e o calor pegajoso a alcançaram de repente. Ela esperou enquanto os carregadores entravam com suas bagagens e, quando se foram, ela se deitou na cama enquanto Ernest vasculhava seu baú. Ele logo encontrou o que estava procurando, uma camisa limpa que atendia aos seus requisitos, e começou a se trocar.

— Eu tenho uma reunião com o Sr. Begg no Long Bar — ele disse de costas para ela. — Você pode vir.

Ela hesitou por um momento antes de decidir que ela não conseguia pensar em nada pior do que ouvir piadas de negócios. O Sr. Begg era o gerente geral das operações em Singapura e ela já conseguia imaginar a bajulação a que Ernest o submeteria. Embora ela entendesse e até simpatizasse com o entusiasmo de Ernest. Foi somente depois de muitos anos de luta para alcançar seus objetivos através de trabalho árduo, uma certa atitude implacável quando se tratava de progredir e uma lealdade para com a Loja, que ele garantiu a posição de agente de exportação das operações de estanho da Guthries em Singapura. Ele também cuidaria do comércio de cimento e sândalo.

A borracha era o principal produto de exportação da empresa. Outros agentes trabalhavam no comércio de tabaco, açúcar, farinha, chá e café, ou em uísques, cervejas, vinhos e aguardente. Até Jeyes Fluid e o chá de Lipton eram representados. No que quer que pudesse ser importado ou exportado, Guthries estava envolvido. Guthries, ao que parecia, era a versão de Singapura da Companhia Britânica das Índias Ocidentais e, assim como Ernest, o sonho de todo jovem no escritório em Londres era garantir uma posição em Singapura.

Ernest teve sorte. O homem que o contratou era escocês e preferia um trabalhador esforçado de origem humilde do norte. Filho de um operador de cerâmica da Stoke-on-Trent, Ernest cabia no papel.

Ela olhou para o seu marido, todo nervoso e orgulhoso enquanto arrumava a camisa e disse:

— Acho que vou descansar, se não se importar.

Olhando para ela deitada na cama ele disse:

— Como quiser.

E essa é a última coisa de que ela se lembra do seu primeiro dia em Singapura. Ela acordou na manhã seguinte com Ernest roncando suavemente ao seu lado e o ventilador de teto zumbindo. Sentindo-se pegajosa, ela deslizou da cama. Uma rápida procura em seu baú e ela encontrou um vestido fresco para vestir e foi ao banheiro.

Ela aproveitou ao máximo a água corrente e a banheira ampla e funda. Quando se reclinou, submergiu até o pescoço e encostou a cabeça na borda, seus olhos se desviaram para a elegante pia e o espelho ornamentado que estava lentamente embaçando. Ela se permitiu desfrutar do luxo, do tamanho amplo do quarto, que era quase palaciano, e deu um longo suspiro de contentamento.

Ela não sabia que essa seria a última vez que ela usaria um banheiro assim em muitos meses.

Ernest ainda estava dormindo quando ela saiu do banheiro. Decidindo que o dia havia começado, ela abriu as portas francesas e saiu. O mesmo calor pegajoso a recebeu e, depois de uma rápida olhada ao redor, ela recuou, dessa vez fechando as portas com força.

Ernest se agitou e abriu os olhos ligeiramente.

— Que horas são?

Ele respondeu à própria pergunta ao olhar as horas antes de afastar o lençol e, usando nada além do seu orgulho, foi para o banheiro. Um clima estranho pairou na sala quando ele voltou. Ela contemplou sua nudez, brilhante e limpa, enquanto ele procurava por roupas limpas. Evidentemente o calor trouxe à tona outro novo Ernest e não era um que ela achasse terrivelmente atraente. Sua educação foi muito piedosa para tanto.

Finalmente vestido, ele olhou para Emma com cautela.

— Você ainda está de mau humor?

— Ernest, por favor. Eu não estou de mau humor, como você diz. Não *estive* de mau humor.

— Você mal disse uma palavra desde que chegamos. Chamo isso de mau humor.

Ela não queria discutir.

— Estou faminta — disse ela, injetando um pouco de humor em sua voz.

O café da manhã foi solene. Emma não conseguia conversar, nem seu marido. O Ernest exultante do dia anterior se foi. Se alguém estava de mau humor, era ele. A reunião com o Sr. Begg não atendeu às suas expectativas? No entanto, Ernest estava com os olhos turvos e, ela suspeitava, pior pela ressaca.

Ela se concentrou na comida, contente em terminar o omelete em seu prato e tomar um gole de café. A refeição acabou quando ela largou o garfo e a faca, Ernest tendo comido pouco. Enquanto um garçom recolhia os pratos, Emma observou a elegância dos arredores, depois para os outros clientes — mulheres em vestidos soltos e homens em ternos brancos — se adaptando às vozes abafadas e o tilintar suave dos talheres. Era tudo tão elegante e civilizado. Ela esperava que o bangalô e sua localização fossem adequados. Perto da hora de deixar os confins luxuosos do hotel, ela teve que reprimir sua apreensão crescente.

Eles entraram no saguão principal e pararam onde as bagagens haviam sido depositadas. Depois um gharry estacionou do lado de fora e Ernest supervisionou os carregadores como se eles nunca tivessem levantado bagagem antes, e partiram para o bangalô.

A jornada os levou para longe do porto e do litoral, subindo a rua ao lado do Raffles; Bras Basah Road, ela notou, perguntando-se se tinha pronunciado a palavra corretamente em sua mente. Ernest, sentado à sua direita, embora não tivesse o entusiasmo do dia anterior, inclinando-se da mesma forma, observando tudo.

Ela se recostou e deixou seus olhos absorverem tudo o que aparecia à sua direita. Ela antecipava ruas sujas abarrotadas de lojas decadentes em barracos em condição precária, mas a grandiosidade colonial continuou, com grandes construções e parques ao longo das ruas. Eles passaram por uma nova construção e ela viu homens de pele escura trabalhando do lado de fora, vestindo nada além de shorts folgados e chapéus coloniais. Eram os mesmos chapéus coloniais que ela tinha visto no porto no dia anterior. Coolies, ela percebeu que eram. A seminudez dos trabalhadores a confrontava. Ela estava acostumada a Londres e Filadélfia, onde as pessoas andavam completamente vestidas. Ela percebeu também a desigualdade subjacente. Aqueles homens indianos não estavam apenas precariamente vestidos, mas eram magros e pobres. Com essa observação, ela começou a suspeitar de que havia outra Singapura, distinta da grandeza de Raffles e mantida, tanto quanto possível, escondida do olhar dos colonialistas; uma de privação e falta de serviços básicos.

A ideia, formada a partir de seu treinamento de enfermeira, ela manteria para si mesma. Os olhos de Ernest eram configurados de uma forma diferente. Não tinha sentido em tentar fazer ele ver as coisas como ela via. Ele não era capaz.

Ela foi confrontada novamente com a extrema desigualdade de Singapura quando passaram por um homem usando uma vara nos ombros para carregar baldes grandes e cheios com o que ela percebeu ser dejetos noturnos. Os baldes balançavam precariamente. Para onde ele estava indo? Não poderia ser muito longe e, como a cidade rapidamente dava lugar a campos de plantações e pomares, ela sabia o que o homem estava planejando fazer com o excremento e estremeceu. Era uma prática que poderia levar apenas à pior das doenças. Todo o seu treinamento em higiene, todo o seu conhecimento de saneamento e teoria dos germes que havia sido ensinada a ela nos hospitais onde foi treinada e trabalhou, vieram à mente. Singapura caía ainda mais em seu conceito a cada volta das rodas do gharry.

Bras Basah Road logo se transformou na Orchard Road e agora grandes árvores se alinhavam nos dois lados da rua larga e o ar era doce e fresco e Emma mais uma vez se deparou com uma Singapura diferente. Aqui, grandes bangalôs se alinhavam atrás de cercas vivas. Os drenos à beira da estrada era profundos – indicativo das chuvas de monção de Singapura – e decks de madeira cruzavam as valas, permitindo acesso às residências. Eles viajaram por mais cinco minutos e então gharry parou do lado de fora de um bangalô muito menor do que aqueles que tinham acabado de ver.

— Aqui está, aqui está — vociferou Ernest, levantando-se do seu assento.

Emma desceu do gharry e cruzou o deck para entrar no jardim por um portão de madeira, deixando Ernest para cuidar da bagagem.

O bangalô, uma construção quadrada cercada por uma varanda larga, ficava em uma faixa de grama e arbustos. Ela não conseguia ver as cercas laterais. Ela andou o caminho estreito até a porta da frente, que estava aberta.

Dentro, depois de um corredor longo e largo, grandes cômodos com teto alto saudaram seus olhos. O bangalô estava mobiliado de maneira escassa e elegante e consistia de dois grandes quartos, uma sala de estar e uma sala de jantar. Ela vagou até a cozinha ampla situada nos fundos da casa. Observando a pia e o fogão, ela se imaginou cozinhando, mas foi um momento muito breve, pois ela se virou e se viu apresentada, ou melhor, tropeçou em suas empregadas – duas mulheres baixinhas com rostos gentis e modos subservientes que ela presumiu serem suas empregadas e que haviam caminhado silenciosamente até ela. Depois de admirar as duas mulheres, ela sorriu constrangida e se apresentou. Depois passou por elas, pensando em esperar por Ernest no quarto principal, sua mente agitada.

Ela fechou a porta do quarto e pressionou as costas contra ela, subitamente desesperada pela situação em que Ernest a meteu – o calor úmido, as condições anti-higiênicas, o tédio inevitável – quando seus olhos foram atraídos para a cômoda, onde havia um ventilador, brilhante e altivo. Ela se aproximou para ligá-lo, inclinando-o na direção da cama. A brisa a acalmou instantaneamente e ela se sentou na cama, posicionando-se para receber toda a força da corrente de ar do ventilador, ao se sentar, refletiu sobre sua nova situação doméstica.

Uma empregada, ela havia previsto. Mas duas? Isso significava que uma cozinharia. E elas falavam inglês? O que diabos ela diria a elas se não falassem? Pior ainda, o que ela faria enquanto Ernest estivesse no trabalho, quando não era seu papel cozinhar?

Seu primeiro pensamento foi que ela deveria lhe dar um filho. Ela sabia que ele ansiava ser pai. Talvez se o fizesse, o olhar apático dele se voltasse para ela. Três anos de casamento e nenhuma concepção haviam prejudicado sua união. Ela carregava no coração a sensação de que ela estava aquém das expectativas dele, quaisquer que fossem. Ela sabia que o interesse dele por ela havia minguado. Sentada na beira da cama com a brisa do ventilador batendo em seu cabelo, ela desejava recuperar os velhos tempos, quando o amor deles era jovem e novo e ele não demonstrava nada além de adoração e devoção. Quando seu próprio coração era cheio de amor por ele e não esse cinismo rastejante que ameaçava se tornar permanente.

Em uma noite quente de verão, sete anos atrás, Emma, uma tímida jovem de 22 anos, estava pronta para entrar na Avenida Hart 92. Ela estava cheia de receios. Ela não visitava Trenton, em Nova Jersey, há muito tempo e a distância de sua casa na Filadélfia era maior do que ela gostaria de viajar. Mas sua amiga, Clara, uma colega do Hospital Feminino do Curso de Enfermagem da Filadélfia, insistiu que Emma a acompanhasse, e ela podia ouvir risadas e gracejos animados além da música que ecoava pela rua.

A porta estava entreaberta.

— Vamos? — disse Clara antes de entrar. Emma a seguiu. O barulho vinha dos fundos da casa. Dez passos depois e elas entraram em uma sala cheia de casais dançando. Um gramofone no canto da sala tocava um disco de Scott Joplin. Mulheres sorriam e riam. Emma se revirou por dentro. Ela estava tensa, insegura e queria muito voltar para a segurança da sua casa, para os seus bordados, para a familiaridade da sua rotina noturna, mas ela sorriu e decidiu aproveitar o melhor que podia, aceitando o copo de ponche empurrado em sua mão por um jovem elegante de terno.

— Permita que eu me apresente. Eu sou Ernest — disse ele, com um forte sotaque inglês. — Ernest Taylor. Muito prazer em conhecê-la.

Seu jeito formal a surpreendeu, então ela percebeu que ele estava brincando com ela, fingindo ser da alta classe.

— Eu sou Emma — disse ela.

— Só Emma?

— Emma Harms.

— Bem, Srta. Harms, como pode ouvir, eu não sou daqui.

— Você está aqui a negócios?

— Estou visitando minha irmã. Esta é a festa dela.

Emma não respondeu. Ela olhou ao redor, procurando por uma mulher que parecesse com Ernest, mas nenhuma parecia ser sua irmã.

— Você veio de longe?

— Filadélfia.

Ela bebericou o ponche, que achou ser enjoativamente doce e forte. O jovem, Ernest, a fixou com o seu olhar.

— O que você faz na Filadélfia?

— Estou estudando para ser enfermeira.

— Minha nossa — riu ele. — Então você vai dar uma olhada no meu pé?

— Seu pé?

Ele se inclinou para sussurrar em seu ouvido.

— Eu tenho joanetes, um em cada pé, e devo dizer que doem muito — ele se afastou. — É por isso que eu não danço.

Ela nunca tinha conhecido um inglês antes, não romanticamente, e quando ele disse a ela que ocupava um cargo como gerente de têxteis, ela ficou impressionada. Eles passaram o resto da festa encolhidos em um canto, conversando. Ela o achou ambicioso e divertido. Ele tinha uma personalidade brilhante e em sua companhia algo nela despertou em resposta.

Eles combinaram de se encontrar de novo. E depois de novo. Em poucas semanas, ele a arrebatou e, quando ele estava para voltar para a Inglaterra, ele quis levá-la, mas ela pensou em seus pais e em seus estudos e permaneceu firme. A enfermagem era sua vocação.

Filadélfia era uma cidade próspera então, em grande parte devido à indústria dos têxteis e às fábricas que exploravam a mão de obra barata de imigrantes. O pai de Emma, um médico por profissão, dera relatos a seus filhos sobre as condições terríveis, a baixa expectativa de vida, as doenças. Relatos que inspiraram a vocação de Emma.

Ela esperou anos para se tornar uma enfermeira e não completaria seu treinamento até o outono de 1910. Ernest ficou arrasado quando ela contou a ele, mas ela sabia que tinha que fazer ele, fazer os dois, ser paciente.

— Eu vou esperar por você — disse ele, ajoelhando-se e

pegando a sua mão. — Você roubou meu coração, Srta. Emma Harms, e eu vou esperar e voltar por você. Eu prometo.

Ele manteve a sua palavra. Três anos de cartas, encontros e encorajamento, de total devoção e paixão, e o tempo todo ela manteve seu coração ávido em segredo dos seus pais, que eram migrantes alemães. Não apenas alemães; as coisas poderiam ter sido diferentes se isso fosse tudo. Eles eram menonitas extremistas.

O único membro da família a quem revelou seu segredo foi o seu irmão mais novo, George. Seu irmão mais velho, Herman, estava muito ocupado com seus estudos. Ele escolheu seguir os passos do pai na medicina. Ela era mais próxima de George em idade e temperamento e ele apoiou sua decisão, encorajando-a a seguir seu coração. Ela não sabia que ele estava planejando seguir o coração dele até a Alemanha.

Sua família havia migrado da Frísia Oriental, na Alemanha, para a América em 1890, quando Emma tinha cinco anos e George, três, deixando sua irmã mais velha, Karin – que era casada – para trás e juntando-se a três tios paternos. Diedrich, Karl e Wolfgang Harms eram fazendeiros que venderam tudo e se juntaram ao êxodo menonita nos anos anteriores, cansados de serem perseguidos por sua fé e almejando uma vida melhor. Tio Karl se estabeleceu no Kansas, tio Diedrich no Nebraska e tio Wolfgang foi para o Canadá, mas o pai de Emma decidiu criar raízes na Filadélfia, onde ele achava que seus filhos teriam melhores perspectivas. Ele tinha grandes aspirações para toda a sua prole.

Enquanto outros menonitas trouxeram seus costumes, construíram suas igrejas e mantiveram seu estilo de vida, seu pai era um pouco mais flexível, exceto quando se tratava de casamento. Esperava-se que todos mantivessem a fé casando-se com alguém da mesma religião, assim como Karin o fizera.

Emma sabia que seus pais, que não haviam perdido seu

jeito alemão ou sua fé, desaprovariam o companheiro que ela escolheu, pois Ernest não era um menonita ou mesmo um anabatista. Na verdade, ele não tinha nenhuma fé, o que significava que o casamento, para os pais dela, estava fora de questão. Ainda assim, ela o amava. Ela amava que ele a amasse. Eles combinavam bem, ela pensava, ambos diligentes com aspirações. Ernest despertava o melhor nela, tirava-a da sua concha. Além disso, ela amava o senso de aventura dele, seus sonhos e planos, sua vivacidade e especialmente a sua sagacidade. Apesar disso, ela titubeava. Foi apenas quando ele voltou para visitar sua irmã em Trenton alguns anos depois, muito satisfeito por ter acabado de ser promovido a assistente de gerente no escritório de Guthries em Londres, que ela foi contra a vontade de seus pais e concordou em se casar com ele.

Eles se casaram em um cartório de Nova York e embarcaram em um navio a vapor para Liverpool para a lua de mel. Depois de uma rápida visita para apresentá-la ao seu irmão, Edwin, e sua irmã mais velha, Sarah – os dois moravam em Stoke-on-Trent com famílias grandes e nenhum exibia o afeto e civilidade de sua irmã Hannah – eles viajaram para Londres e chegaram ao pequeno apartamento em Lambeth que ele alugava. Um dia depois, sem proporcionar à sua esposa a oportunidade de se ajustar ao novo ambiente, Ernest estava de volta à sua mesa em Guthries. Ela não o culpou na época. Foi apenas ao refletir sobre isso que ela percebeu a negligência.

O escritório ficava na Whittington Avenue, ao lado do mercado Leadenhall, localizado no coração da cidade. Ela visitou o lugar algumas vezes no começo do casamento, encontrando-se com Ernest durante o horário de almoço. Ela se divertiu muito absorvendo a atmosfera e logo descobriu que gostava imensamente de Londres, com todas as suas ruas de paralelepípedos, pontes, pequenos pubs e vitrines decorativas.

Um de seus passatempos favoritos naquela época era olhar vitrines de lojas.

Em pouco tempo, passando muitas horas em casa, em um apartamento pequeno e soturno, Emma ficou entediada e apática. Um dia, ela se registrou em uma agência de enfermagem local que, para sua surpresa, aprovou seu treinamento no respeitável Hospital Feminino de Filadélfia, o gerente da agência tendo ouvido falar da instituição, que foi fundada em 1861 pela médica e quacre Ann Preston. Foi algo que o pai de Emma mencionou quando ela contou a ele seu desejo de se tornar enfermeira, compelindo para casa o bom trabalho daqueles que têm fé.

Em Londres e casada, Emma não precisava trabalhar e, em outra profissão, ela poderia muito bem ter a chance negada, mas no jantar naquela noite ela reiterou a um Ernest irritado que ficaria louca sem o trabalho e ele cedeu.

Três anos se passaram. Foram anos agradáveis, anos felizes cheios de trabalho e otimismo. Ela não notou o amor de Ernest por ela diminuindo. Ela não notou porque tudo sobre o que ele falava era Guthires e a mente dela estava muito ocupada com o próprio trabalho. Sim, ela estava feliz, embora tivesse perdido a fé e, no fundo, se sentisse à deriva. Quando Ernest estava com os colegas do trabalho ou entretendo um cliente, ela comparecia aos cultos dessa ou daquela igreja, sentando-se no banco de trás para adorar. Nenhuma das várias religiões que ela experimentou a satisfez. Sempre parecia ter algo faltando, mas ela não queria ficar muito longe de Deus e qualquer igreja era um grande conforto. Certa vez, ela até fingiu ser católica – não que alguém soubesse – para poder admirar o belo interior da igreja durante a missa.

Onde estavam as igrejas nessa parte de Singapura? Devia ter pelo menos uma. Os colonialistas não se estabeleceriam em um lugar distante sem construir uma única igreja, certo? Ela se arrependeu de não ter perguntado no hotel, pois ela não tinha ideia de quando teria outra chance de perguntar a alguém, e não queria voltar à vizinhança de Raffles – sozinha em um gharry – onde ela tinha certeza de que poderia ter avistado uma catedral.

Os passos pesados de Ernest no piso de madeira a tiraram de seu devaneio. Ela não queria se levantar e se afastar do vento frio do ventilador, mas precisava instruir seu marido quanto à onde colocar as coisas deles. Ao voltar para o ar quente, ela percebeu que a insatisfação havia se instalado naquele bangalô em Orchard Road, como um inquilino indesejado batendo em seus calcanhares enquanto ela saía do quarto.

O motorista havia colocado a maior parte da bagagem no corredor, evidentemente sem vontade de avançar. A tarefa foi deixada à Ernest, que vociferava e bufava, o suor pingando de sua testa enquanto ele arrastava um dos maiores baús pelo corredor.

— Traga aqui — disse Emma, passando por ele para pegar um baú mais leve.

Entre eles, eles levaram a bagagem para onde ela precisava ir. O esforço se provou cansativo. Ernest foi para sala recuperar o fôlego, deixando Emma para desfazer as malas. Pensando que era melhor acabar logo com aquilo, ela foi lentamente de gaveta em gaveta e de guarda-roupa a armário com os braços cheios disso e daquilo, tudo do baú de Ernest, esforçando-se para se manter o mais confortável possível no calor. Logo ela se cansou e se juntou a Ernest na sala de estar, achando-o reclinado em um sofá, um ventilador de mesa no aparador inclinado em sua direção. Ele a recebeu com um sorriso desbotado.

— Um chá seria bom

— Vou fazer um pouco.

— Temos empregadas.

Vendo que Ernest não se levantaria, Emma foi à cozinha.

Ela encontrou a cozinheira preparando comida. Vegetais estranhos e cheios de folhas cobriam uma parte da pequena mesa. Havia o cheiro de cebola fritando. E alho, ela pensou. Especiarias que ela não reconheceu. Uma torta grande estava esfriando em uma base. Ela olhou de volta para o corredor e depois para fora da janela da cozinha. A empregada não estava em nenhum lugar à vista.

— Ernest quer chá — ela disse para a cozinheira, sem ter certeza se a mulher – chinesa, malaia, Emma não sabia dizer – falava inglês. — Eu posso fazer — adicionou ela. — Já que está ocupada.

— Vá sentar — disse a mulher. — Eu faço chá.

Sem desejar a companhia de Ernest, Emma voltou ao quarto e começou a desembrulhar suas roupas, item por item, avaliando, classificando e percebendo que tinha poucas roupas adequadas para o clima. O tecido ou era muito grosso e pesado, ou tinha muitas camadas. Ela trouxe tudo consigo, até mesmo casacos. Eles haviam deixado o apartamento em Lambeth para sempre e não havia como dizer como ou mesmo se eles voltariam para a Inglaterra. Ela não poderia enviar ou guardar as roupas em nenhum lugar e não iria se desfazer do pouco que tinha.

Ela colocou a maior parte das roupas de volta no baú. Apesar do ventilador estar inclinado em sua direção, ela estava suando novamente. Ela foi ao banheiro molhar o rosto. Água corrente, pelo menos, mas ela sabia que não deveria bebê-la. Ela nem mesmo molharia a escova de dentes.

O lavabo, para o seu desespero, era um banheiro de fossa situado não do lado de fora, como era costume na Inglaterra, mas incorporado à casa. O acesso era pelo corredor, uma porta abaixo do banheiro. Levantar a tampa foi o suficiente para revirar seu estômago. Além do assento de madeira, ela encontrou um balde de serragem e uma concha de metal. Já fazia muito tempo que ela não usava um banheiro de fossa. Ela não tinha escolha, ou então sua bexiga explodiria. Enquanto se sentava no banco de madeira, pareceu-lhe que a vida havia afundado o mais baixo que podia e, quando ela saiu do quartinho, certificou-se de que a porta estava fechada.

Depois de lavar as mãos, ela pensou que o chá deveria estar pronto e se juntou a Ernest, que ainda descansava na sala de estar. Ela se perguntou se ele ainda estava de ressaca.

— Eu não sabia que teríamos empregadas — ela disse acusadoramente, sentando-se em uma poltrona, irritada por não receber o ar do ventilador.

— O antigo inquilino ofereceu-se para repassá-las.

— Você devia ter mencionado isso.

— Eu esqueci. Você não está satisfeita?

Ela tinha de admitir que estava. O pensamento de cozinhar nessa região estranha era assustador, embora pudesse ser uma atividade e uma aventura.

O chá chegou. A cozinheira pousou a bandeja. Ela estava prestes a servir quando Emma disse: — Obrigada, eu farei isso.

Ernest se sentou. Ela se juntou a ele no sofá para servir.

— O que achou do Sr. Beggs? — Ela perguntou gentilmente, entregando-lhe uma xícara de chá generosamente adoçado e decidindo ficar onde estava, agora ao alcance do ventilador.

Ernst mexeu o chá e tomou um gole antes de responder.

— Ele é grandioso e muito prestativo — disse ele, colocando a xícara e o pires no braço do sofá. — Estou lisonjeado por ele ter se incomodado em me encontrar pessoalmente. Ele poderia muito bem ter enviado seu pessoal. Ele disse que o escritório de Londres falou muito bem de mim.

— Isso é maravilhoso.

— De fato, embora me coloque sob bastante pressão.

— Suponho que sim.

Ela soube instantaneamente que isso significava longas horas no escritório e uma onda de apreensão a tomou novamente. Como ela iria lidar com isso?

O silêncio se instalou enquanto ela tomava um gole do chá.

Ele bebeu o resto do dele e disse: — Vou tomar um banho.

— Agora?

— Por que não? — A indignação em sua voz enquanto ele saia da sala a deixou desconcertada.

Sim, por que não? Se eles quisessem ter qualquer felicidade conjugal em Singapura, ela teria que acatar seus desejos.

Ela ficou onde estava, bebendo seu chá enquanto observava as janelas fechadas e a pintura de um barco oriental em uma moldura dourada pendurada acima do aparador. Nenhuma lareira. É claro, nenhuma lareira.

Ele reapareceu cerca de meia hora depois vestindo nada além de um sarongue.

O queixo dela caiu e ele ficou imediatamente na defensiva.

— Beggs me deu. Disse que eu precisaria. Todos os homens... Por que está olhando assim para mim?

Era sua pele branca como um lírio, a carne flácida, a protuberância da barriga, os ombros caídos e tudo coroado por uma cabeça calva. Parado ali em plena luz do dia com roupas que dificilmente eram adequadas para a cama, todas as suas dúvidas se acumularam em sua mente e ela se perguntou o que ela tinha visto nele sete anos atrás. Ela tinha estado cega pelo carisma dele? Contudo, ele era mais magro na época e tinha mais cabelo e, além disso, não era tanto a aparência dele que a incomodava, ela disse a si mesma, mas sim a decisão dele de exibir seu corpo quase nu no meio do dia com outras mulheres na casa.

ACOMODANDO-SE

Na manhã seguinte, Ernest foi para o trabalho, deixando Emma para passar o dia desempacotando e organizando o resto de suas coisas. Ela demorou, evitando o esforço, mas na hora do almoço ela estava se abanando e encarando as paredes, entediada. Depois de comer um sanduíche que a cozinheira – cujo nome, Emma descobriu, era Chun – havia preparado, Emma saiu para inspecionar os bonitos arbustos no jardim. Alguns estavam florescendo. Ela nunca tinha visto flores assim, tão grandes, coloridas e perfumadas. Ela tinha acabado de andar até um arbusto em plena floração quando uma voz inglesa gritou "Olá", pegando-a de surpresa.

Uma mulher apareceu em uma lacuna na densa folhagem que separava as duas propriedades.

— Olá — ela sorriu para Emma. — Bem-vinda a Orchard Road. — Ela tinha uma voz forte, alta e distintamente suave, típica das classes altas britânicas, e ela continuou em uma espécie de jorro. — Você deve ser a nova vizinha. Devo dizer que estou encantada em encontrar outra inglesa na rua. — Ela se inclinou e estendeu a mão. — Meu nome é Dottie. O que provavelmente sou, mas só você terá que decidir isso. E você é?

— Emma — ela apertou a mão da mulher. — Emma Taylor.

— Seu marido é um homem da Guthries?

Emma assentiu, mantendo o olhar da mulher mais velha. Ela era alta, magra e elegante. Emma se sentiu pequena em sua presença.

— Nós não veremos muito dele, então. Como está se acomodando? Tem tudo o que precisa?

— Acho que sim. Eu realmente não sei.

— Primeiros dias. Você logo se acostumará — Dottie fez uma pausa, a boca aberta. — Mas você não é inglesa, não é, querida. Você é americana. Que fascinante — Ela juntou as mãos. — Agora, eu quero saber tudo sobre você.

A mulher sorriu. Emma se encolheu por dentro. Nenhuma resposta se formou em sua mente, mas Dottie não parecia precisar de uma.

— Façamos assim. Eu não tenho nada para fazer esta tarde e estou perdida. Você me faria a gentileza de me acompanhar? Vamos tomar um lanche.

— Que horas?

— Agora mesmo. Como lhe parece?

Ela achou melhor não falar que havia acabado de comer. Além disso, ela estava curiosa para ouvir o que Dottie tinha a dizer sobre Singapura.

— Tem uma lacuna maior na ervagem, nesse trecho — disse Dottie, inclinando a cabeça.

Emma foi na direção indicada e se viu espremida entre dois grandes arbustos. Quando estava em segurança do outro lado, observou o jardim de Dottie – maior, mais exuberante e mais elegante que o seu – e o bangalô de Dottie, que parecia enorme em comparação.

— Você vive aqui há muito tempo? — disse Emma, seguindo Dottie pelo jardim.

— Há muito tempo e não há tempo suficiente, dependendo de para quem você perguntar — Dottie jogou a cabeça para trás e rindo. Emma riu com ela sem saber por quê. — Responderei adequadamente. Estamos em Singapura há uma década e nessa casa há seis anos. Meu marido, Edgar, trabalha para a administração.

Elas cruzaram uma larga varanda cheia de móveis de vime e entraram em uma sala de estar espaçosa adornada com vários vasos orientais, tapetes e pinturas. Além dos muito importantes ventiladores. Havia um aroma delicado que Emma não conseguiu identificar. Ela avistou um vaso de orquídeas e presumiu que elas eram a fonte. Ela foi admirá-las.

— Elas não são maravilhosas! — disse Dottie, aproximando-se por trás. — Eles cultivam tudo por aqui. Especiarias, frutas, cacau. Mas eu não sairia vagando por lugar nenhum. Existem tigres.

— Tigres? — Emma repetiu, alarmada.

— Um ou dois. Eles perambulam vindos da selva. Pode ser um pouco incômodo, então fique atenta, especialmente quando estiver no jardim.

— Eu farei isso — disse ela, pensando que talvez não se aventurasse mais do que alguns passos fora de casa.

Dottie foi para outra parte da casa e, quando voltou, uma empregada apareceu atrás dela carregando uma bandeja de chá gelado e pequenos bolos, que ela deixou em uma mesa de centro ornamentada antes de sair apressada.

As duas se sentaram, Dottie em um sofá, Emma no outro. Enquanto Dottie cuidava da bandeja, Emma observou sua anfitriã. Dottie parecia ser uma mulher confiante, contente consigo mesma. Ela tinha o cabelo preso, revelando seu rosto longo e esculpido com olhos inquisitivos e uma boca generosa.

Ela vestia um vestido de linho leve que pendia dos ombros, um vestido que, agora que ela estava sentada, só chegava à panturrilha. O vestido tinha um decote baixo e as pernas dela estavam de fora, assim como os seus pés. Seu traje, ou falta dele, seria escandaloso na Inglaterra, mas Emma via que era pragmático para os trópicos. Ela percebeu que teria que se adaptar muito.

O gelo tilintou quando Dottie deu a ela um copo alto de chá junto com um pequeno bolo em um prato. Emma equilibrou o prato no joelho e tomou um gole de chá e o achou doce e refrescante. O bolo parecia leve e aerado e ela deu uma pequena mordida por educação, grata por Dottie assumir o comando da conversa. Emma logo se viu relaxando em sua companhia, mais do que feliz por deixar sua nova conhecida detalhar as provações e tribulações de se viver em Singapura.

A rápida expansão, o número de rapazes indo para o Estreito de Malaca para trabalhar com borracha e estanho, a falta de entretenimento – nenhum cinema, nenhum teatro, nenhuma biblioteca – as apostas, a bebedeira e devassidão que aconteciam, a dependência em clubes, especialmente o Clube de Tênis para Mulheres – talvez Emma gostaria de entrar? – o caldeirão de culturas, todos japoneses, chineses, indianos, belgas, holandeses, alemães e britânicos e, é claro, malaios.

— Você pode identificar os euroasiáticos — disse Dottie com um pouco de escárnio. — Eles são bem óbvios.

O que ela poderia ter contra euroasiáticos? Emma tomou um gole de chá para mascarar seu desconforto. Ela nunca gostava quando outros apartavam etnias.

— Você se acostuma com o calor — disse Dottie, tendo evidentemente falado de todo o resto.

— Pelo menos isso — disse Emma, tentando assimilar essa nova impressão de Singapura.

Dottie hesitou, momentaneamente perdida em

pensamentos, depois se levantou abruptamente, como se, tendo se decidido sobre algo, estivesse resoluta.

— Com licença — ela disse e saiu da sala.

Emma ouviu portas e gavetas abrindo e fechando. Dottie voltou minutos depois, carregando roupas.

— Essas devem servir — disse ela, jogando a pilha no encosto do sofá em que estava sentada.

— Servir para quem?

— Ora, você, é claro.

— Eu não poderia! — disse Emma, surpresa.

— Você precisa. Você vai morrer vestindo isso — ela indicou o vestido de Emma, que havia começado a parecer um casaco de pele. — Além disso, todos esses vestidos são muito curtos para mim — Ela alisou a mão no vestido mais próximo dela de forma apreciativa. — Eles são novos. Nunca usados, na verdade.

— Mas...

— Sem mas.

— Então, obrigada.

— Você pode agradecer minha nova costureira por calcular errado minha altura.

Elas riram e Emma enrubesceu, secretamente cobiçando os novos trajes com algo parecido com desespero enquanto o suor escorregava por suas costas.

— Daremos um passeio um dia — disse Dottie, voltando a se sentar. — Vou levá-la ao Raffles Place.

— Raffles Place?

— É uma praça na Battery Road. Tem duas boas lojas de departamento lá, John Little e Spicer & Robinson.

A sugestão de Dottie trouxe Ernest à tona e Emma se lembrou de quando ele apontou a Battery Road. Ela estava prestes a perguntar a Dottie se havia alguma igreja perto antes de mudar de ideia.

— Sente saudades da sua família? — Disse ela ao invés

disso, achando que dez anos era muito tempo longe de seus entes queridos.

— Céus, não! — disse Dottie rapidamente. — Eles são meu único motivo para ficar.

Emma achou sua reação chocante, talvez um pouco desdenhosa, até dura. O que os pais de Dottie tinham feito para merecer tal resposta? Irmãos? Irmãs? Ela não gostava de se intrometer, então não disse nada.

— E você? — disse Dottie, com interesse. — Você sente saudades deles?

— Sinto. Eu não os vejo há três anos. Desde que me casei com Ernest e me mudei com ele para a Inglaterra.

Ela sabia, mesmo enquanto falava, que não deveria ter revelado tudo isso. Ela deveria ter feito algum comentário superficial como Dottie havia feito e mudado de assunto. Ao invés disso, ela escancarou a porta para a sua vida privada, uma porta que Dottie decidiu atravessar.

— De que parte da América você é?

— Filadélfia.

— Parece fascinante. Você vai voltar?

— Espero que sim.

— Você deve — ela olhou para Emma com curiosidade enquanto bebia o chá. — Irmãos? Irmãs?

Emma enrijeceu.

— Dois irmãos — disse ela, omitindo sua irmã. Era uma resposta instintiva que ela adquiriu na infância, crescendo na Filadélfia em um contexto de forte sentimento antialemão entre os habitantes locais. Se ela mencionasse sua irmã para os colegas de escola, ela teria que revelar que Karin vivia na Alemanha, ou mentir. Era mais fácil mentir por omissão e negar a existência dela.

— E onde eles estão? — disse Dottie, continuando sua investigação.

— Herman ainda está em casa. Ele está estudando para ser médico.

— Um médico! Você deve estar orgulhosa.

— Estou.

Emma esperava que Dottie seguisse para outro tópico, mas não, ela era intrometida e tenaz, qualidades que Emma percebeu que já teria notado se tivesse prestado mais atenção. Mas ela estava muito nervosa e insegura, no limite.

— E o outro? — disse Dottie. — Você disse que tinha dois.

Emma pensou rápido. George tinha voltado para a Alemanha para trabalhar para um tio em Hannover, um relojoeiro. Não havia sentido em mencionar suas origens alemãs, não para uma mulher que ela havia acabado de conhecer, uma mulher entediada que sem dúvidas amava fofoca. Já era ruim o suficiente ser interrogada por ser americana.

— George? Ele está trabalhando no negócio de um tio.

— Que tipo de negócio?

— Relojoaria.

Dottie olhou para ela com expectativa.

— George sempre foi fascinado por relógios e contadores. A mecânica deles. Todas aquelas peças e pedaços complicados.

— Nossa, você tem irmãos interessantes — disse Dottie com o que pareceu ser interesse genuíno. — E onde o seu irmão George faz isso?

A campainha tocou e Emma foi salva de mais sondagens enquanto um olhar de incerteza aparecia no rosto de Dottie.

— Você deve me contar tudo sobre eles na próxima vez — disse ela, recuperando a compostura e alisando o vestido enquanto se levantava.

Emma se levantou também. Dottie a conduziu na direção da varanda dos fundos. Emma ouviu uma voz masculina, vinda de dentro da casa. O olhar de Dottie não vacilou.

— Você deve voltar amanhã, Emma querida.

— Não quero incomodar.

— Nenhum incômodo. Além disso, o que diabos você vai fazer o dia inteiro, de qualquer forma? Não há nada para fazer aqui além de aproveitar a companhia dos outros, você vai descobrir.

Emma logo descobriu, para seu desgosto, que Dottie estava certa. Pior, ela descobriu que todos os europeus expatriados vivendo em Orchard Road eram hedonistas lânguidos que não gostavam de nada além de se recostarem bebendo chá ou coquetéis nas varandas uns dos outros. Tudo era muito esforço nos trópicos, então, na maior parte do tempo, eles não faziam nada além de se mostrarem e esperarem o tempo passar. Os homens, que eram mais numerosos que as mulheres, invariavelmente tinham empregos, mas suas esposas, se tinham esposas, invariavelmente não tinham. O único interesse delas, até onde Emma podia dizer, era fofocar.

Não levou muito tempo para Emma se certificar de que a religião não tinha espaço na vida da comunidade europeia em Singapura, exceto pelos poucos tipos missionários que estavam lá para salvar as almas dos nativos e, na ausência de costumes e restrições de uma fé solidificada na igreja e em Deus, havia uma atmosfera de frouxidão na camaradagem, especialmente entre os homens, e Ernest absorveu tudo de uma vez. À medida que os dias se transformavam em semanas, ele passava cada vez menos tempo em casa, chegando tarde da noite e encontrando diversas razões para sair nos fins de semana. Era como se ela não existisse. Quando ele estava em casa, não vestia nada além do sarongue, que ele usava como uma segunda pele, tentando flertar com a empregada, que abaixava a cabeça, envergonhada. Emma fazia o seu melhor para ignorá-lo.

Em uma manhã de maio – uma sexta-feira, um mês desde que chegaram – eles estavam sentados na sala de jantar, um em cada ponta da mesa, Emma observando enquanto Ernest lia o jornal e devorava seu café da manhã com os modos de um porco. Ele realmente mal podia esperar para sair de suas vistas, já que não dava nenhuma atenção a ela. A que outra conclusão ela poderia chegar? Ele pousou a colher e dobrou o jornal ao meio e só então, depois de guardar para si o convite que ela recebeu na tarde anterior, ela tomou coragem de mencioná-lo.

— Dottie nos convidou para o Clube Teutonia.

Ele olhou para ela de forma estranha, como se ela tivesse perdido a sanidade.

— Para quê? — disse ele. — Não somos alemães.

Ela estremeceu. Nem mesmo Ernest, seu próprio marido, sabia do seu verdadeiro local de nascimento. Ela tinha se acostumado a esconder a verdade depois de aguentar as provocações no parquinho e o bullying quando eles chegaram à Filadélfia, o que resultou uma mudança de escola primária e uma identidade alterada. Uma mentira pequena que ela enterrou em sua alma, pois ela evitava confrontos, não era de retaliar. Ela sempre foi moderada e contida. O máximo que Ernest sabia era seu parentesco alemão e sua observação a irritou, pois o que estava nas entrelinhas era transparente. Por que lançar calúnias sobre outra nacionalidade?

— Não precisa ser alemão para participar — disse ela. — De qualquer forma, haverá um concerto. Beethoven, acho. É esta noite.

— Beethoven? — disse ele, em dúvida. — E você quer ir?

— Seria uma mudança de ares. E Dottie está ansiosa para que você conheça Edgar. Os caminhos de vocês nunca parecem se encontrar e esta seria uma boa oportunidade. Edgar está na administração aqui.

— Estou ciente do que Edgar faz.

Ele tinha que ser tão pomposo? Ele não costumava ser pomposo. Ela estava prestes a desistir quando um olhar pensativo apareceu no rosto dele.

— Quem mais vai?

Emma pensou nos nomes que Dottie tinha mencionado.

— O Sr. Maddox e sua esposa, Eve.

— Maddox? Eu conheci um Maddox na Loja.

— Na Loja? Eu não sabia que os maçons tinham uma Loja em Singapura.

— Não precisa parecer tão surpresa. Onde há empresários britânicos, há Lojas. Os maçons dificilmente ignorariam Singapura. A Loja, devo dizer, é um prédio magnífico não muito longe da Guthries.

É claro, ela pensou.

— E você foi lá?

— É claro que fui lá. Beggs me convidou para um encontro — ele parou, um olhar interessado aparecendo em seu rosto. — A que horas o concerto começa?

— Às sete, foi o que ela disse.

— Às sete?

— Nos encontraremos na casa da Dottie para tomar algumas bebidas às seis. Está bem?

— Terá que estar, eu suponho. Mas isso significa que terei que sair do trabalho mais cedo do que o normal.

— Eu tenho certeza de que Guthires pode ficar sem você por uma hora.

— Muito bem. Às seis então.

A reversa mútua na companhia um do outro havia se tornado habitual, mas a atmosfera naquela manhã estava especialmente tensa. Ela sentia que havia perdido o marido de vez. O perdeu para o amor dele amor por Singapura, para o trabalho, para o que quer que ele fizesse depois do serviço, na Loja e onde quer que ele fosse. A insatisfação dela com o oriente parecia alimentá-lo não com simpatia ou compaixão, mas por uma insatisfação igual, senão maior, com ela. Como se ela o tivesse decepcionado. Se ao menos ela engravidasse. Certamente uma criança os uniria e remendaria a fenda que crescia dia após dia?

Ernest chegou em casa pontualmente às seis. Emma já havia colocado uma blusa de marinheiro e saia cinza, um traje muito mais pesado do que os vestidos que Dottie havia dado a ela, embora mais formal e, ela achava, mais apropriado para um concerto. Ela estava sentada recatadamente na beira de uma poltrona na sala de estar e ela se virou para observá-lo parado na porta em seu terno de linho branco recém-comprado, prestando atenção no tecido, um pouco amassado nos cotovelos e na virilha.

Ela estava prestes a avisá-lo da condição de sua vestimenta quando ele disse: — É melhor irmos então — evidentemente sem sentir necessidade de se trocar.

Cinco minutos depois de ele entrar na casa, eles estavam indo para a casa vizinha pela rua.

Edgar, um homem imponente com um bigode igualmente imponente, cumprimentou um de cada vez e os conduziu para dentro, onde um grupo de oito pessoas estava bebendo, os homens de um lado da sala, as mulheres do outro.

O olhar de Ernest gravitou para as mulheres enquanto ele permitia que Edgar o conduzisse na direção da mesa de bebidas, deixando Emma sozinha.

— Dottie está ali — Foi tudo o que Edgar disse enquanto se afastava.

Emma pegou um copo de coquetel da bandeja que a empregada ofereceu e foi até os sofás, onde Dottie e as outras mulheres estavam reunidas.

Dottie estava de costas para a sala e Emma não tinha certeza se ela a tinha visto entrar. Sem querer interromper, Emma parou e escutou enquanto Dottie relatava seu último encontro com um tigre. Notando a recém-chegada, Dottie parou no meio da história para receber Emma, que, por sua vez, cumprimentou as outras mulheres.

Formalidades dispensadas, Dottie continuou, e Emma observou as mulheres enquanto escutava. Ela tinha se encontrado com Cynthia apenas uma vez, já que ela havia acabado de voltar de uma viagem a Hong Kong. Ela era uma mulher pequena em todos os aspectos, salvo os olhos, que eram grandes e castanhos e tornavam-se ainda mais impressionantes em seu rosto pequeno e redondo. Emma ainda não havia avaliado sua índole, mas a mulher parecia plácida e gentil o suficiente. E extremamente atenciosa, Emma pensou, vendo Cynthia prestar atenção em cada palavra de Dottie. Em claro contraste com Lizbeth, ao lado dela, cujos penetrantes olhos azuis observavam tudo, abaixo de seus grossos cabelos loiros, absorvendo cada detalhe daqueles em seu campo de visão. Lizbeth e o marido eram de Hamburgo e eles tinham um bangalô na Scotts Road. Gustav era um banqueiro e membro de longa data do Clube Teutonia. A noite foi ideia dele. Emma achava Lizbeth uma mulher assertiva. E logo descobriu que Lizbeth e Dottie eram quase inseparáveis. Mesmo agora, enquanto Dottie continuava a relatar seu conto e Lizbeth parecia desinteressada e impaciente, Emma sabia que era apenas porque, como ela, Lizbeth tinha ouvido a história antes. E a história realmente não era tão emocionante.

Emma ficou surpresa por ninguém interromper. De qualquer forma, havia pouco espaço para interrupção na narração de Dottie. Ela mal parecia respirar. Ela estava na parte onde o tigre dava um lento passo para a frente, sua cabeça projetando-se através da folhagem na parte de trás do jardim, aproximando-se, encarando e se preparando para atacar.

— Oh, meu Deus — proferiu Cynthia, e momentaneamente desviou a atenção de Dottie, que parou por um microssegundo antes de continuar.

Do outro lado de Dottie estava Eve, que deu um grande gole em sua bebida. Ela era uma mulher de ossatura grande, bastante atarracada e simples, e ela tinha uma presença forte, quase formidável. Eve estava escutando Dottie com o que Emma presumiu ser paciência forçada, já que a mente dela geralmente estava cheia de opiniões firmes, que ela se esforçava para compartilhar sempre que podia.

Dottie, Cynthia, Lizbeth e Eve – essas eram as amigas e vizinhas de Emma, seu novo círculo, as mulheres com quem compartilhava os dias e em cuja companhia estava aprendendo a se acomodar a sua vida de expatriada em Singapura.

A empregada continuava a circular pela sala com bandejas de aperitivos e bebidas. Emma olhou de relance para os homens, que estavam próximos à mesa de bebidas. Ernest parecia estar em casa, conversando alegremente com Robert Maddox, que combinava com a esposa, Eve, em altura e constituição. Robert dirigia uma companhia comercial concorrente dos escritórios em Battery Road. O marido de Lizbeth, Gustav, tinha uma aparência erudita, com seu cavanhaque e óculos redondos, embora não tivesse um fio de cabelo erudito em seu corpo. Ele era banqueiro. E estava envolvido no que parecia ser uma conversa importante com Edgar. O que deixava o marido de Cynthia, Ian, um financista e de longe o mais bonito dos homens, pairando com pouco interesse entre as duas conversas acontecendo ao seu lado, até onde Emma podia ver. Então, sem dúvidas sentindo o olhar feminino do outro lado da sala, olhou nos olhos de Emma e deu uma piscadela atrevida. Envergonhada, ela desviou o olhar.

As mulheres reunidas ao redor de Dottie continuaram a escutar. Emma pairava, bebendo seu coquetel, sua atenção minguando. Ela já tinha escutado a história duas vezes. Quando elas terminaram as bebidas, Dottie chegou ao clímax – quando ela foi salva do ataque iminente pelos esforços heroicos de um guarda indiano que passou por Orchard Road, ouviu os gritos, viu a comoção, correu pela lateral da casa e atirou seu rifle. Houve suspiros de alívio e uma repentina explosão de conversa entre as mulheres, e no momento seguinte Edgar anunciou que era hora de ir.

O Clube Teutonia ficava a uma curta distância, na Scotts Road, e eles saíram dos carros – de Edgar e de Ian – em questão de minutos. Os cinco casais entraram no clube como um grupo e, no meio do agrupamento, Emma se sentiu mimada e privilegiada, e uma onda de bem-estar a tomou. Ela desejou que todas as noites pudessem ser tão agradáveis e alegres, embora soubesse que era a novidade que tornava a experiência especial.

Entrando o grande salão de concertos – já cheio e abundante de vozes alemãs – sua euforia deu lugar à nostalgia de uma pátria da qual ela mal se lembrava e uma forte saudade de seu irmão George, enquanto ela imaginava a cabeça dele curvada sobre as entranhas de um relógio em algum lugar em Hannover.

As emoções sumiram tão rápido quanto chegaram, enquanto ela continuava a ser levada pelo momento. Eles se sentaram em uma das fileiras do meio e Emma se viu espremida entre Ernest de um lado e Dottie do outro. Eles tinham acabado de se acomodar quando o pianista puxou seu banco para mais perto do piano e tocou uma única nota. Em resposta, fez-se silêncio.

Logo, o salão encheu-se de música. Emma não era uma amante de música clássica – ela preferia o ragtime – e ela não entendia muito o que estava ouvindo, mas era impossível não ser tomada pelo que ela ouviu. Pela primeira vez desde sua chegada a Singapura, ela se sentiu contente e em paz, seu peito subindo e descendo enquanto a música aumentava e diminuía, oscilava e flutuava em uma prazerosa maré de beleza auditiva.

Durante o intervalo, todos se aglomeraram no bar, onde garçons serviam bandejas de bebidas. Emma pegou uma taça de champanhe, embora não sentisse que precisava das bolhas e da intoxicação. Ela se viu perto de Gustav, que estava conversando intensamente com um homem alto e barbudo que Emma depois descobriu ser Herr Weber, o químico chefe do Medical Hall, um dispensário de propriedade alemã próximo a Battery Road. Parecia que metade dos homens na sala eram empresários alemães influentes em Singapura, pelos mesmos motivos que os britânicos.

Sem confiança o suficiente para participar da conversa dos dois homens, Emma bebeu seu champanhe e olhou ao redor em busca dos outros. Ela logo viu Dottie e foi até o grupo. Dottie estava no centro, como de costume, jogando a cabeça para trás periodicamente e rindo alegremente. Lizbeth ria com ela, seu olhar disparando para o marido. Emma pairou, sentindo-se estranha, depois foi procurar um lugar para deixar sua taça vazia. Um sino tocou e ela foi empurrada pela multidão ansiosa para voltar a seus lugares. Quando ela finalmente teve a chance de se livrar da taça, ela se viu novamente perto de Gustav e seu amigo. Eles estavam falando em alemão e ela não pôde evitar ouvir.

— Eu não me preocuparia — disse Gustav. — Os britânicos são tolos.

— Mas bem debaixo do nariz deles.

— Não fique paranoico agora. Há muito a perder.

Assim que conseguiu, Emma se afastou, incomodada pelo que tinha ouvido. O que quer que aqueles dois estivessem falando, parecia ser um plano secreto. Ela deu um sorriso ameno e então viu Ernest e sua expressão se tornou abatida. Ele estava tomando um coquetel – o segundo, possivelmente o terceiro – e ele estava prestes a pegar outro quando o sino tocou de novo e ela o agarrou pelo cotovelo e o puxou de volta para o auditório.

As apresentações musicais foram novamente magníficas, a música estimulante e atemporal. Emma passou a maior parte perdida no som e firmemente ignorando seu marido um tanto bêbado ao seu lado.

O concerto acabou cedo demais e a plateia, claramente tão satisfeita quanto ela, rapidamente se ergueu em ovação. Mesmo Ernest, que não era nenhum amante de música clássica, se ergueu para aplaudir. No geral, havia sido uma noite perfeita e Emma deixou o clube um pouco eufórica. Ela estava ansiosa para outra ocasião social em que todos pudessem comparecer a um evento similar. Singapura adquiriu uma tonalidade melhor.

Enquanto se dirigiam para os carros, Ernest parou abruptamente, agarrou-a pelo braço e puxou-a para si. Lizbeth foi a primeira a notar. Os outros também se viraram.

Uma vez que tinha uma audiência completa, ele disse em voz alta: — Eu já disse como você está deslumbrante esta noite, querida Emma?

Ele se inclinou, segurou o rosto dela e deu um beijo em sua boca. Ele estava bêbado? Ela deu um passo para trás, envergonhada na frente dos outros. Ele então se endireitou e gesticulou com o braço estendido.

— Minha linda esposa — ele disse e fez uma reverência.

Quando ele se endireitou de novo, exibia um sorriso atrevido e havia aquele brilho em seus olhos que tinha esmaecido nos últimos meses, sempre que o olhar dele pousava nela. Os outros pareciam entretidos e ele envolveu o braço dela no dele e voltou a caminhar. Em um segundo, ela soube por que ele tinha feito tal apresentação, como um pavão exibido. Era para impressionar não ela, mas seus amigos. Ela se sentiu barata e enjoada.

O humor amoroso dele não diminuiu quando eles chegaram em casa e ela foi forçada a mudar de atitude; satisfeita, intimamente, pois não se pode fazer um filho sozinha. Se fosse necessário um Ernest bêbado para achá-la atraente, então que seja.

Ernest voltou ao normal na manhã seguinte. Emma se acostumou com sua nova persona de Singapura e suas longas ausências de Orchard Road. Apesar de suas visitas frequentes a Dottie, ou talvez por causa delas, o tédio se instalou. Dottie, Lizbeth, Eve e Cynthia formavam uma unidade de quatro e elas receberam uma quinta, Emma, mas ela sentia que sua filiação à panelinha era provisória, como se nenhuma delas tivesse se decidido sobre ela.

Ela se tornou cada vez mais ciente de que precisava encontrar uma ocupação. Ela sentia saudades da enfermagem. Ela tinha vinte e nove anos e tinha trabalhado ou treinado durante toda a sua vida adulta, e se ressentia por ter que parar. Ela mencionou seu desejo para suas novas amigas durante o chá uma tarde e, depois dos arquejos esperados – Cynthia não conseguia imaginar por que alguém iria querer trabalhar se não precisavam, um sentimento que Eve e Lizbeth compartilhavam – Dottie expressou sua aprovação. Nos dias que se seguiram, ela colocou Emma em contato com o Sr. Farquhar, um médico do Hospital Governamental de Doenças Infecciosas em Moulmein Road.

Uma conversa, uma carta demonstrando interesse e uma entrevista depois. Emma se viu em uma enfermaria de quarentena para expatriados que, por várias razões, contraíram uma das terríveis doenças que eram abundantes em Singapura.

Quando começou, ela foi informada de que o hospital recebia numerosos pacientes com malária e pneumonia, alguns com varíola ou tuberculose, e até mesmo casos avulsos de peste. E havia um número bastante grande de portadores de doenças venéreas. Eles tinham sua própria ala. Mas o maior número de pacientes tinham cólera – a epidemia continuava – e disenteria, febre tifoide e ancilostomíase. Todas essas doenças eram causadas por falta de saneamento e Emma logo descobriu que todos no hospital concordavam que a prática de usar excrementos noturnos não tratados como fertilizante em plantações de alimentos tinha que parar, mas não havia como persuadir a administração.

Desde que ela chegou em Singapura, sempre que tinha que usar o banheiro em seu bangalô em Orchard Road, seu estômago se revirava. Os excrementos eram coletados semanalmente e, nos dias que precediam a coleta, ela fazia o possível para prender a respiração até que pudesse escapar do confinamento do quartinho. O pensamento de que o que ela e Ernest evitavam acabava plantado no solo de fazendas vizinhas para adubar plantações parecia-lhe abominável ao extremo. Sua nova posição no hospital reforçou sua visão.

As autoridades não ignoravam o problema – como poderiam, se saneamento e esgoto foram uma grande preocupação de governos municipais por décadas? – mas não estavam dispostas a agir. O sistema de esgoto foi instalado no coração de Singapura alguns anos atrás, mas era inadequado. Foi o Dr. Farquhar que informou à Emma durante uma tarde em suas rondas que os sindicatos chineses dirigiam o negócio do lixo noturno e eles não desistiriam de uma empresa tão lucrativa, não quando Singapura estava expandindo rapidamente e havia muito dinheiro a ganhar. Havia movimentos em andamento para que pelo menos os excrementos fossem processados em estações de tratamento antes de serem usados no solo, mas o ritmo de mudança para qualquer novo sistema seria lento.

Enquanto isso, para os pobres pacientes sofrendo na ala de quarentena, os tratamentos eram poucos. Muito do trabalho dela envolvia reidratação e atendimento a várias necessidades sanitárias. Quando um paciente estava para morrer, ela sentava ao lado de suas camas, totalmente vestida com um vestido longo e máscara, e oferecia palavras de conforto e orações.

Ela acreditava firmemente na importância de ajudar as almas enquanto elas migravam através da morte para onde quer que estivessem indo do outro lado. Sua criação menonita a levou a adotar a ideia de que, após a morte, a alma dorme e perde a autoconsciência, mas, desde a noite em que ela viu seu avô parado na porta do seu quarto, apenas para descobrir pela manhã que ele havia falecido na tarde anterior, ela acreditava na natureza contínua da alma. Ela estava convencida de que, quando uma pessoa morria, sua essência espiritual continuava viva. Para ela, era de grande importância ajudar a ter uma transição tranquila, com o mínimo de medo e desconforto possível. O trauma na hora da morte parecia fazer com que as almas permanecessem. Ela não tinha certeza do porquê e nunca expressou sua opinião. Ela carregava no coração a convicção de que era seu dever na Terra levar paz àqueles necessitados e não havia necessidade maior do que a morte de alguém.

Se a morte puder ser evitada, tanto melhor. Emma era uma enfermeira de Nightingale por completo, tendo compreendido como primordial a importância do saneamento e higiene escrupulosa. No hospital, ela aplicou todo o seu treinamento para lidar com a situação em sua ala e supervisionou a melhora de alguns pacientes, e a perda de outros. No geral, era um trabalho gratificante, embora muitas vezes angustiante. Ela não gostava de ver os corpos enfraquecidos, os olhos vazios, os olhares suplicantes, o desespero e o sentimento de fatalismo entre os pacientes e os funcionários. O que ela gostava era de saber que estava contribuindo de forma significativa para a comunidade de Singapura. Ela se sentia útil e necessária.

Ela trabalhou no hospital por uma semana antes de contar a novidade a Ernest.

— O que os outros vão pensar? — disse ele, observando o uniforme dela cuidadosamente dobrado na outra ponta da mesa de jantar. Eles tinham acabado de jantar e ela levara o vestido branco e a capa para dar a notícia.

— Quem? — disse ela, colocando a mão protetoramente sobre o seu uniforme enquanto pensava em quem poderia criticar sua decisão. Ninguém veio à mente.

— Os vizinhos, para começar.

— Os vizinhos? Foi Dottie quem me apresentou o Dr. Farquhar.

— Eles vão pensar que estamos sem dinheiro — disse ele, respondendo a própria pergunta. — Eles vão pensar que tenho uma posição de baixa remuneração e não posso sustentar minha esposa.

— Isso é ridículo — disse ela, irritada com a sua reação egocêntrica, sua hipocrisia. — Por que se importa? Você, que anda pela casa em um sarongue. Eu dificilmente chamaria isso de manter as aparências.

— É diferente.

— Como?

Ele não respondeu. Ela poderia ter deixado quieto. Ela poderia ter deixado ele processar a notícia, mas ela estava muito irritada e, pela primeira vez, determinada a se impor. Ela olhou para ele e disse:

— Você não via problema quando eu trabalhava em Lambeth.

— Ninguém nos conhecia lá. E você estava fazendo um

trabalho agenciado. Atendendo às necessidade de frágeis pássaros velhos presos em casa — ela tinha certeza de ter visto uma expressão zombeteira em seu rosto enquanto ele dizia isso.

— Eu sou uma enfermeira treinada — disse ela entre dentes.

— Uma enfermeira em um hospital para doenças infecciosas é diferente.

— Estou fazendo algo valioso e importante, Ernest.

— E eu não estou, suponho — agora era a vez dele de irar-se.

— Eu não disse isso.

— Saiba que um agente de exportação é uma posição muito importante.

— Sim, Ernest — murmurou ela, cansada.

— Uma que vem com certas expectativas.

— Expectativas?

— Que a minha esposa seja amplamente cuidada, *em casa*.

— Se você se importasse comigo, estaria feliz — retrucou ela.

Ela o deixou lá, estupefato, e foi ao banheiro molhar o rosto. No pequeno espelho acima da pia, a mulher olhando para ela parecia quase estranha, indominável. Ainda assim, ela estava tremendo.

O CLUBE TEUTONIA

A jornada de Emma de e para o hospital a levava para a Scotts Road e passava pelo Clube Teutonia. Sempre que ela avistava a bela construção colonial, com sua única torre e fachada elegante, ela se lembrava do concerto, da demonstração de afeto inesperada e um tanto grotesca de Ernest e também de sua descendência, sua família na Alemanha e, acima de tudo, seu irmão mais novo, George. Ela pensava nele com muito afeto e, quando o fazia, imaginava-o curvado sobre o mecanismo interno de um relógio.

Ele havia sido um menino sensível na Filadélfia e, como resultado, sofreu bullying na escola. Ele se tornou um jovem quieto, retraído e sábio além de sua idade. Ela não o via desde que foi embora para Londres. Cansado da forma como os alemães eram tratados, ele migrou para a Alemanha um ano depois. Ela escrevia para ele regularmente, embora mesmo quando ela ainda estava em Londres ele raramente respondia. Quando o fazia, ele escrevia páginas e páginas de reflexões sobre o que ele achava da vida em sua terra natal, das pessoas, da política. Desde que ela se mudou para Singapura, ela não tinha recebido uma única carta dele e se preocupava com ele e esperava que tudo estivesse bem. Talvez ele tivesse conhecido alguém, uma jovem recatada que atendia às suas necessidades. Emma esperava que esse fosse o caso, que ele tivesse se apaixonado e não tivesse tempo de escrever e contar a ela, sua irmã devotada.

A vida em Orchard Road era monótona como sempre. Um dia, depois que Ernest saiu para o trabalho, ela encontrou Chun sentada à mesa da cozinha. Ela estava de costas para Emma e sua cabeça estava curvada. Ela parecia absorta em alguma atividade e Emma não gostava de incomodá-la, mas ela estava curiosa. Quando ela contornou a mesa e viu o conteúdo no colo de Chun, a pequena mulher se assustou, envergonhada, jorrando uma série de desculpas apressadas e quase incompreensíveis – pelo que Emma pôde concluir, o que quer que Chun estivesse fazendo era para o casamento da filha.

— Está tudo bem — disse Emma, esperando tranquilizá-la, mas foi inútil. Chun se levantou e tentou esconder a pequena moldura de madeira. Emma reconheceu o tear imediatamente quando uma lançadeira caiu no chão e Chun se abaixou para pegá-la. — Por favor — disse Emma, e estendeu a mão, usando sua posição de autoridade e não querendo causar mais sofrimento a Chun.

Instantaneamente submissa, Chun entregou-lhe o tear. Emma observou detalhadamente a trama de fina seda colorida, delicada e requintada – era uma pássaro e algumas flores – e ela podia ver que Chun tinha quase terminado o padrão. Alguns pontos pontilhavam a trama, presumivelmente para segurar o padrão no lugar, e não havia apenas uma lançadeira, mas três, parecendo pequenas canoas, cada uma contendo diferentes cores de fios de seda. Emma ficou maravilhada com o artesanato, a óbvia complexidade e habilidade, e, ao devolver o tear para a empregada preocupada, ela disse:

— Chun, me ensina a fazer isso?

— Você quer aprender kesi? — Ela parecia incerta.

— Por favor — foi tudo o que Emma conseguiu pensar em dizer.

— É muito difícil.

— Posso ver que é.

— Você precisa ter olhos bons.

— Eu tenho olhos bons.

Chun não parecia convencida.

— Eu vou pagar pelos materiais e pelo seu tempo.

— Você já me paga pelo meu tempo.

— Então eu vou pagar pelos materiais.

Elas combinaram uma quantia e Emma a dobrou. Emma se sentia honrada. O que quer que ela pagasse a Chun nunca seria o suficiente para igualar a habilidade que ela concordou em ensinar.

No dia seguinte, Chun chegou com um pequeno tear, três carretéis de fios de seda em três lançadeiras, uma escova de cabo de madeira e uma pequena lata de grampos. O tear já tinha o contorno de um desenho na urdidura. Emma olhou admirada os materiais de seu novo e extenso projeto, mas ela teve que esperar até que Ernest saísse para o trabalho e Chun terminasse suas tarefas antes que pudessem começar.

Chun se mostrou uma professora excelente e Emma aprendia rápido. Ela abraçou a meticulosidade, a repetitividade, a variedade de técnicas. Acima de tudo, ela gostava de ver os pequenos blocos de cor formarem lentamente pétalas e asas. Sempre que ela não tinha nada para fazer, ela se sentava na cozinha com Chun e pegava seu pequeno tear. À noite, antes de Ernest voltar para casa, ela tecia um pouco mais, embora achasse a luz muito fraca e seus olhos se cansassem rapidamente, então, ao invés disso, ela lia ou bordava.

Dottie proporcionou uma distração em um sábado, quando

convidou Emma para acompanhar ela e Lizbeth até Raffles Place. Desde sua chegada a Singapura, Emma vinha evitando ir até o centro da cidade. Ela tinha muito a que se adaptar em sua nova vida, seus vizinhos e seu emprego, ou assim ela pensava. Ela gostava de fazer compras, mas nunca se aventuraria a Raffle's Place desacompanhada. Não era por temer por sua segurança. Era a confusão, o rebuliço, a estranheza e o intenso calor tropical, que com certeza a sufocariam. Ernest poderia tê-la levado, mas ele não gostava de fazer compras e, além disso, estava sempre ocupado com outras coisas.

As três mulheres foram de gharry. Elas estavam sentadas em fila, com Dottie e Emma nas extremidades, espremidas contras Lizbeth no meio.

A viagem até a cidade foi muito diferente daquela que ela havia feito para Orchard Road. Daquela vez, tudo era desconhecido. Nesta, ela via os arredores de forma diferente. Sob seu olhar, a estrada arborizada deu lugar a uma paisagem urbana com grandiosos edifícios municipais. Emma desviou o olhar quando se aproximaram do canteiro de obras que ela tinha visto da primeira vez, para não ver mais homens seminus. Lizbeth estava quieta, enquanto Dottie fazia breves comentários a Emma sobre as escolas e outros belos edifícios pelos quais passavam, e as igrejas que Emma não vira no caminho para o bangalô. Dottie também mostrou a Loja Maçônica e Emma observou as características clássicas da construção, todas as colunas e arcos dispostos em perfeita simetria, o tamanho impressionante e a localização central e, portanto, a proeminência da Maçonaria em Singapura. Em poucos quilômetros, Dottie deu a Emma uma visão geral da cidade e ela começou a se familiarizar, a se interessar e até apreciar os arredores.

Elas cruzaram uma pequena ponte, toda robusta com arcos fortes, e seguiram mais um pouco antes de virar à esquerda e continuar pela estrada. Dottie se inclinou para falar com o motorista, mas pensou melhor e voltou a se recostar.

— Ele está indo muito longe — disse ela a Lizbeth. — Nós deveríamos ter parado no último cruzamento.

Houve uma breve pausa, na qual Emma sucumbiu à crescente ansiedade.

Ela começou a relaxar quando Lizbeth disse a Dottie:

— Você se preocupa demais. Além disso, acho que a rua estava muito movimentada — então ela viu a expressão de Dottie antes de virar o rosto e a ansiedade voltou.

Mais alguns quarteirões e, assim que Dottie anunciou que elas estavam quase chegando ao seu destino, o gharry parou abruptamente em um cruzamento e Emma se viu observando na rua lateral a pobreza e deterioração que, como ela previu o tempo todo, estavam escondidas na cidade. Era uma visão contrastante e, repentinamente, ela desejou dar a volta e voltar à segurança e conforto de Orchard Road. A negligência era evidente nas lojas decadentes, nas pessoas com roupas gastas, nas pessoas de aparência chinesa que eram pobres demais para comprar sapatos. Ralos profundos margeando as ruas largas e lamacentas. Varandas estreitas que protegiam as entradas das lojas. Ela viu homens cozinhando em panelas largas e planas. Outros em pé ou apoiados em postes. Cheiros aromáticos invadiam o ar mas o fedor da pobreza se destacava, o calor intensificando a fetidez dos dejetos humanos. Emma tirou um lenço perfumado de sua bolsa e cobriu o nariz. O calor, o calor tropical onipresente que causava desconforto perpétuo a Emma, parecia se intensificar na miséria.

— Minha querida, como pode ver, Chinatown não é para nós — disse Lizbeth, dirigindo-se a Emma em um tom dramático e zombeteiro. — A área é cheia de antros de jogos de azar, sociedades secretas e casas de má reputação.

— É um lugar horrendo e eu queria que não tivéssemos que

passar por ele. Eu acho que as autoridades deveriam limpar o lugar — disse Dottie, franzindo o rosto. — Especialmente por ser tão perto da cidade.

Lizbeth riu.

— Eu concordo. Mas ninguém vai nos ouvir.

Elas estavam se movendo de novo. Mais duzentos metros e o gharry virou à esquerda, em uma rua lateral, e parou em uma grande praça emoldurada por altos edifícios. O centro da praça era destinado ao estacionamento, composto por uma mistura de veículos automotivos, riquixás e gharries. Homens em ternos brancos circulavam. Mesmo aqui, no coração da Singapura metropolitana, um homem encarquilhado com uma vara no ombro carregava dejetos noturnos. Emma desviou o olhar.

As mulheres desceram, cruzaram o macadame e entraram na loja de departamentos John Little. Emma desfrutou do ar mais fresco e logo deu as boas-vindas à variedade de produtos em exibição a cada volta. Que maravilhoso era ver itens familiares. Havia um departamento de mercearia, uma seção voltada a móveis, outra a chapelaria, outras a artigos de papelaria, livros e relógios, e depois continuava com moda masculina – felizmente não havia nenhum sarongue à vista – e para a importantíssima moda feminina. Dottie e Lizbeth sabiam exatamente para onde ir e Emma as seguiu, observando tudo.

Elas pararam no departamento de armarinhos e examinaram os tecidos, Dottie insistindo que Emma precisava de seda, linho e o melhor algodão se ela quisesse sobreviver em um clima que era sempre quente e úmido.

— O tempo nunca muda aqui — disse Lizbeth, lançando um olhar astuto para o vestido que Emma usava. Era da Dottie. — Mesmo quando chove, não esfria.

Sem saber se Lizbeth sabia quem era a dona original do vestido, Emma desviou o olhar de volta para os tecidos. Ela estava atenta aos preços e evitou a frugalidade, embora estivesse igualmente preocupada em não parecer economizar, especialmente com Dottie murmurando e Lizbeth resmungando por cima de seu ombro. Ela fez sua escolha e depois elas foram ver as roupas. Com Dottie e Lizbeth focadas em ajudar Emma a escolher os melhores cortes e tecidos possíveis, ela não conseguiu atender seu próprio instinto de barganha. Ao invés disso, depois do que pareceram horas de discussão, ela saiu com dois vestidos prontos, uma saia e duas blusas, tecido o suficiente para mais duas roupas e dez carretéis de linha de seda para usar em tapeçaria. Lizbeth comprou cinco metros de uma seda cara, junto com uma fita combinando, e Dottie comprou um chapéu.

— Vamos deixar Robinsons para outro dia — disse ela, ajudando Emma a carregar suas compras.

Elas tomaram chá na área de refrescos perto do departamento de mobília. Enquanto bebiam chá em xícaras de porcelana e mordiscavam bolos saborosos, Emma ouviu a conversa de Dottie e Lizbeth sem se interessar muito. Antes de voltarem a Orchard Road, ela reuniu coragem para perguntas sobre as igrejas em Singapura.

As duas mulheres se viraram para ela ao mesmo tempo. Elas tinham expressões idênticas, parte descrença, parte desdém. Emma sentiu o calor subir às bochechas.

— Que tipo de religiosa você é? Católica? — perguntou Lizbeth.

— É claro que ela não é católica.

— Não há nada de errado em ser católica.

— St. Andrew provavelmente servirá, não acha, Lizbeth?

— Não frequentamos a igreja, receio.

— É o seguinte. Passaremos por St. Andrew no caminho para casa. Pelo menos assim você vai saber onde encontrá-la.

Emma desejou ter ficado calada, embora tenha ficado grata quando elas fizeram um desvio passando pela igreja, que na verdade era uma catedral, e se viu admirada com a estatura do prédio e jurou comparecer a uma missa na primeira oportunidade que tivesse. Ela não queria se aventurar pela cidade para fazer compras, mas nada a impediria de ir à igreja.

Apesar dos momentos embaraçosos, o passeio foi agradável e, pela primeira vez, Emma se sentiu confortável em Singapura. Os colonialistas britânicos haviam claramente garantido que todas as suas necessidades fossem atendidas, Emma pensou, e o conforto era óbvio, contanto que ninguém prestasse atenção às necessidades dos nativos e das várias outras comunidades pobres, quaisquer que fossem.

As semanas voaram. Emma se adaptou ao ritmo do trabalho, desfrutando da sensação de independência e do coleguismo da equipe do hospital. Em casa, em Orchard Road, ela tinha prazer em criar novos vestidos durante as noites em que ficava sozinha em casa e, quando ficava só durante o dia, ela trabalhava em sua tapeçaria. Logo que ela completou o desenho simples do pássaro e da flor, Chun deu a ela um tear novo e maior e uma cena mais complexa: dois pássaros nos galhos de uma árvore em flor. No momento em que Emma viu o desenho, ela soube que levaria longas horas para completá-lo. Ela descobriu que adorava fazer tapeçarias. Sempre que tecia os fios delicados de seda, ela caía em um estado de paz. Nada a incomodava. Nem mesmo o calor. Ela se perdia em si mesma e entrava em sintonia com sua atividade. Com uma lançadeira na mão, ela nunca pensava em Ernest.

Uma calma incerta se estabeleceu no casamento dos Taylor. De vez em quando, Ernest fazia comentários murmurados sobre as doenças que ela poderia estar levando para casa do hospital, mas, fora isso, ele tolerou sua decisão. Sua primeira expedição de compras o agradou muitíssimo, para a surpresa dela, e, no fim de cada semana, ele dizia a ela para ir para a cidade de novo, embora nunca se oferecesse para ir com ela. E ela fazia expedições de compras, nas manhãs de sábado, sempre que Dottie e Lizbeth estavam livres. Elas exploraram todas as lojas em Raffles Place antes de se aventurar adiante, em busca de sapatos confortáveis e frescos para Emma usar em casa. Não importa quão quentes seus pés estivessem, não importa quão apertados seus sapatos fossem, Emma nunca, nem mesmo sozinha em casa, andava descalça. Vendo que ela era teimosa, Dottie e Lizbeth – que andavam descalças em casa – decidiram fazer algo pelos "pobres pés da Emma". Até agora, elas não tiveram sorte, mas se divertiram tentando.

Nos dias em que Emma passava pelo Clube Teutonia, ela pensava em George. Pensamentos fugazes adornados de afeição. Ela se perguntava como era a Alemanha, o que seus outros parentes estavam fazendo, sua irmã, Karin, e a família dela. Emma falava alemão muito bem – seus pais queriam que os filhos se lembrassem de sua língua nativa e falavam alemão em casa, já que sua mãe achava inglês difícil. Às vezes, quando falava com Lizbeth, ela sentia vontade de falar na língua que compartilhavam, mas nunca o fazia. Parecia inapropriado e excluiria Dottie, que nem mesmo sabia da descendência de Emma – nenhuma de suas novas amigas sabia – e Emma não fazia ideia se Lizbeth apreciaria o gesto.

Na última segunda-feira de junho, Ernest chegou em casa inesperadamente cedo. Ele cumprimentou Emma de forma cordial e colocou o jornal no aparador da sala de estar antes de ir para o quarto vestir seu sarongue. Emma tinha chegado em casa uma hora antes e estava sentada confortavelmente em um de seus novos vestidos de musselina e renda. Ela sabia que, no momento em que Ernest retornasse, ele iria querer seu jornal, mas estava entediada com sua costura, com a agulha sempre deslizando por entre seus dedos, e ansiava por uma distração diferente. O dia dela havia sido fatigante depois que um paciente com cólera morreu e ela precisava manter a mente ocupada, para não pensar nos últimos momentos do sofrimento dele.

Ela deixou o bordado de lado e pegou o jornal. Assim que seus olhos leram os detalhes do artigo principal, ela desejou ter persistido com as suas agulhas. Na primeira página, a manchete anunciava que o arquiduque Franz Ferdinand e sua esposa haviam sido assassinados em Sarajevo e a lei marcial foi declarada na cidade em resposta. O jornalista incluiu uma fala de Sir Thomas Barclay para assegurar aos leitores que as mortes provavelmente não provocariam uma guerra na Europa Central. Ela não compartilhava de sua confiança. O que Sir Thomas Barclay sabia? Ele era um político e os políticos diziam o que bem queriam. Guerra na Europa Central? Entre a Áustria e a Sérvia, certamente? Em nenhum outro lugar? Na Alemanha? Ela não tinha ideia. Ela não vinha acompanhando as notícias e não tinha cabeça para política e especulações. Ela afastou seus medos, recusou-se a pensar no que talvez não acontecesse, mas, ainda assim, sempre que passava pelo Clube Teutonia dali em diante, seus pensamentos afetuosos sobre George se manchavam com preocupação.

Julho foi um mês horrível. Ernest estava tendo dificuldades para lidar com sua carga de trabalho, que ele disse aumentar a cada dia, e chegava em casa tarde todas as noites. Uma inquietação crescente permeava a atmosfera na casa de Dottie nos fins de semana, quando Emma e, às vezes, também um Ernest muito cansado e distraído, juntava-se aos vizinhos para o lanche. À medida que o mês chegava ao fim e os jornais se enchiam de notícias sobre ultimatos e mediações, todos podiam ver que a Europa estava se preparando para a guerra.

Em uma tarde de sábado, vendo-se sozinha em casa, nem mesmo sua tapeçaria conseguia acalmar sua mente inquieta e

Emma foi até Dottie, passando pelo jardim e emergindo pela abertura entre os arbustos, para encontrar Lizbeth, Cynthia e Eve descansando nas cadeiras de vime na varanda. Depois dos usuais olá e como você está, ela seguiu Dottie até a sala de estar para pegar outro copo. Quando estavam fora do campo de visão das outras, Emma se aproximou.

— Você acha que vai haver uma guerra? — sussurrou ela, a pergunta que vinha se formando em sua mente por dias finalmente escapando de seus lábios.

— Eu imagino que sim — disse Dottie sabiamente. — Mas não se preocupe, Edgar disse que ficaremos seguros aqui, e eu acredito nele.

Emma pensou que Dottie provavelmente estava certa. Ela era uma mulher sensata e pragmática, mais inteligente e humana do que ela acreditava. No entanto, Emma não encontrou conforto em suas palavras. Não era com Singapura que ela estava preocupada.

No fim do mês, enquanto as nações declaravam guerra, uma por uma, até, finalmente, em seis de agosto, todos os principais jogadores estarem em guerra e as alianças decididas, ela estava fora de si de medo. O que aconteceria com George, um jovem em Hannover, um pacifista de fé, mas, mesmo assim, apto para a guerra? Ela não tinha escolha a não ser manter suas preocupações para si mesma. Agora que a Grã-Bretanha estava em guerra com a Alemanha, ela se tornaria persona non grata em um instante se alguém descobrisse sua verdadeira identidade. Afinal, ela era alemã em todos os aspectos. Ela tinha um sotaque americano e era súdita britânica por casamento, mas depois de migrar para a América ainda criança, ela nunca pensou em se naturalizar. Não havia por quê. Ela disse a si mesma que, como súdita britânica, ela estaria segura. Mesmo assim ela escondeu seus documentos alemães no fundo de seu baú.

Ela sentia por Lizbeth e Gustav, embora nenhum dos dois parecesse preocupado. Talvez devessem estar. Ninguém parecia saber o que aconteceria a todos os alemães vivendo em Singapura e isso colocava todos em uma posição estranha, já que os britânicos se davam melhor, dentre todos os grupos étnicos que viviam em Singapura, com os alemães.

Ela descobriu seu destino antes de Ernest, antes de seus vizinhos britânicos e, certamente, antes da maior parte de Singapura quando, em seu caminho do trabalho para casa, seu gharry parou repentinamente no Clube Teutonia. Havia muita comoção na Scotts Road naquela tarde e vários carros estavam entrando no terreno do clube. Demorou alguns minutos para Emma perceber que os carros eram oficiais e que haviam militares em uniformes na entrada do clube. Um grupo de civis circulava do lado de fora, sob o olhar atento dos guardas. Um por um, os civis foram conduzidos para dentro. Quando ela reconheceu Lizbeth e Gustav entre eles, uma sensação ruim preencheu seu estômago. A concentração continuou, os carros entrando em fila até que finalmente houve uma lacuna no fluxo dos automóveis e ela seguiu em seu gharry.

Quando chegou em casa, ela guardou seu uniforme no quarto e correu para a casa de Dottie, sem nem mesmo se preocupar em examinar o jardim em busca de tigres intrusos enquanto corria pela lacuna na cerca.

— É sobre Lizbeth e Gustav — disse ela sem fôlego para uma Dottie confusa, que estava sentada em sua cadeira de vime favorita.

Dottie se levantou languidamente e conduziu Emma para dentro. Quando teve certeza de que não havia empregados por perto ela disse: — O que aconteceu?

Emma detalhou em frases curtas a cena em Scotts Road.

— Oh, isso.

Emma encarou o rosto perplexo de Dottie.

— Você sabia?

Dottie tocou o braço de Emma de forma reconfortante.

— Edgar tem conhecimento interno da maioria das coisas. Eu não me preocuparia. Pelo que ele diz, não vai ser tão ruim. Eles têm permissão para levar os empregados com eles. Eles foram informados que podem operar suas contas bancárias, comprar mercadorias e enviar mensagens. Isso nós sabemos. Edgar já falou com aqueles que estão no comando e estamos planejando fazer uma visita em alguns dias.

— Eles podem receber visitantes?

— Oh, sim. Eu estava pensando em levar algumas flores. Coitada da Lizbeth. Tenho certeza de que eles ficarão confortáveis o suficiente, mas, sendo Lizbeth, ela vai se sentir confinada lá, imagino.

Emma absorveu a informação, ponto a ponto, e o alívio a tomou. Ela havia se afeiçoado a Lizbeth e sua sagacidade sádica, sua autoconfiança e seu desdém por pessimismo. Podia contar com Lizbeth para tirar proveito de qualquer situação e ser confinada no Clube Teutonia não parecia tão ruim.

Apesar do confinamento alemão, a guerra parecia longe e Dottie se provou certa em dizer que Singapura não seria afetada, pelo menos não diretamente. Edgar reclamava da falta de funcionários depois que o serviço civil perdeu quarenta e cinco jovens, que saíram para se alistarem. "Acham que são malditos heróis, os idiotas", ele resmungava. Dottie – que não escondia seu descontentamento com a pança crescente de Edgar – achava que trabalhar mais faria bem ao seu marido. Na Guthries, a situação de emprego era pior. As repartições de borracha e estanho perderam a maior parte de seus funcionários visto que os jovens britânicos se alistaram para cumprir o seu dever para com o país e outros levaram suas esposas e filhos de volta para a Inglaterra.

O marido de Cynthia, Ian, reclamava que queria se juntar a eles, mas era muito velho. Ele se juntou às forças de defesa voluntária, assim como Edgar e o marido de Eve, Robert. Os três homens pressionaram Ernest a fazer o mesmo, mas ele disse que seria pouca utilidade por causa dos seus joanetes. Eles eram grandes, Emma sabia, e dolorosos e cada dedão estava quase cruzando o próximo, mas ele realmente não precisava tirar os sapatos na frente dos outros para provar seu ponto. Mas ele o fez e Ian e Edgar encararam seu pé aleijado uma tarde na casa de Dottie enquanto lanchavam e expressavam suas condolências. Ernest foi devidamente exonerado de toda responsabilidade nos esforços da guerra.

Para o seu crédito, na Guthries, para compensar a perda de funcionários, Ernest trabalhou mais duro do que nunca. Ele também ficou bastante entusiasmado, pois a guerra certamente seria boa para os negócios, e isso afetou profundamente o seu humor. Emma descobriu que tinha o velho Ernest de volta, o Ernest entusiasmado e alegre, cheio de piadinhas e gracejos. O Ernest que sabia como fazê-la rir. Embora seu bom humor estivesse às custas do resto do mundo e ele pudesse ser incrivelmente insensível a respeito disso.

— Exatamente o que o mundo precisa — disse ele uma vez no café da manhã — de uma boa guerra.

Emma levou a xícara de chá aos lábios para esconder seu descontentamento. Para ela, a guerra era abominável. Ela foi criada com base em valores de paz e aderiu à visão de que não poderia haver justificativa para conflitos armados.

No que deveria ser o outono, mas não era nos trópicos onde as estações do ano não existiam, os alemães confinados no Clube Teutônia foram transferidos para Tanglin, onde foram forçados a abrir mão do seu santuário em um grande hotel por uma enfermaria em um quartel militar.

Para Lizbeth e os outros confinados, a mudança reforçou a realidade da guerra e que eles eram, em termos inequívocos, prisioneiros. A reação imediata de Emma quando Dottie lhe deu a notícia foi egoísta, ela sabia, mas a tensão de passar pelo Clube Teutônia duas vezes todo dia havia se tornado demais, especialmente porque ver os guardas do lado de fora trazia à tona a preocupação não só pelos confinados e pelo seu amado irmão George, mas também por si mesma. Seria melhor para seu bem-estar emocional se ela pudesse evitar suas preocupações de borbulharem todos os dias e, sem aqueles guardas posicionados do lado de fora do hotel como um lembrete constante do que estava no fundo do seu baú, ela se sentiu um pouco melhor.

Para todos, exceto para os alemães confinados, a guerra continuava distante, embora uma atmosfera de preocupação ansiosa pairasse no ar como névoa. O mais perto que a batalha chegou de Singapura foi quando o *Emden*, um corsário alemão disfarçado de navio britânico, entrou no porto e disparou contra um cruzador russo. Emma acompanhou a história no jornal diário que Ernest levava do trabalho para casa, seu interesse despertado porque Emden também era uma cidade muito próxima daquela na qual ela havia nascido. O cruzador russo afundou em quinze minutos. Mais de cem homens morreram. O *Emden* então afundou um contratorpedeiro francês antes de desaparecer no mar. Emma não pôde deixar de se sentir aliviada quando, mais tarde, o próprio *Emden* encalhou, embora não tivesse certeza de qual lado da guerra ela deveria estar ou mesmo se podia escolher um lado.

As coisas não estavam tão monótonas na Europa. As esperanças de que a guerra terminasse no Natal foram frustradas quando as batalhas continuaram na Frente

Ocidental. Todos os dias, o jornal noticiava mais mortes e destruição e em tantos lugares diferentes que era impossível reter todos os eventos na mente. Tudo o que Emma podia fazer era orar e ela orava e orava. Ela orava pelo fim da guerra e orava por todos aqueles que morreram ou foram feridos e pelos entes queridos de ambos os lados.

Talvez Deus interviesse e colocasse um fim em tanta matança sem sentido.

Talvez Deus interviesse e poupasse George.

Ela se sentia impotente, assim como se sentia impotente na ala de quarentena do hospital. Ela podia abrandar, mas não podia curar.

No trabalho, uma tarde, o Dr. Farquhar entrou na enfermaria e Emma se juntou a ele em suas rondas, junto com a enfermeira-chefe e outra enfermeira. Eles paravam no pé de cada cama para discutir o progresso do paciente. Às vezes o Dr. Farquhar fazia uma pergunta que Emma achava que podia responder. Caso contrário, ela apenas escutava impassível. Era parte da rotina de enfermagem do hospital, tão familiar para Emma quanto comer pão, e ela executava o ritual da maneira de sempre, respeitosa e interessada, sua atenção inabalável.

Motivo pelo qual, quando eles visitaram o último homem da ala e o Dr. Farquhar puxou Emma de lado, ele a pegou de surpresa. Ela não fazia ideia de que a preocupação e a tensão que ela mantinha escondida estavam aparecendo em seu rosto, não fazia ideia de que seu cansaço emocional era visível aos olhos atentos.

Ele sugeriu que ela tirasse férias, mas ela recusou.

— Mas você parece tão cansada — disse ele.

A enfermeira-chefe logo estava ao lado dele. Em conluio, não havia dúvidas.

— Todos nós precisamos de um descanso dessa ala às vezes — disse ela, com simpatia. — Não é motivo de vergonha.

— Eu estou bem — disse Emma em sua defesa. Mas ela concordou que a ala de quarentena estava se provando bastante desgastante. Talvez houvesse menos tensão emocional na ala de doenças venéreas dirigida pelo Dr. Huang? Foi a sugestão do Dr. Farquhar. Ele cuidou de tudo e ela foi transferida no dia seguinte.

As outras enfermeiras na ala de doenças venéreas eram companhias agradáveis e Emma logo se adaptou. Ela descobriu que o Dr. Huang era um especialista erudito que gostava de exibir seus extensos conhecimentos. Em suas rondas, ela gostava de suas brincadeiras, faladas em seu sotaque inglês forte. Ele também tinha um senso de humor irônico, que, considerando sua especialidade, ele sem dúvidas precisava e se revelou contagiante.

O sofrimentos dos pacientes, na maior parte do tempo, era menos severo e as mortes não eram tão comuns, mas Emma teve que usar toda a sua determinação para não julgar os pacientes, pois a indecência era abundante em Singapura e, apesar da guerra, os bordéis ilícitos continuavam a prosperar. Quando ela observava os cancros, as lesões e as feridas, ela tinha pouca simpatia, e quase revirava os olhos sempre que seus pacientes rugiam de agonia enquanto esvaziavam a bexiga.

Foi lá que ela encontrou seu paciente mais desafiador, o Sr. Frobisher, de Kent. O Sr. Frobisher — ele queria que ela o chamasse de Frank, mas ela se recusava — estava no último estágio da sífilis. Ele tinha dificuldade em coordenar seus movimentos e estava meio cego. Ele teria sido um jovem impetuoso e ainda era meio libertino. No entanto, estava perdendo a sanidade e sofria ataques de delírio. O Dr. Huang também diagnosticou um enfraquecimento do coração e não demoraria muito, todos pensavam, para o Sr, Frobisher falecer.

As outras enfermeiras sussurraram a Emma, no dia em que ela começou a trabalhar na ala, para ela tomar cuidado com o paciente moribundo, mas no instante em que ele viu seu rosto jovem, ele se voltou e fez de Emma sua namorada de faz de conta. Ela não pôde evitar se divertir com as designações dele, a forma como ele a chamava do outro lado da enfermaria em seus momentos de lucidez, com mão sobre o coração e insistindo que ela atendesse às suas necessidades. Ela não fazia ideia se era tudo mentira.

Um dia, quando ele estava sem fôlego depois de uma convulsão, ela sentou ao lado de sua cama e colocou a mão sobre o lençol cobrindo o braço dele e a deixou lá. Ela fechou os olhos e orou silenciosamente. Ela se manteve quieta, deixando a mão no braço dele e, enquanto sentava, percebeu a respiração dele se estabilizar e ele adormeceu. Depois de um tempo, ela tirou a mão e saiu. Ela não pensou mais nisso enquanto retomava as suas tarefas.

No fim do seu turno, a enfermeira-chefe a puxou de lado. Ela pensou que tinha feito algo errado e pensou no seu dia, mas a enfermeira apenas sorriu e disse:

— Você tem um dom, Emma Taylor.

— Um dom? Não entendi.

— Eu vi você com o Sr. Frobisher.

Emma sentiu o calor subir às suas bochechas. Apesar do calor em seu sorriso e de seu elogio, Emma ainda sentia que a enfermeira-chefe estava prestes a recriminá-la.

Ao invés disso, ela a encarou intensamente.

— Você é uma curandeira.

— Uma curandeira?

— Eu já vi isso antes. Você proteja o seu dom, Emma. É um presente de Deus.

Ela falava sério.

Emma descobriu no dia seguinte que o Sr. Frobisher morreu serenamente naquela noite. Foi o melhor que alguém na enfermaria poderia ter esperado.

Agora que ela trabalhava na ala de doenças venéreas, em casa, Ernest estava menos aviltante do seu desejo de trabalhar, aliviado como estava por ela não correr mais o risco de se infectar e às pessoas ao seu redor, especialmente ele, com uma doença mortal, embora ele se recusasse a comentar sobre os seus pacientes.

O fim do ano passou sem festas. Era como se os expatriados de Singapura se sentissem muito conscientes da guerra que acontecia além das bordas do Oriente para celebrar o Natal e o Ano Novo. A alegria foi adiada.

O único ponto alto, para Emma, era ir à igreja.

A Catedral de St Andrew realizou uma triste missa na véspera do Natal, mas foi o suficiente para ela se sentar na nave, sob o teto abobadado, contemplando o impressionante vitral atrás do altar. A acústica elevou as vozes do coro e, enquanto cantava os hinos, ela esqueceu de onde estava e o seu coração se encheu dos Natais da sua infância, com presentes e biscoitos especiais e stollen de Natal. Ela ansiava por essa época, em que a família estava toda reunida na Alemanha, embora suas memórias fossem nebulosas. Era apenas algo que ela sentia. O sentimento de Natal, de pertencimento. Os dias escuros da estação transformando-se rapidamente em noites frias. Neve. Como ela poderia não ansiar por neve.

Ernest, que estava sentado ao lado dela fingindo cantar, largou seu livro de hinos e ela foi arrancada de sua nostalgia e atirada de volta na quente Singapura com uma espécie de baque.

Ela teve uma experiência totalmente diferente de sua descendência alemã em um sábado, no começo de janeiro. Emma estava sozinha em casa quando ouviu uma forte batida na porta da frente. Emma encontrou Dottie parada na varanda. Ela parecia desesperada.

— Você deve ir comigo ao quartel visitar a pobre Lizbeth. Diga que irá.

— Quando?

— Agora.

Dottie olhava para sua vizinha com expectativa e, sentindo que não tinha muita escolha frente à expressão determinada de Dottie, Emma concordou relutantemente. Ela nem mesmo tinha uma desculpa. Ernest estava almoçando com seus colegas da Loja no clube de críquete e Emma não havia sido convidada. Além disso, os alemães estavam confinados há cinco longos meses e os relatos de Dottie sobre o bem-estar de Lizbeth não eram bons.

— Me encontre aqui em, o que, quinze minutos? — disse Dottie, olhando Emma de cima a baixo.

— Muito bem.

Satisfeita, Dottie saiu pelo jardim, deixando Emma para se apressar até o quarto para vestir um vestido mais elegante.

Emma raramente acompanhou Dottie nessas visitas e não foi nenhuma vez desde que os confinados foram transferidos para Tanglin. Seu trabalho no hospital fornecia uma desculpa. Ela queria apoiar sua nova amiga, é claro que queria, mas ela achava o confronto com sua identidade alemã opressor. E ela não podia ir de mãos vazias. O que ela presentearia? Ela sabia que Dottie devia ter organizado uma cesta. Ela repassou as opções em sua mente enquanto seus olhos vasculhavam tudo. Nada de segunda mão serviria. Algo feito em casa? Na sala de estar, seus olhos pousaram em sua primeira tapeçaria, a primeira que ela havia criado até então — a árvore com pássaros e flores parecia destinada a mantê-la ocupada por pelo menos um ano — e foi com arrependimento que ela a pegou, embrulhou em papel e guardou na bolsa. No entanto, ela sabia que Ernest não perceberia. Ela havia mostrado para ele seu primeiro trabalho com muito orgulho uma noite durante o jantar e o olhar dele mal parou para admirar os belos detalhes.

Uma hora depois, elas partiram no gharry de Dottie com presentes de comida e flores. Dottie até mesmo pensou em comprar um batom para a amiga delas.

— O dela vai ter acabado, eu imagino.

Emma não respondeu. A última coisa que ela imaginaria querer se estivesse confinada seria batom.

A cidade rapidamente deu lugar a árvores e campos abertos. Elas abriram caminho até Dempsey Hill e, em pouco tempo, o gharry parou no quartel. As duas desceram, Emma entregando a Dottie as caixas e bolsas, antes de descer para pegar sua parte.

— Você é um tesouro.

Emma se sentia mais como um cavalo de carga. Ela não encontrou nada positivo para dizer então se manteve quieta. Dottie disse ao motorista para esperar e elas saíram com a carga.

À medida que se aproximavam do complexo, um aglomerado de grandes edifícios coloniais com telhados enormes saudou os olhos de Emma, construções que eram orladas por varandas apoiadas por fortes postes quadrados. Mais alguns passos carregando sua carga pesada e Emma cobiçou a sombra. O quartel havia sido transformado em um hospital militar, com um edifício inteiro dedicado a doenças de pele e venéreas entre as tropas. Dr. Huanga havia contado tudo a Emma – como Tanglin recebeu metade do problema e o hospital de doenças infecciosas a outra metade, enquanto a maior parte das portadoras, prostitutas de todas as nacionalidades, nunca cruzaram a porta do hospital.

Elas abordaram um guarda encostado na parede ao lado da entrada, como se não tivesse uma única preocupação. Ele observou seus rostos ingleses brancos e seus pacotes e as enxotou para dentro, para onde os confinados alemães estavam alojados, todos juntos, em uma ala. Quando entrou, Emma viu imediatamente que os pertences dos confinados eram reduzidos e ela observou os rostos miseráveis, o abatimento, o tédio e a resiliência daqueles determinados a tirar o melhor da situação. Alguns estavam reunidos ao redor de uma cama, jogando cartas. Outros estavam fofocando, um ou dois lendo um livro ou revista. A atmosfera era triste, ninguém falava alto, mas Emma entendeu as vozes que ouviu. Curiosa como estava para ouvir, ela fingiu ignorância, mantendo-se inexpressiva.

Lizbeth e Gustav estavam entre os mais privilegiados e receberam um quarto privado – um quarto de enfermeira, Emma pensou quando entrou – assim como alguns outros casais ricos e socialmente proeminentes. Todos os outros tiveram que se contentar com as condições da ala aberta. Sem dúvidas isso era fonte de ressentimento.

Vendo suas amigas chegarem, Lizbeth correu e deu um abraço demorado em Dottie. Emma ficou para trás enquanto Gustav saía do quarto, acompanhado pelo homem com quem conversou no concerto.

— Herr Weber não está feliz — Lizbeth riu enquanto fechava a porta.

— Tenho certeza de que ninguém está feliz, não aqui — disse Dottie.

— Ele mais do que ninguém. Ele tinha muito investido em um pequeno empreendimento e parece que os seus planos estão arruinados. Mas, se querem minha opinião, Gustav é muito leal às pessoas erradas.

Emma lutou para sentir alguma simpatia por Herr Weber. Tudo com o que o tipo dele parecia se preocupar era com a segurança de seus próprios lucros e investimentos, não as pobres almas sofredoras que tinham que lutar na linha de frente. Ela se lembrou daquela primeira conversa furtiva no

Clube Teutônia, quando Gustav disse a Herr Weber para não ser paranoico. Os dois pareciam esquivos então e Emma não pôde evitar decidir que eles estavam esquivos agora.

Ela logo foi trazida de volta ao presente pelos seus braços, que começaram a reclamar do peso dos presentes de Dottie.

— Nós lhe trouxemos isso — disse Dottie, depositando sua parte da carga na cama. Emma rapidamente fez o mesmo, então pegou seu próprio presente na bolsa.

Lizbeth examinou as caixas e bolsas com interesse.

— Obrigada — disse ela.

— Eu trouxe isso — disse Emma, oferecendo a tapeçaria.

O rosto de Lizbeth se iluminou com curiosidade e prazer enquanto ela abria o papel e via a tapeçaria, Emma estremecendo enquanto seus olhos pousavam em cada pequena falha. Era, afinal, sua primeira tentativa.

— Você fez isso? — disse ela, erguendo o olhar para o rosto de Emma.

— Fiz — disse Emma, timidamente.

— Bem, obrigada. Presentes feitos à mão são sempre os melhores.

Lizbeth pousou a tapeçaria em seu travesseiro. A alegria momentânea deu lugar à raiva quando ela se virou para suas amigas.

Dottie examinou seu rosto.

— Você está bem mesmo?

Lizbeth deu de ombros.

— O que fazer. Gustav disse que seremos deportados para a Austrália em breve.

— Não!

— Herr Weber disse que deveríamos ficar gratos por estarmos sendo tão bem tratados — havia sarcasmo em sua voz.

— Gustav ficará bem.

Os olhos de Lizbeth se desviaram para Emma.

— Poderia fazer a gentileza de pegar um copo d'água para mim?

Aproveitando sua deixa, Emma vagou pela enfermaria e, não vendo nenhum sinal de água, passou pelas portas duplas e entrou em um curto corredor. Ela se viu ao lado de uma pequena sala de zelador. Havia uma despensa do lado oposto e a porta estava entreaberta. Escutando vozes, ela se afastou alguns centímetros para não ser vista. A conversa acontecendo na despensa era, é claro, em alemão e algo nas vozes, furtivas e apressadas, fez ela prender a respiração, ouvindo atentamente.

— Lauterbach, tem certeza de que isso vai funcionar?

— Eles já desprezam os britânicos. Só precisam de um empurrãozinho.

— O túnel não está pronto.

— Nós provavelmente não vamos precisar dele.

— Então como vamos escapar?

— Deixe isso comigo.

Lauterbach? O nome era familiar, mas ela não conseguia imaginar por quê.

Ela ouviu movimento dentro da sala, passos. Antes dos homens saírem, ela correu e passou por outra porta dupla. Um grande balde d'água estava em uma mesa mais adiante. Ela se apressou até lá, então fingiu indiferença enquanto enchia a jarra, os homens passando por ela. Enquanto voltava para a ala, ela olhou pela janela para ver um grupo de alemães, sem dúvida Lauterbach e seus homens, conversando e rindo com dois soldados indianos que deveriam estar vigiando a ala hospitalar.

MOTIM

Em uma tarde no começo de fevereiro, Emma chegou em casa de um turno monótono para encontrar Chun ocupada na cozinha e a empregada trabalhando no jardim. Depois de receber sua patroa com um sorriso deslumbrante e oferecer chá e bolo – Emma recusou ambos, pois tinha acabado de beber uma xícara e comer um biscoito na sala das enfermeiras – Chun mostrou a ela as duas cartas na mesa do corredor. Sem antecipar a correspondência, Emma passou direto por ela.

Correspondência?

Ela se forçou a passar por sua rotina habitual, guardando sua bolsa e seu uniforme no quarto, molhando o rosto no banheiro e depois indo para a sala de estar, pegando as cartas no caminho. Ela ligou o ventilador e direcionou a brisa para a sua cadeira favorita. Ernest não estaria em casa por algumas horas pelo menos. Ela se sentou e observou os envelopes em sua mão.

A primeira era de seus pais, com carimbo da Filadélfia, o envelope novo e fresco. A outra era da Alemanha, datada de agosto de 1914, e mais desgastado. Ao que parecia, o envelope tinha sido aberto e lacrado pelo menos duas vezes. Emma ficou surpresa pela carta ter chegado a Singapura, devido à guerra.

Ela abriu a carta dos pais primeiro. Foi escrita pelo seu pai em alemão, a letra elegante e firme. Ele dizia que estava pensando em se aposentar ou pelo menos passar mais tempo em casa. Sua mãe tinha sessenta e cinco anos. Ela tinha um problema no coração e estava achando cada vez mais difícil cuidar da casa. Seu irmão Herman logo se qualificaria como médico e já estava falando em se tornar cirurgião. Isso agradaria muito o pai dela. Seus pais haviam conseguido manter um dos seus filhos enquanto os outros três estavam espalhados ao vento, mas parecia que o seu irmão estava mais do que compensando a ausência dela, de Karin e de George. Era estranho que não houvesse menção de seus outros irmãos na carta e seu pai não perguntasse como ela estava passando. Nenhuma menção a Ernest também, mas isso era esperado.

Ela guardou a carta de volta no envelope e colocou-a no colo. A maior parte dela não queria abrir o outro envelope. Ela o segurou enquanto seu coração se enchia de medo. Finalmente, depois de se persuadir de que George estava bem, que ele havia feito a coisa certa, que ele escolheu um lado, que ele tinha se tornado um opositor consciente, ela extraiu a carta. As notícias não eram as que ela esperava.

Ela não tinha compreendido totalmente a magnitude da guerra ou as formalidades do recrutamento. Ela não podia ter ideia de que um jovem de vinte e poucos anos na Alemanha já teria sido convocado para pelo menos dois anos de serviço militar e que aquele mesmo jovem agora seria chamado para lutar pelo seu país. George deixou a América em 1908. Agora ele tinha vinte e seis anos, sem dúvida ainda era um homem magro e delicado, de constituição frágil e totalmente inadequado para a batalha. Ele explicava que preferia lutar a apodrecer na prisão como um opositor consciente. Não se preocupe comigo, dizia ele, e ela se preocupou ainda mais, passando os dedos pela caligrafia dele, sentindo as marcas que a ponta da caneta havia feito no papel, esperando absorver um pouco dele através de sua pele enquanto seus olhos se enchiam d'água.

Os pais deles sabiam? Em um esforço de dominar sua angústia, ela escreveu ao seu pai, decidindo que devia lhe dar as notícias que ela sabia que ele devia ouvir, embora parecesse uma traição. O pai deles deixaria à deriva qualquer filho seu que tocasse em armas. George sabia disso. Ela tinha certeza de que ele estava contando a ela em particular. A lealdade filial venceu e ela rasgou a página e recomeçou, dessa vez descrevendo sua vida em Singapura, o péssimo saneamento, suas aventuras com Dottie, o calor.

Quando Ernest chegou em casa, cambaleando pela porta da frente e fazendo com que ela balançasse e batesse na parede com um estalo alto, Emma havia selado o envelope da carta para seu pai e guardado a de George no baú. Passos soaram no corredor, pesados e irregulares. Ele estava bêbado de novo. Ela pensou que conseguia sentir seu bafo mesmo antes do seu rosto corpulento aparecer na porta. Ele se apoiou no batente e colocou um sorriso brincalhão no rosto, o esforço contorcendo seus traços. Ela olhou para ele, seu olhar deslizando enquanto o desprezo crescia por dentro. Ele era grotesco. Naquele momento, ela não conseguia entender o que a possuíra para se casar com um homem tão autocomplacente e tão baixo quanto ele. Um homem com graças presas. Um homem inclinado a flertar com jovens bonitas e a ascender na hierarquia social. Um homem convenientemente excluído do esforço da guerra por uma questão de meses devido à sua partida para Singapura – seus joanetes o excluindo até mesmo do serviço voluntário – e lá estava seu marido bêbado protegido de todo o perigo, tudo o que aconteceria ou já teria acontecido ao seu irmão, na verdade, acontecido a qualquer homem bom e leal convocado a cumprir seu dever para com o seu país.

— Não vai me cumprimentar, querida esposa? — balbuciou ele. — Um beijo seria bom.

— Chun vai servir o jantar em breve — Foi o melhor que ela pôde oferecer em resposta.

— Me rejeitando de novo, não é, Emma? — Havia um pouco de mágoa em sua voz.

— Agora não é o momento.

— Para o quê? Eu só queria um beijo.

Ele entrou cambaleante na sala, se curvou, segurou o rosto dela em suas mãos e pousou seus lábios babados sobre os dela.

— Precisa mesmo disso? — disse ela, o empurrando.

— Muito bem — Agora ele soava seco. — Vou tomar um banho.

Ele apareceu meia hora depois, descalço e vestindo seu sarongue.

A segunda-feira seguinte era o Ano Novo Chinês e ela tirou o dia de folga, não que estivesse envolvida nas celebrações. Dottie e Cynthia haviam sido convidadas por uma de suas conhecidas chinesas ricas para participar de uma festa ao ar livre que aconteceria em sua grande residência em Bukit Timah, um subúrbio depois de Tanglin. Emma não tinha sido convidada. Nem Edgar nem Ian queriam se misturar com seus colegas chineses – eles mantinham uma postura grosseira em relação a todo e qualquer não europeu e, agora que havia uma guerra, alemães eram inaceitáveis também – e optaram por passar o dia assistindo críquete no Clube de Críquete de Singapura. Eles levaram Ernest com eles depois que ele recusou um convite para ir a uma festa dada por alguns colegas do trabalho em Pasir Penang. Emma ficou surpresa com a decisão dele, até descobrir que os homens eram membros relativamente novos na equipe, ocupando posições inferiores na hierarquia da companhia. Claramente não havia nada a ganhar lá para Ernest. E, claramente, o pensamento de estar com sua esposa em um feriado não passou pela sua cabeça, embora ele tivesse estendido a ela o convite para o clube de críquete e ela havia recusado, como ele sabia que faria.

Sentada na sala de estar, Emma ficou apática. Orchard Road estava estranhamente quieta e seus ombros estavam tensos depois das horas que ela já havia passado inclinada sobre sua tapeçaria de seda. O primeiro ramo de flores da cerejeira era um desafio. Cada objeto ficava separado por uma fina margem de fio prateado, o que aumentava a complexidade. Ela começou a se sentir confinada pelo desenho que Chun havia dado a ela. O ventilador zumbia, soprando o ar frio em seu rosto, mas suas mãos estavam quentes, as palmas um pouco únicas e as lançadeiras presas em seus dedos. Dez meses em Singapura e ela ainda não havia se acostumado com o calor.

A tarde passou como se o próprio tempo estivesse ocioso. A casa estava quieta demais. Chun tinha o dia de folga, assim como a empregada. Emma não conseguia se animar a ir até a cozinha se refrescar, mas sua sede aumentou, assim como sua fome, e ela finalmente se levantou.

Ela estava voltando para a sala de estar com uma xícara de julep e dois biscoitos em um prato quando um estrondo repentino ao longe a fez parar. Ela escutou. Lá estava de novo, e de novo, explosões irregulares, como fogos de artifício, talvez.

Ou tiros.

Ela prestou atenção na direção da fonte e achou que os barulhos vinham do oeste, da área do Quartel Tanglin, a cerca de um quilômetro de distância. Sua mente se voltou com alarme para a última vez que ela e Dottie visitaram Lizbeth, para a conversa que ela tinha escutado, para Lauterbach e seu plano desonesto, e se perguntou se os prisioneiros de guerra alemães haviam escapado do hospital e os guardas indianos haviam reagido. Ela deveria ter contado a alguém o que ouviu naquele dia?

Os sons explosivos mitigaram e ela descartou seus pensamentos como medos bobos de uma mente ociosa e voltou à sua poltrona com o seu julep e seus biscoitos, ansiosa para terminar a seção do padrão de flores em que estava trabalhando.

Pelas quatro da tarde, a porta da frente se abriu e um Ernest muito suado entrou apressado na sala de estar. Ele estava sem fôlego, arquejando como se tivesse acabado de correr por toda a extensão de Orchard Road.

— O jogo já acabou? — perguntou Emma. Ela o observou por um momento e acrescentou: — Por que não se senta e para de ofegar?

Ele acenou as mãos, gesticulando para ela ir com ele. Ele estava agitado.

— Há problemas no quartel — disse ele finalmente.

O alarme a percorreu. Lauterbach! Imaginando o corpo de Lizbeth prostrado no chão enquanto tentava fugir, Emma temeu o pior.

— Os alemães fugiram? — disse ela.

— Não, não. Bem, eu não sei. Provavelmente. São os indianos. Os guardas.

A preocupação cedeu lugar ao alívio.

— Acalme-se, Ernest. Você conseguirá falar melhor depois que recuperar o fôlego.

— Não há tempo, Emma. A 5ª Infantaria enlouqueceu.

— Enlouqueceu? O que diabos você quer dizer? — Em seu estado exasperado, ela não conseguia levá-lo a sério.

— É um motim — gritou ele. Ele soava quase infantil. — Centenas de sipaios estão em alvoroço.

— Sipaios? Quem são esses homens?

— Só a droga do único exército que os britânicos deixaram para proteger Singapura, além dos voluntários. Eu vim buscar você.

— Eu não vou sair! Ficaremos mais seguros dentro de casa.

— Eu queria que isso fosse verdade. Estão chegando notícias de que os revoltosos estão matando todos os europeus em que põem os olhos. Eles estão indo de casa em casa. É um massacre.

Foi a forma como ele disse a última palavra que a convenceu de que ele não estava exagerando e ela não precisou mais ser persuadida. Ela se levantou e pegou sua bolsa.

— Para onde vamos?

— Não tenho certeza. Para a cidade e depois vamos ter que encontrar algum lugar seguro. Guthries, talvez. Ou a Loja.

Depois de uma corrida frenética no carro que Edgar insistiu que Ernest dirigisse, e que foi responsável por grande parte da agitação de Ernest ao chegar em casa, já que ele tinha pouca experiência atrás do volante, eles pararam primeiro aqui, depois ali, perguntando a quem quer que parecesse uma autoridade nas ruas da cidade qual era o melhor lugar para ir, e acabaram voltando para o clube de críquete.

O edifício, com suas paredes sólidas e pilares imponentes, parecia capaz de aguentar o pior dos ataques, mas, à medida que mais mulheres e crianças chegavam, apressando-se com olhares de terror em seus rostos, e as notícias de mais e mais mortes chegavam com elas, tornou-se aparente, pelo menos para Emma, que logo seria necessário evacuar Singapura. Os recém-chegados corriam para se juntar aos outros amontoados nos fundos da grande sala de recepção. Emma optou por ficar perto das portas principais do hall de entrada com painéis de madeira, caso pudesse ser útil. Ernest foi forçado a ficar com ela.

Um policial chegou com mais notícias, passando pelos

Taylor e parando abruptamente diante das autoridades que se aglomeravam ali.

— O motim se espalhou para o Quartel Alexandra — anunciou ele para aqueles ao alcance da sua voz. — Comandante abatido, outros policiais escaparam com vida por pouco.

— Meu Deus!

Bocas se abriram, rostos pareciam abatidos.

— Fica pior. O Major Galway e o Capitão Izar da Artilharia Real foram assassinados nas Linhas dos Sipaios. E um médico foi morto a tiros em seu carro.

— É um motim, por certo.

Os outros policiais, junto com vários civis que se colocaram no comando, Edgar entre eles, rapidamente se reuniram para traçar um plano de ação. Emma observou, desejando ser incluída em sua capacidade de enfermeira, mas seu gênero impedia qualquer envolvimento na tomada de decisões. Houve muita discussão entre os homens e depois acenos de cabeça e vaivém.

Os minutos se passaram como dias. Então Edgar se afastou do grupo e se aproximou de Emma e Ernest.

— Vou transportar passageiros. Emma, venha comigo.

Ernest deu um passo à frente antes de perceber, com um olhar alarmado para a esposa, que ele teria que ficar para trás. Dessa vez, os joanetes não serviriam de desculpa para a covardia, Emma pensou enquanto se afastava. Embora seus passos tivessem compaixão pelo marido, que parecia completamente perdido.

Depois de uma carona curta, porém apertada, as mulheres amontoadas no carro de Edgar desceram e se juntaram ao pequeno grupo já reunido no Píer St. Johnson. Emma não conhecia ninguém lá. Crianças estavam chorando e se agarrando às suas mães. Mulheres consolavam umas às outras.

Mais carros estacionavam e mais mulheres e crianças chegavam.

Com uma noção crescente de sua posição como profissional da saúde, Emma andou e parou perto de um homem corpulento e de aparência orgulhosa de uniforme que claramente estava no comando. Sem mais delongas, ela anunciou que era uma enfermeira, caso alguém precisasse de ajuda.

— Obrigado, senhora — disse ele, mal prestando atenção nela.

— Me diga — disse ela, persistente. — Eu escutei os tiros de casa. Houve um ataque ao Quartel Tanglin?

— Está correta, senhora.

— Eu sou a Sra. Taylor — disse ela. Ansiosa para causar uma boa impressão, ela estendeu a mão.

— Major Thompson — disse ele, dando-lhe um breve aperto de mão. — Agora, se me der licença.

Ela hesitou, escolhendo suas palavras com cuidado.

— Espere. Por favor, Major. E o que aconteceu com os alemães?

— Os alemães estão bem. Libertos, na verdade. Os sipaios tiraram todos do quartel e depois atiraram nos funcionários.

Ele manteve a compostura.

— Alguma perda?

— Até o momento, não. Embora não tenha como dizer o que vai acontecer nas próximas horas. As enfermeiras e médicos do quartel escolheram ficar onde estavam e atender os feridos.

— Diferente dos guardas, eu suponho.

— Os guardas se espalharam.

Vendo que ele estava prestes a se afastar de novo, o desejo de desabafar aumentou e ela controlou sua reticência em revelar uma identidade alemã ao contar.

— Major Thompson, devo lhe dizer que acredito que alguns alemães estavam conspirando.

— Desculpe, Sra...

— Taylor.

— Sra. Taylor, como pode ver, eu estou muito ocupado.

— Eu acho que é importante que você ouça o que eu tenho a dizer. Por favor.

Ele suspirou. Ela deu a ele um breve relato do que ela tinha escutado no mês anterior, esperando evitar a questão óbvia que devia estar passando pela cabeça do major – como ela conhecia a língua alemã tão bem? Ele ouviu com interesse forçado até ela mencionar Lauterbach. A expressão no rosto dele mudou em um instante.

— Eles também falavam hindustâni — continuou ela, notando a veracidade do que disse enquanto falava. — Eu os vi depois, conversando com os guardas.

— Aquele rato ardiloso — murmurou ele baixinho.

Ela não fazia ideia de como a informação seria útil, mas limpou sua consciência ao contar.

Ouviu-se o som de tiros à distância.

— Obrigado, Sra. Taylor — o major se virou para falar com outro policial que tinha se aproximado e ela se afastou e se juntou à multidão de mulheres e crianças inquietas.

Quando percebeu, estava sendo conduzida para uma lancha, amontoada com os outros refugiados na noite que caía rapidamente. Enquanto o barco se afastava do píer, a escuridão ficou mais densa, quebrada apenas pelas luzes de um navio a vapor no porto. Ninguém falava. Uma criança chorava. Outra choramingava. Emma se agarrou ao corrimão enquanto a lancha virava para a direita e o aglomerado de corpos eram pressionados contra ela.

O desconforto logo acabou e a lancha parou ao lado do navio e, um por um, eles foram transportados, obrigados a subir uma escada de corda até o convés principal. O subir e descer de uma leve ondulação tornaram os primeiros degraus da escada precários e Emma ficou grata pelos dois homens que guiavam seu caminho. À medida que ela se aproximava do topo e a lancha se distanciava, suas palmas começaram a suar e ela agarrou a escada com mais força, sentindo nenhum conforto na presença da mulher abaixo ou acima dela.

No convés, Emma logo descobriu que o SS *Ipoh* não tinha meios para lidar com os novos passageiros. Um membro gentil da tripulação anunciou que ele estava cedendo sua cabine para as crianças e o capitão, um homem cortês e prestativo, imediatamente ofereceu a sua para as mulheres que quisessem ficar lá dentro. Emma escolheu uma poltrona reclinável que havia sido colocada no convés junto com alguns colchões e, depois de aceitar uma tigela de ensopado de frango e um naco de pão, ela passou a noite observando as luzes de Singapura, ansiosa por notícias, imaginando um Ernest agitado andando de um lado para o outro, sem fazer nada, exceto evitar o perigo.

O clima estava tenso. Todos tinham entes queridos na costa. Ninguém conseguiria dormir a noite toda, disso ela tinha certeza, embora nenhuma das mulheres sentadas ao seu lado pareciam dispostas a conversar. À sua direita, uma jovem mulher estava sentada curvada, segurando os joelhos e periodicamente enterrando o rosto nas roupas, e, à sua direita, uma mulher empertigada na casa dos trinta anos olhava nervosamente à sua volta, como se esperando ver um amigo ou ente querido.

— Vai ficar tudo bem — disse Emma.

— Vai?

Emma suspirou. Ela não fazia ideia de quantas mulheres conheciam umas às outras, mas ela não conhecia nenhuma e agora, ao que parecia, não era o momento de começar uma conversa.

Emma se perguntou o que havia acontecido com Dottie e Cynthia. Nenhuma das duas estava a bordo do SS *Ipoh*. Quanto a Lizbeth, Emma esperava que, se os alemães tivessem conseguido escapar por aquele túnel, estivessem a caminho da Malásia.

E também havia Ernest, seu marido, o motivo de sua presença em Singapura, um homem a quem ela era menos devotada do que deveria. Ela orou por ele mesmo assim.

A manhã trouxe um calor crescente e um novo tormento. As mulheres começaram a reclamar da comida e das instalações. Elas estavam se sentindo desconfortáveis em roupas encharcadas de suor e a irritação crescia por causa de preocupações mesquinhas juntamente com a ansiedade por maridos, pais e filhos. Emma se viu oferecendo palavras de consolo e orando por uma solução rápida. Ela se absteve de anunciar que era uma enfermeira por medo de ser confrontada com um dilúvio de pequenas queixas que ela não tinha meios para resolver.

Mais tarde naquele primeiro dia, chegou a notícia de que os revoltosos atacaram uma casa em Pasir Panjang. Pouco foi dito. A notícia deixou as mulheres com pouco ânimo. Todas estavam pensando o mesmo. Se uma tinha sido atacada, o que aconteceria com todas as outras? Os militares conseguiriam reprimir os motins? Era a pergunta que ninguém ousava fazer em voz alta. Emma podia apenas esperar que Ernest estivesse conseguindo se manter a salvo.

Elas foram mantidas a bordo por três longos e agitados dias. Arranjos foram feitos para as mulheres se lavarem, mas elas não tinham escolha a não ser vestir as mesmas roupas suadas. Algumas das mulheres mais velhas tentaram assumir o controle da terrível situação e elevar os ânimos com música, mas houve pouca participação. Com tanto desânimo, durante a noite do segundo dia, Emma relutantemente comunicou ao capitão que era enfermeira, caso alguém precisasse de atendimento, mas ninguém precisou.

No quarto dia, os ânimos se elevaram ao verem uma lancha se aproximando e, quando a embarcação parou ao lado do navio, uma gritaria irrompeu entre as mulheres e a celebração começou. A alegria durou pouco. A brisa do mar havia soprado nas águas da baía e a lancha oscilou, rolou e balançou no caminho de volta ao píer. Depois de se agarrar ao corrimão observando a mulher ao seu lado ficar pálida, Emma ficou aliviada ao chegar à costa.

Houve muita comoção no cais quando chegaram mulheres em outras lanchas. Ouvindo a conversa acontecendo ao seu redor, Emma descobriu que tinha se saído melhor do que a maioria. As mulheres chegando no *SS Nile* não faziam nada além de reclamar das condições a bordo. Para reprimir o descontentamento, um dos policiais encarregados da horda de mulheres disse com severidade que todas deveriam agradecer por sua sorte, porque muitas mulheres e crianças não conseguiram embarcar em nenhum navio e ficaram aglomerados nas celas da prisão da cidade ouvindo todos os disparos acontecendo lá fora. Suas palavras tiveram o efeito desejado e as mulheres se calaram.

Emma notou um grupo de mulheres reunidas ao redor de um homem uniformizado que tentava erguer a voz acima da confusão e da enxurrada de perguntas, visto que todas queriam saber o que tinha acontecido. Finalmente, alguém trouxe um caixote e o oficial ficou de pé acima da sua audiência e conseguiu anunciar em um tom tranquilizador que os revoltosos haviam sido detidos e presos, todos os noventa e nove deles.

— Noventa e nove!

O número foi repetido entre arquejos de horror.

Outros, o policial disse, escaparam para Johore.

— O que fizeram com os cativos? — Uma mulher gritou.

Emma reconheceu a voz. Era Eve. Ela estava mais para trás, as mãos nos quadris, a expressão desafiadora.

A horda rapidamente repetiu a pergunta com gritos de "Espero que tenham sido abatidos!" e "Enforque-os!".

— Aqueles capturados foram levados para a prisão — o policial disse.

— Não a mesma prisão para a qual aquelas pobres mulheres e crianças foram conduzidas — Eve gritou.

— As mulheres e crianças foram levadas para outro lugar — disse o policial secamente, um tanto alarmado com a indignação cruel que crescia diante dele, em grande parte graças a Eve. — Agora, mexam-se.

Emma foi uma das primeiras a ir embora. Ela abriu caminho pela multidão e, sem esperar por um carro, correu até o gharry mais próximo. Um local gentil a ajudou a se sentar. Ela se recostou, satisfeita por estar se afastando do porto. Ela fez uma breve oração de agradecimento enquanto o gharry viajava pelas ruas da cidade e então por Orchard Road.

Ela chegou em casa para encontrar um Ernest choroso prostrado no sofá na frente do ventilador, um copo de uísque em uma mão e um lenço na outra. Toda a extensão da sua experiência do motim foi revelada a ela quando ele ergueu o olhar, seu rosto cheio de tristeza e disse:

— Graças a Deus você está de volta.

— Qual o problema, Ernest? — respondeu ela, consternada com a atitude dele. — Eu pensei que você ficaria aliviado, se não contente, em me ver. — Felicidade seria esperar demais.

— Eu estou, querida. Mas Guthries perdeu três homens. MacGilvray, Dunn e Butterworth foram mortos a tiros no jardim do bangalô deles.

— O combate em Pasir Panjang?

— Você soube?

— Apenas que houve outro massacre. Foi essa a festa a que você decidiu não ir?

— A mesmíssima.

— Sinto muito, Ernest.

— Eu não os conhecia muito bem. Eles eram recém-chegados.

— Mesmo assim.

— Foi por pouco, Emma. Eu poderia ter sido morto.

Ela olhou para ele com escárnio. Ele só se importava consigo mesmo. Ele, o marido dela, deitado no sofá com seu sarongue, bebendo uísque e fingindo remorso quando a verdade era que ele sem dúvidas inventou várias maneiras de escapar de todo o drama e confusão e ficar bem longe do perigo. No momento em que pensou isso, ela se censurou. Não era muito cristão ou marital de sua parte ter tais opiniões, mesmo sobre Ernest. Afinal, ela não sabia se as suas suposições eram infundadas. Embora tivesse de admitir que as chances eram poucas.

Nos dias seguintes, o jornal estava cheio de notícias do motim e era tudo sobre o que se falava, no trabalho e na casa de Dottie. Quarenta e quatro europeus foram baleados, muitas vítimas inocentes. A pior tragédia foi o assassinato de um casal recém-casado. Surgiram notícias de que os alemães haviam planejado o motim usando os descontentamentos dos pathans indianos, o resultado da propaganda antibritânica vindo da Índia. Lauterbach e seu grupo convenceram os guardas do quartel de Tanglin que, uma vez que a Turquia anunciou estar contra os Aliados, os britânicos os enviariam para lutar e eles seriam forçados a lutar contra seus próprios companheiros muçulmanos. Era um rumor falso, mas teve o efeito desejado. Lauterbach também levou os revoltosos a acreditar que eles conseguiriam escapar no *Emden* e ficar em segurança no Estado de Johore. Os revoltosos não tinham ideia de que o *Emden* já havia encalhado. Enquanto isso, os conspiradores cavaram um túnel no quartel Tanglin e, quando o caos estourou, eles se esconderam. Seis foram capturados, mas dez, incluindo Lauterbach, escaparam de barco para as Índias Orientais Holandesas. Emma estava certa em suspeitar de Lauterbach, mas ela não disse nada sobre isso, nem para Dottie ou mesmo para Ernest. Se ela falasse, provavelmente seria questionada sobre como conhecia tão bem a língua alemã.

Duas semanas depois, Emma acordou, cozinhando em um emaranhado de camisola e lençol. Ernest tinha o braço sobre ela. Ela gentilmente o tirou, saiu da cama e foi ao banheiro. Ela sentiu uma náusea repentina e pensou que iria vomitar, mas a sensação logo passou. Na cozinha, ela encontrou Chun preparando o café da manhã. O cheiro de ovos fritando fez com que a sensação biliosa retornasse e Emma deu meia-volta e correu até o banheiro, onde vomitou na pia.

Ela lavou o rosto e se olhou no espelho, contando os dias. Não havia dúvidas. Ela estava grávida. Ela ficou lá, olhando o seu rosto abatido, perdida em pensamentos, imaginando seu futuro.

Seu devaneio foi interrompido por movimentos no corredor. Ernest apareceu, veio por trás dela e a agarrou pela cintura. Ela teve um pequeno sobressalto. Então ele colocou os braços ao redor dela e beijou sua orelha. Ela deveria se virar e abraçá-lo de volta, irradiar seu esplendor, seu brilho interior, sabendo que ela tinha finalmente concebido uma criança. Mas ela não conseguiu fazer nada disso, ainda não, não quando ela ainda não tinha processado a informação. Rapidamente, a notícia da gravidez veio com o pensamento nauseante de que ela nutria uma profunda ambivalência por seu marido, uma ambivalência que crescia a cada dia. Ela nunca teria se permitido pensar em deixá-lo, mas mesmo se tivesse, estava agora acabado. Carregando seu filho, ela estava presa. Assim que ele soubesse, assim que se tornasse impossível esconder a barriga, ela teria que deixar de trabalhar no hospital e se ocupar em casa. Ela deu a Ernest um sorriso leve, quase recatado, enquanto se desvencilhava do abraço dele.

Em maio todos os julgamentos da corte marcial terminaram e trinta e sete revoltosos foram condenados a serem fuzilados por um pelotão de fuzilamento. Os líderes seriam executados publicamente, algo que Emma achou terrível. Mais terrível ainda foi a decisão de Ernest de assistir.

— Eu devo isso aos meus colegas — disse ele no dia das execuções, vestindo o casaco.

— Você disse que mal os conhecia — disse Emma com indignação.

— Não é essa a questão.

— É um espetáculo grotesco, Ernest. Não posso imaginar que você escolheria estar lá. Especialmente porque... — Ela parou.

— Especialmente por que o quê?

Emma hesitou. Não teria como esconder a barriga por mais tempo e, talvez, apenas talvez, saber o fizesse mudar de ideia.

— Eu estou grávida.

Ele ficou boquiaberto.

— E você decide me contar agora!

— Isso não é jeito de mostrar sua alegria.

Ele se apressou até ela e pegou suas mãos.

— Eu estou contente. É claro que estou. Mais do que contente. Feliz, na verdade, mas estou de saída, como pode ver.

— E você não vai mudar de ideia? — disse ela, consternada.

— Eu te disso, eu devo isso àqueles homens.

Ela passou as duas horas seguintes fazendo o seu melhor para não pensar no espetáculo.

Duas horas curvadas sobre sua tapeçaria de seda.

Duas horas afastando a teimosia de Ernest da mente.

Duas horas e ele voltou com um buquê de flores.

Ela deu a ele um sorriso de gratidão. Talvez ele não fosse tão egoísta assim afinal.

Ele estragou o momento quando disse isso: — Foi muito bem feito.

Ela imediatamente colocou as mão sobre os ouvidos para deixar claro para ele que ela não queria ouvir. Ela não tinha certeza se conseguiria ponderar suas ações se seu marido persistisse em falar do evento. Ele respeitou seu desejo e saiu pelo corredor, voltando com seu sarongue habitual.

Depois das execuções, a vida em Singapura voltou ao normal e era como se a guerra não estivesse mais acontecendo. Exceto que estava e ela lia sobre as trincheiras, as batalhas e as vidas perdidas no jornal todo dia, e pensava em George e nenhuma notícia chegava.

Nenhuma notícia chegaria, ela sabia disso, pois como ele teria conseguido enviar uma carta para ela quando estava lutando do outro lado?

Entediada, com calor e mais desconfortável a cada dia, o único descanso de Emma chegou aos seis meses de gravidez, quando Dottie insistiu em levá-la e uma Cynthia entusiasmada para o bairro indiano de carro. Foi ideia de Cynthia. Elas ainda não tinham conseguido encontrar sapatos de verão confortáveis para Emma.

— Seus pés vão inchar e inchar e não haverá descanso até você rebentar — disse Cynthia na tarde de domingo anterior. — Você precisa de um par de jutties — Ela mostrou a Emma uma imagem de um par de chinelos decorativos e de aparência frágil em uma revista. Emma olhou de soslaio.

— Eu consigo me virar com o que tenho — disse ela.

— Você já não cabe mais em suas Mary Janes, Emma! — disse Dottie, curvando-se e examinando os pés de Emma — A tira está no último buraco da fivela.

Cynthia apontou para a magazine em seu colo.

— E os jutties são confortáveis e frescos.

— Onde eu vou usar eles?

— Na sua casa.

— Ou aqui em casa — disse Dottie.

Cynthia deu a Emma um olhar complacente.

— Você não vai a lugar nenhum agora, não é.

Exceto para o bairro indiano, ao que parecia. Ela aquiesceu e naquela manhã de sábado, sentada no banco da frente do carro de Dottie, Emma observou as lojas decrépitas enquanto passavam por Serangoon Road, indo para onde Cynthia disse que elas encontrariam um par daqueles sapatos simples e exóticos para Emma.

No carro, Dottie estava com humor patriótico. Ela tinha tido a ideia de arrecadar fundos para o esforço de guerra depois de ouvir que a Sra. Lee, esposa de um chinês milionário, junto com a esposa do Dr. Huang, estavam organizando festejos para ajudar a Cruz Vermelha Britânica e tinham arrecadado uma quantia substancial da comunidade chinesa. Cynthia entrou na discussão com muito entusiasmo. Quando chegaram à loja de sapatos, Dottie e Cynthia tinham decidido fazer uma performance dramática amadora no Victoria Theatre de Singapura em dezembro.

— Vamos deixar Eve cuidar dos ingressos.

— Perfeito!

Seria mesmo, Emma pensou, considerando Eve. Depois do motim, Eve tinha se voluntariado na Cruz Vermelha na parte administrativa. Ela esperou que eles lhe dessem uma função também, mas não o fizeram. Havia algumas vantagens em estar grávida.

A loja de sapatos que Cynthia tinha escolhido era mais um empório. O ar lá dentro estava infundido com incenso doce e enchendo o espaço havia uma coleção de lenços de cores vivas, sáris, joias, enfeites de latão e sapatos. Se eles podiam ser chamados de "sapatos".

Dottie e Cynthia comandaram a situação, fazendo Emma se sentar em um banco nos fundos da loja, tirando suas Mary Janes, que eram muito apertadas, e colocando nos seus pés diversos pares de jutties, até encontrarem os que serviam. Dottie pagou e Emma saiu com seis pares.

— Eles desgastam rápido — disse Cynthia, a expert em jutties.

No caminho de volta, Dottie fez um pequeno desvio e parou no Race Course Road com o pretexto de ajustar o espelho. Elas estavam do lado de fora de um terraço de lojas e pequenos negócios, mas o edifício ao lado delas não era nenhuma das duas coisas. Ao invés disso, uma pequena placa anunciava a Loja da Sociedade Teosófica.

Emma nunca tinha ouvido falar dessa Loja.

Com as mãos no volante, Dottie se virou e começou, sem preâmbulos, a confidenciar a Cynthia e, em virtude de sua presença, a Emma, algumas dificuldades que vinha tendo com Edgar.

— Ele sabe sobre o Bob? — arfou Cynthia, alto o suficiente para Emma ouvir.

— É claro que não.

Os olhos de Dottie se desviaram para Emma no banco de trás e ela se lembrou da chegada de um homem à casa de Dottie quando elas se conheceram e como Dottie a empurrou para fora pelo jardim dos fundos. Foi um choque perceber que Dottie talvez estivesse tendo um caso.

Dottie continuou seu desabafo, escolhendo detalhar uma discussão horrível que ela teve com Edgar na noite anterior. Cynthia ouviu, respondendo nos momentos certos e relatando, depois que Dottie tinha dito tudo, seu próprio descontentamento com Ian. Seguiu-se uma discussão sobre os defeitos dos seus maridos. À princípio, Emma tapou os ouvidos, sem querer saber dos detalhes, sórdidos ou não, mas ela passou a prestar atenção enquanto percebia que ela não era a única esposa infeliz em Singapura. E, ouvindo as falhas de Edgar e Ian e tudo o que Dottie e Cynthia eram forçadas a aguentar, ela disse a si mesma que deveria ficar grata por ter um marido que a sustentava, nunca era maldoso, nunca a advertia, nunca a controlou violentamente e certamente nunca levantou a mão para ela. Mesmo assim, Emma permaneceu discreta, sem dizer nada e mantendo o olhar firmemente na vista da loja estranha. Finalmente, ela perguntou se elas sabiam o que era aquele lugar.

— Eles não são um pouco com os maçons? — disse Dottie, um tanto surpresa com o non sequitur. — Cynthia, você deve saber.

— Eles têm crenças estranhas. Algo a ver com os espíritas.

— Eles não fazem sessões espíritas? — disse Dottie.

— Os espíritas, sim. Acho que os teosofistas levaram as coisas para outro lado.

— Parece assustador e estranho

— Não há nada para você ali, Emma — disse Cynthia, olhando pela janela do passageiro.

Emma não poderia ter concordado mais.

1939

COTTENHAM HOUSE

Observando Adela enquanto ela cochilava, o ritmo suave da sua respiração, sua preciosa cópia de *O Retrato de Dorian Gray* na mesa de cabeceira e a totalidade deste quarto ricamente decorado, Emma imaginou a luxuosa vida de indulgência e diversão que sua paciente havia levado e relembrou suas histórias das reuniões do círculo pré-rafaelita em Babbacombe Cliff. Ela podia quase ouvi-la falar daquelas ideias rarefeitas – místicas, complexas, esotéricas – que Emma duvidava que Adela tivesse realmente compreendido. Adela parecia ser, para Emma, do tipo que galanteava as fronteiras do saber, só pela diversão e, acima de tudo, pela diferença de tudo o que ela teve durante a era vitoriana. Ela decidiu que a única coisa que Adela realmente sabia sobre a Sociedade Teosófica era que ela existia e era cheia de pessoas interessantes.

Talvez sua avaliação fosse muito desdenhosa e irrefletida e, até onde Emma sabia, Adela podia ter estudado os ensinamento ou, pelo menos, se familiarizado com os princípios básicos, assim como Emma havia feito, muito depois que o seu tempo em Singapura acabou, quando se viu em Londres, em Wimbledon, e uma nova fase de sua vida havia começado.

Suas reflexões foram interrompidas por uma batida leve e uma porta se abrindo quando Susan apareceu para ajudar Emma com seus deveres. Depois de uma breve troca, Emma foi para o seu quarto, agora lotado enquanto as memórias a perseguiam.

Ela sentou em sua poltrona e puxou seu tear de tapeçaria apoiado em uma mesa de rodinhas. A tapeçaria era um projeto ambicioso que demandava toda a sua habilidade. A cena era lateral e a única parte do desenho que podia ser considerada simples era o céu fulvo pálido. O resto, a pitoresca casa de campo com sua cerca de estacas, os arbustos e os canteiros de jardins, demandava toda a sua paciência e precisão. Ela puxou a lançadeira por alguns fios de urdidura que formavam a pequena varanda e correu os dedos compridos pela lã fina. Enquanto tecia, sua mente voltou a Singapura, para o último ano, seu primeiro como mãe, quando ela descobriu que não tinha tempo para a sua tapeçaria de seda e guardou o tear com o trabalho apenas um quarto concluído, os carretéis de seda em suas lançadeiras escondendo a imagem.

O que aconteceu com aqueles jutties? Ela usou três pares, mas um dos outros pares ela nunca havia usado. Ela tinha certeza de que os tinha empacotado quando eles deixaram Singapura. Ela os levou para o Japão? Ela não conseguia lembrar. Sua vida naquela época era um borrão para ela agora e, além disso, o paradeiro de um par de sapato não era algo que ela guardaria na memória. Ela mal se lembrava do nascimento de sua primeira filha além do medo de inadvertidamente gritar em alemão e revelar sua verdadeira identidade – ela não gritou – e as tribulações do começo da maternidade nos trópicos, a pele quente e úmida, os cochilos e choros de bebê. Durante o seu último ano de calor tropical, ela mal saiu do bangalô. Disso ela se lembrava. Até o navio a vapor que os levou para San Francisco era uma lembrança obscurecida.

Gladys foi um bebê bondoso, ela se lembrava disso, mas todos os bebês choram e todos os bebês engatinham e causam problemas e ela precisava ter olhos e ouvidos em todos os lugares e nunca sabia onde Ernest estava, além de notar que, quando ele estava presente, não mostrava à filha nada além de gentileza incondicional e total adoração. Eles tinham os mesmos olhos azuis esfumaçados e, quando os de Gladys não ficaram castanhos, ele ficou maravilhado. Desde o dia em que ela chegou ao mundo, ele era outro homem. Ele se tornou atencioso e focado em questões familiares, preocupado com o bem estar de sua filha e, por consequência, de sua esposa. Na época, Emma até começou a se perguntar se estivera errada sobre ele, julgando mal o seu comportamento, seus julgamentos contorcidos pelo calor infernal e pela umidade, quando na verdade ele era só um homem comum com ambições e um grande amor por crianças.

Emma passou sua lançadeira por mais alguns fios de urdidura uma última vez e se preparou para dormir. Olhando para trás, ela tinha muito pelo que ser grata. Ela, uma enfermeira humilde da Filadélfia, arrebatada pelo amor de sua vida e levada em uma grande aventura ao redor do mundo para viver uma experiência encantadora em uma colônia britânica como a esposa de um agente de exportações de sucesso. Mãe de uma linda menina, um belo bebê que agora era uma mulher de vinte e quatro anos, noiva de um funcionário do serviço público. E sua irmã, Irene, agora casada e esperando um filho. Ela devia visitá-lo em breve. Ela poderia ter visitado Irene na manhã seguinte, mas os seus tornozelos estavam inchados, ela disse ao telefone, e recusou o convite de Emma de fazer compras em Wimbledon para o Natal.

A manhã chegou e nem um raio de luz passou pelas

cortinas blecaute. Emma virou de costas e cruzou as mão sobre o abdômen debaixo dos lençóis. A casa estava quieta. Nenhum som vinha de fora. Nenhum grito, nenhum tiro. Ela tinha começado a se perguntar se a guerra chegaria à Grã-Bretanha. Talvez suas preces seriam ouvidas e a batalha acabaria logo e ela poderia se livrar desse nó ansioso em seu abdômen.

O nó ansioso lhe disse o contrário. De certa forma, notícias de bombas e disparos seriam um alívio para a terrível expectativa, pois a Inglaterra vivia uma falsa normalidade, uma normalidade cheia de ansiedade, pressagiando uma sombra invisível sobre o sol. Os alemães eram obstinados, todos diziam, uma raça organizada e determinada. Ela supôs que tinha que concordar. Ela não duvidava das capacidades de Hitler. Que ele era um louco perigoso ela também não duvidava. E seu povo tinha caído por sua fanfarronice – pelo menos, todos aqueles que participavam dos comícios dele. Havia exceções, muitas, muitas exceções. Aqueles como ela. Aqueles capazes de ver com os olhos da mente além das aparências e ver a face da escuridão.

Ela achava irônico, essa guerra se desenrolando não muito longe da costa Britânica, mas ainda assim tão distante dela agora quanto a última guerra estava em Singapura, o motim a única exceção.

Apesar da prisão dos alemães, naquela época havia pouco sentimento antialemão entre os expatriados britânicos; pelo menos, ela não viu. Aquela forma de ódio apareceu em toda a sua feiura em sua vida anos depois e ela temia a repetição; temia ainda mais, acreditando que não podia afirmar ser súdita britânica já que o seu marido havia morrido. Ela não tinha certeza daquilo, mas certamente não sairia perguntando. Como viúva – e, certamente, ela era viúva – ela era alemã, isso era tudo o que ela sabia e ela não queria que a sua identidade fosse descoberta. Não depois de testemunhar o que Lizbeth passou no Clube Teutônia e depois no quartel Tanglin, depois do qual ela foi enviada à Austrália para enfrentar sabe Deus quais dificuldades. Ela teria levado a tapeçaria de Emma com ela? Ela não fazia ideia. Lizbeth nunca escreveu. E ela nunca escreveu para Lizbeth. Essa era a função de Dottie. Dottie manteve contato por muitos anos, mas Emma nunca mais teve notícias dela.

Mesmo com o medo cortante em sua barriga, ela se arrependia de ter queimado a única evidência que tinha de sua descendência alemã, entre os papéis aquela última carta que George enviou antes de ir para a guerra em 1914. A carta tinha sido uma lembrança e um grande conforto para ela ao longo dos anos. Por muito tempo, ela a levou na bolsa. Ela não poderia ter encontrado um lugar para guardá-la onde nunca seria encontrada? Uma única lágrima escorreu por sua bochecha enquanto ela imaginava o rosto jovem dele e conjurava as últimas palavras que ele escreveu. Seu corajoso George.

Ela disse a si mesma que fez a coisa certa. Era só papel. Era melhor incinerar seu passado do que lidar com a perseguição que se seguiria se fosse descoberta.

Ela pensou em Adela no quarto ao lado, judia por nascimento e não por fé. Teria ela adivinhado a verdadeira identidade de sua amada enfermeira? Emma suspeitava que sim. Adela era perspicaz. Emma estava certa de que ela não diria nada. Ainda assim, enquanto se virava de lado e considerava se levantar, aquela velha apreensão surgiu de novo e ela continuou deitada um pouco mais, paralisada.

O ônibus de Cottenham House levou Emma pela Worple Road e ela chegou no coração de Wimbledon em menos de dez minutos. Gladys, embrulhada em um casaco grosso, chapéu e cachecol, estava esperando do lado de fora do banco. Era sábado e a igreja na Queen's Road estava promovendo uma feira de caridade. Emma pensou em passar lá primeiro para ver o que eles tinham em termos de roupas de bebês. Depois disso, elas poderiam ir até Woolworths e ver as promoções. Ela observou Gladys atravessar a rua para se juntar a ela. Uma vez na calçada, ela contornou um grupo de mulheres fofocando e ofereceu um sorriso à sua mãe. Emma cumprimentou a filha calorosamente, olhando seu rosto maquiado, aqueles olhos azuis esfumados como os do pai, os lábios cheios e determinados, o nariz reto e erguido. Era um rosto que não tolerava desafios; não era um rosto doce ou gentil, mas também não era cruel ou severo, e definitivamente atraente. É só que Emma não conseguia deixar de notar a austeridade se desenvolvendo nas feições de sua filha a cada ano que passava, uma certa inflexibilidade, ou talvez fosse cautela, Emma não conseguia decidir.

Gladys pairou e Emma sugeriu que elas descessem a rua.

— Como está a Irene? — perguntou ela.

— Cansada — disse Gladys com um suspiro desdenhoso. — Não faz nada além de ficar deitada com os pés para cima.

Emma sorriu.

— Espere só até chegar sua vez.

— Não estou ansiosa por isso, lhe garanto.

Emma acreditou nela. Ela conhecia sua filha muito bem. Gladys estava noiva pela terceira vez agora e não fugiu à atenção de Emma que cada noivo oferecia maior segurança financeira e status. O último, Tom, trabalhava na Cable & Wireless e tinha muita ambição, de acordo com Gladys.

— Eu pensei que faríamos compras de Natal — disse Gladys desconfiada quando Emma parou na igreja.

— Uma feira de caridade é sempre boa e roupas de bebês nunca se desgastam — disse Emma, entrando na igreja com uma Gladys contrariada no seu encalço.

Elas vasculharam as roupas nas mesas do salão, Gladys com pouco interesse, Emma muito atenta. Ela tinha jeito para encontrar qualidade entre os desgastados e usados. Depois de um tempo, Gladys se afastou e deixou a mão procurar sozinha. Em meia hora, Emma voltou com uma sacola abarrotada de cardigãs, sapatinhos, babadores e macacões, todos brancos, roxos e verdes, tudo por menos de um xelim.

Em Woolworths, Gladys se interessou pelos doces e nada mais. Emma se perguntou se a sua frugalidade havia influenciado sua filha até demais. Barganhar era uma coisa, ser avarenta era outra – embora Gladys pudesse ser extravagante de vez em quando e não rigorosa. De suas duas filhas, Gladys era a cautelosa, reservada, firme. Emma não precisava se preocupar com ela. Era Irene que a mantinha acordada; Irene, que, ela sentia, teria um caminho difícil pela frente. Emma não podia reclamar da sua escolha de marido, especialmente porque o nome dele era George, no entanto, era impossível ver o que acontecia na intimidade de um casamento e Irene, ela sabia bem, tinha personalidade forte.

Com Gladys atrás dela, ela comprou pequenos presentes de Natal para suas filhas e todos em Cottenham House, incluindo Adela. Enquanto saía da loja, olhou ao redor, observando os poucos homens que pairavam na entrada, se perguntando, como sempre fazia, se um dia Ernest apareceria e provaria que ela estava errada em pensar que ele estava morto. Era impossível saber. Ele foi embora um dia onze anos atrás e nunca voltou. Partiu de Southampton para a Austrália. Foi a última vez que ela o viu.

Com duas garotas para criar na época, ela dificilmente admitiria que tinha sido abandonada. E, além disso, ela não sabia se era esse o caso. Nenhuma notícia de Ernest chegou até ela desde então. Desaparecido, provavelmente morto, não era isso o que diziam? Morto em batalha; morto no mar; morto.

Bem, ele estava morto, morto para ela depois que partiu e não voltou. Dificilmente uma morte heroica, ou mesmo trágica, até onde ela sabia. Apenas morto, na Austrália. Ela pensou nele, como geralmente fazia, descansando em uma varanda no calor e no sol escaldante, observando um canguru, talvez, ou afastando um mosquito. Então, como sempre fazia, ela disse a si mesma que ele estava morto. Ele tinha que estar morto porque ele nunca entrou em contato e ele adorava suas filhas e nunca as abandonaria. Algo trágico tinha que ter acontecido e ponto final.

Ela levou Gladys até um agradável salão de chá na esquina, sentou na sua mesa favorita, perto da janela, e, depois de pedir chá e um bolo para cada, trocou amenidades com a sua filha um tanto aborrecida.

Gladys tinha pouco a dizer e Emma conduziu a conversa. Ela contou histórias de Cottenham house, da Srta. Schuster e dos outros membros da casa, mas Gladys mostrou pouco interesse, então ela desistiu. Quando o chá e o bolo chegaram, Emma se viu elogiando o sabor, a textura, o chá, e Gladys educadamente concordou. Emma começou a se desesperar. O passeio era para ser agradável. Sua filha estava distraída, isso Emma podia ver, e estava se perguntando qual poderia ser o problema quando repentinamente Gladys disse, sem preâmbulos:

— Quem vai me acompanhar até o altar?

Emma foi rápida em perceber o tom desanimado e olhou nos olhos da filha.

— Você marcou a data do casamento?

— Só estava me perguntando o que você acha. Sem pai para me acompanhar até o altar, o casamento não vai parecer certo — Havia um tom de reprovação em seu comentário e Emma se sentiu magoada.

— A Irene não se importou.

— Eu não sou a Irene.

Emma suspirou. O que ela poderia dizer em resposta? Não havia nenhum tio para cumprir o papel. Talvez um paroquiano da igreja? Gladys não gostaria disso. Derrotada, Emma bebeu o chá em goles rápidos e disse a filha que queria pegar o próximo ônibus para Cottenham House.

— Antes que escureça.

— Não vai escurecer ainda.

— Tenho certeza de que você e o Tom vão pensar em algo.

De volta à Cottenham House, Emma entrou carregada com suas compras e, antes que tivesse a chance de recuperar o fôlego, o Sr. Holt, fechando obedientemente a porta da frente, informou que Adela perguntou por ela a manhã inteira.

Emma ficou preocupada.

— Há algo errado? — disse ela, mal evitando derrubar uma das sacolas enquanto corria até as escadas.

— Eu acho que não, Sra. Taylor. Parece que ela não pode ficar sem você, nem por algumas horas.

Havia uma risada em sua voz. Então a Sra. Stoker apareceu, chamando Emma até a cozinha.

— É bom estar com o estômago cheio antes de subir — disse ela, convidando Emma a se sentar na cabeceira da grande mesa.

Emma depositou suas compras na cômoda antes de se sentar.

— Espero que você me diga o que está acontecendo — disse ela, confusa.

A Sra. Stoker estava ocupada atrás dela.

— A Srta. Schuster está obcecada, isso é certo. Ela esteve inquieta a manhã toda, tocando aquele sino. Fez o Sr. Holt subir e descer as escadas várias vezes.

— Onde está a Sra. Davies?

— Saiu. Parentes, ela disse. A irmã dela. E eu disse ao Sr. Holt para não acordar a Susan. De qualquer forma, é você que a Srta. Schuster está chamando. Isso tudo por um dia de folga! Parece-me que você vai precisar de muita energia essa tarde.

Ela serviu um prato de filé e torta de rim, batatas e ervilhas. Emma se sentiu aliviada por ter consumido apenas um bolo pequeno no salão de chá enquanto pegava o garfo e a faca.

Ela comeu devagar no início, mas, vendo-se inesperadamente faminta e, apesar das garantias da Sra. Stoker, apressada, acelerou o ritmo. A Sra. Stoker observou, satisfeita quando o prato ficou vazio.

Depois de ir até o quarto guardar suas compras, ela entrou no quarto de Adela, preparando-se para o inevitável ar quente e abafado. Várias vezes ela tentou convencer Adela de que um pouco de ar fresco a faria bem, mas Adela não queria saber.

— Aí está você, finalmente! — disse Adela com um sorriso largo e aliviado. — Onde estava?

— Wimbledon, para fazer compras — Não fazia sentido lembrar a Srta. Schuster do seu dia de folga.

— E já fez suas compras?

— Sim.

— Então sente-se. Eu tenho algo para lhe contar. Ou melhor, lhe mostrar.

Emma obedeceu e foi então que Emma notou que Adela estava segurando algumas cartas.

— O correio passou por aqui?

— De forma alguma. Essas são cartas antigas, Emma querida. E eu tinha esquecido completamente delas até hoje. Podemos agradecer a Srta. Hint por isso. Ela estava limpando a última gaveta da minha penteadeira e, ah, olhe o que ela encontrou! — Adela acenou as cartas na direção de Emma.

— De quem são?

— Oscar! Meu querido Oscar. Oh, leia elas para mim, querida Emma, e podemos conversar sobre elas. Eu quero que você saiba tudo sobre o meu Oscar e agora temos o ponto de partida perfeito.

Emma pensou que já sabia bastante sobre o poeta irlandês enquanto se levantava e caminhava ao redor da cama para pegar as cartas. Quando chegou lá, a mão de Adela relaxou ao seu lado em uma mudança repentina de foco. Emma deixou as cartas no aperto gentil das mãos de Adela e voltou ao seu assento.

— Eu era jovem na época — disse Adela melancolicamente, seu olhar fixado no teto. — E ingênua, minha querida. No sentido de ser principiante nas coisas. — Ela parou, sua mente vagando. — Ele me contou a história encantadora de uma enfermeira, uma vez. Eu contei a você?

— Acho que não — mentiu Emma.

— Essa enfermeira não era como você. Ele a fez matar o homem de quem ela cuidava. Já imaginou fazer isso? — Ela lançou um olhar avaliador a Emma. — Presumo que alguns pacientes podem ser bastante desagradáveis. Você deve ter cuidado desses.

— Uma ou duas vezes — disse Emma, lembrando da ala de doenças venéreas em Singapura.

— Ele não conseguia escrever, sabe, o pobre Oscar — disse Adela, sua mente vagando de novo. — Não na prisão. Tentei tanto encorajá-lo.

— Imagino que ele estava muito infeliz.

— Ele estava. Mas escrever poderia tê-lo salvado. Tenho certeza disso.

Emma não falou nada.

— A escrita dele é eletrizante, não acha? — suspirou Adela. — Perfeita. Ele é um gênio que deve ser admirado. Eu digo *é* deliberadamente.

— Eu entendo.

— Que honra é tê-lo conhecido.

— Posso imaginar, Srta. Schuster.

— Adela, por favor.

Ela pegou a mão de Emma. Emma acatou.

— Pobre Oscar. Ele teve um fim terrível. E pelo quê? Ele não fez nada de errado, o pobre homem. Amor grego, é como eles chamam. Você sabe sobre essas coisas?

De novo, lá estava aquele olhar astuto e penetrante. Emma não pôde evitar de se sentir estranha.

— Temo que não.

— Existem alguns assuntos, minha querida Emma, nos quais a sociedade e a lei estão erradas. Aí, eu tinha que dizer isso. Muito, muito erradas. Oh...

Adela prendeu a respiração em um momento de dor repentina, depois caiu para trás, respirando com dificuldade.

— Por favor, Adela, você não deve se exaltar.

Emma pegou o pulso de sua paciente para checar seu batimento cardíaco. Adela ficou quieta por um tempo. Quando falou de novo, o tópico era o mesmo.

— Eu sei que Oscar era inteiramente bom, Emma, e excepcionalmente gentil. Ele demonstrava tanta cortesia. Boas maneiras são muito importantes. Você concorda comigo?

— Concordo — disse ela. — Agora, deixe-me acomodá-la.

— Ele me contava histórias... ah, que histórias.

— Ele contava — murmurou Emma.

— Ele era superior em todos os aspectos. Superior a mim, superior a todos. Você vai ler um pouco mais de Oscar para mim, Emma querida?

— É claro.

Emma checou o horário, administrou o remédio de Emma e a acomodou. As cartas caíra da cama, ela as pegou. Vendo Adela se acalmar e cair no sono, ela examinou o conteúdo da carta no topo da pilha, sem querer ser intrometida, mas incapaz de resistir. Ela sabia que, quando Adela era jovem, ela passava os invernos em Torquay, onde frequentemente ia a Babbacombe Cliff para participar do círculo pré-rafaelita de Lady Georgina Mount. Ela não sabia, porque Adela não se atinha aos detalhes, que Oscar foi se juntar à sua esposa, Constance, em Babbacombe Cliff pela primeira vez em dezembro de 1892. Parecia, pela carta, que eles alugaram a casa de Georgiana por alguns meses.

Emma leu com interesse furtivo. Wilde alugou o lugar por alguns meses enquanto Constance viajava com a tia para o continente, para a Itália. Foi quando Adela e Oscar devem ter se conhecido e, deixados sozinhos, sua amizade floresceu. Embora os novos amigos não estivessem inteiramente sozinhos. Na época, de acordo com a próxima passagem da mesma carta, Oscar estava hospedando Bosie. Adela frequentemente se referia a Bosie por seu nome completo, Lorde Alfred Douglas, o que o fazia parecer maduro. Pelo que Emma percebeu na carta, Bosie mal era um adulto.

As observações de Oscar de repente pareceram a Emma muito privadas. Ela dobrou a carta e a colocou, junto com as outras, na mesa de cabeceira de Adela e voltou à sua cadeira, abrindo a cópia de *Dorian Gray* na introdução, ansiosa para checar os fatos. Ela descobriu que Oscar tinha quase quarenta anos quando conheceu e hospedou Bosie. Era uma diferença de idade e tanto. Oscar tinha quase o dobro da idade de Bosie. Algo em Emma se revirou quando a disparidade se infiltrou em sua consciência. Ela não tinha dificuldade em entender a homossexualidade em si, ela era espírita e mente aberta, afinal. Era a diferença de idade que a afrontava, a diferença de idade e a traição, e ela não conseguia controlar a sua indignação. Ela se repreendeu, uma vozinha sussurrando a fonte de sua reação. Ela continuou lendo. O tutor de Bosie, Campbell Dodgson, também estava em Babbacombe Cliff na época e Oscar, enquanto hospedava seus amigos, também estava escrevendo *Uma Mulher Sem Importância*.

Emma pensou de novo na esposa de Oscar.

Pobre Constance. Por quanto tempo ela soube da sexualidade do seu marido, de sua infidelidade? Emma não fazia ideia. Pelas história de Adela, ela nunca foi muito próxima de Constance. Emma não conseguia lembrar dela mencionar a esposa de Oscar, a não ser para repudiá-la. Emma relembrou do pouco que Adela sabia por meio dos grupos espirituais no quais circulava. Constance era uma pensadora livre e se vestia racionalmente, um aspecto não muito diferente do dela. Emma sempre admirou mulheres práticas e sensatas e só poderia elogiar aquelas mulheres precursoras que mudaram os trajes femininos para melhor em oposição aos espartilhos e camadas de roupas restritivas, introduzindo saias leves e até mesmo calças. Os interesses de Constance eram amplos, muito mais do que os dela, e incluíam teosofia. Ela até mesmo se juntou à Ordem Hermética do Áureo Alvorecer. Para Emma, esses interesses eram ir um pouco longe demais. Durante sua vida inteira, ela se manteve afastada desses interesses ocultistas menos cristãos. Para ela, a necessidade por uma interpretação mais tradicional da fé cristã sempre foi proeminente. A teosofia propunha uma leitura um tanto peculiar do significado de Cristo e dos Evangelhos e o Áureo Alvorecer parecia à Emma muito distante do cristianismo e tingido de escuridão.

Sua curiosidade não abrandou. Ela observou Adela, notou a respiração rítmica e, sem perder um segundo, deu a volta na cama nas pontas dos pés e pegou outra carta da pilha. Dessa vez, uma carta não endereçada a Adela, mas a outra pessoa, um nome que Emma não conseguiu decifrar. Como Adela acabou com esta carta? Emma se perguntou se deveria ler. Mas Adela já tinha dado sua permissão. Amparada, ela passou os olhos pelas frases. Ela ficou imediatamente afrontada pela primeira frase do segundo parágrafo e desejou não ter lido. A curiosidade matou o gato, ela lembrou a si mesma. Um homem que escolheu se afastar fisicamente do corpo da sua esposa depois da gravidez não tinha crédito para ela. Ela preferia não ter tido conhecimento da informação de que Oscar falava com tanta franqueza e descuido. Ele caiu em sua estima na imaginação. A esposa de Oscar dificilmente poderia evitar o que aconteceu com o seu corpo. Pior, Oscar estava insinuando que o corpo de sua esposa supostamente o levou a ter relações sexuais com o mesmo gênero? Emma estava chocada. Como ela poderia continuar a ler suas obras e ouvir os elogios incessantes de Adela à luz dessa nova informação?

Homens e suas visões idealizadas de beleza! Era desprezível!

Sua predileção por Constance estava mais firme do que nunca.

Ela se apressou ao redor da cama e colocou a carta de volta na pilha, aliviada por ter sido confrontada pela revelação na ausência do olhar atento de Adela.

Adela se mexeu mas não acordou. De volta ao seu lugar, Emma sintonizou no ritmo de sua respiração, deixando seu olhar vagar pelo quarto enquanto sua mente notava as disparidades entre sua existência humilde e a da sua paciente.

Ela tentou imaginar Oscar Wilde, seu carisma, seu charme e o laço especial que ele tinha com Adela. Imaginou o meio social deles cheio de artistas, poetas, atrizes e também aristocratas e ministros do governo. Até Haile Selassie visitava os Schusters. Adela e sua mãe davam festas luxuosas no jardim, com apresentações ao ar livre e saraus musicais na Cannizaro House. Emma passou por Cannizaro House muitas vezes. A mansão ficava a nordeste de Cottenham House e além de seus jardins havia grandes parques, incluindo Wimbledon Common e Richmond Park, estendendo-se em um arco amplo até

Kingston-upon-Thames e Hampton Court Palace. Não muito longe para que os ricos viajassem para as moradas uns dos outros. Não que os muitos residentes ricos da velha Wimbledon tivessem que viajar longe, Emma supôs. Eagle House e Gothic House também ficavam perto. Assim como a velha Loja da Sociedade Teosófica. Espiritualidade para os ricos, Emma conjecturou. Ela tinha se sentado na cabeceira de muitas das almas velhas e ricas da área de Wimbledon, um número deles teosofistas proclamados, que, em seus momentos de lucidez, costumavam questioná-la sobre as suas crenças espíritas.

As duas crenças estavam em desacordo, ela sabia, e ela nunca tinha sido persuadida a se aventurar para além de sua própria convicção de que era a passagem segura das almas que importava e seu destino final com Cristo e Deus, e não o que os teosofistas pensavam. Para eles, a evolução durou eras e as almas reencarnam de novo e de novo, presas à existência mortal por meio das restrições de seus próprios carmas. Ela não queria ter que pensar em nada além do que esta vida, vivida de forma cristã, que, para ela, sempre significou uma vida de cura.

Ela ofereceu a Adela uma oração silenciosa, esperando um pouco mais ao lado de sua cama enquanto o sol invernal pousava. Uma batida suave e a Srta. Hint apareceu para acender a lareira. Ela trouxe com ela o aroma de carne assada vindo do andar de baixo. A Sra. Stoker era uma maravilha na cozinha e Emma gostava das refeições comunais. A Srta. Hint logo terminou e saiu com um aceno educado e um sorriso.

Emma, até agora, não tinha aceitado trabalhar vivendo na casa do paciente. Suas filhas sempre precisaram mais dela. Olhando ao redor do quarto opulento, ela sorriu para si mesma. Ela, uma enfermeira humilde, boa o suficiente para a aristocracia local, mais do que boa o suficiente, às vezes demandada, e agora aqui estava, trabalhando não como uma empregada, mas como uma companhia. Ela, modesta Emma, vivendo entre o tipo de sociedade que Ernest tanto cobiçava, o tipo de sociedade com a qual ele esperava se misturar nos navios, nos hotéis, nos clubes e especialmente na Loja.

Quando ela casou, Emma demorou a entender o que movia Ernest e o quão obstinado era o seu propósito. Ela nunca era incluída nas ambições ou confidências dele. Ela se perguntava agora por que ele decidiu excluí-la. Ela conseguia conversar com qualquer pessoa. Ela era então, como agora, uma companhia estimada. É verdade que ela nunca assumia um ar de falsidade e não era dada a fofoca ou frivolidade, mas Dottie gostava dela, assim como Cynthia e Lizbeth. E ela não teve problemas em fazer novas amigas no Japão. Um sentimento familiar de mágoa se agitou dentro dela, levando à compreensão de que a escolha de Ernest de nunca incluir sua esposa em seus negócios era parte de sua lenta e constante rejeição dela como qualquer coisa além da potencial, e depois a real, mãe de seus filhos.

Nunca ocorreu a ele que poderia ter se saído melhor em sua campanha para ascender a escada social se a tivesse incluído, ao invés de tratá-la como um risco social? No entanto, ela suspeitava que havia mais do que isso. "Eu não posso contar a essas pessoas que a minha esposa trabalha como uma enfermeira comum", ele gostava de dizer. Essa era uma desculpa. Ele agia como se tivesse vergonha dela, mas, na verdade, ele tinha vergonha de si mesmo, de sua própria origem humilde – ele, o filho de um homem que fez alças de panelas a vida inteira em Stoke-on-Trent, algo que ela teve que arrancar dele. Talvez Ernest nunca tivesse confiado nela para manter seu passado escondido, enquanto ele passeava por aí, todo sorrisos e risadas e alegria para o mundo, cheio de seus trejeitos engraçados. As pessoas o achavam encantadoramente fastidioso, quase cómico, embora ela soubesse que ele era um ótimo ator interpretando a persona que ele havia criado. Ele podia muito bem ter aprendido todos os seus truques com Oscar Wilde, devorado suas peças.

— Você deve me contar sobre a sua vida, Emma. Você conheceu alguém como o meu Oscar?

Emma se assustou. Ao emergir de seu cochilo, foi como se Adela tivesse lido sua mente.

— Não, ninguém, sinto dizer — disse ela rapidamente, jurando nunca mais pensar em Ernest perto de Adela, nem quando ela estivesse dormindo.

1917

KOBE

O *Nippon Maru* atracou no porto de Kobe em uma manhã fria de janeiro e seus passageiros foram recebidos com uma lufada de ar frio das montanhas cobertas de neve que se erguiam nitidamente atrás da cidade. Emma desviou o olhar daqueles picos imponentes para o primeiro plano, observando uma longa fileira de edifícios coloniais robustos que demonstravam riqueza europeia. Ignorando o alvoroço usual no cais, ela deixou sua atenção recair sobre alguns barcos de pesca atracados a oeste e balançando preguiçosamente. Um cheiro de porto familiar chegou ao seu nariz, mas não havia ralos e esgotos. Kobe, e o que ela tinha visto do Japão até agora – o navio tinha atracado em Yokohama – parecia a ela mais calmo e ordenado do que Singapura e, ao mesmo tempo, mais estranho. Singapura era, afinal, uma colônia britânica. O Japão era tudo menos isso.

Ela estava no convés principal, esperando para desembarcar. Com o peso do seu braço, ela reposicionou Gladys, apoiada em seu quadril. Aos quinze meses, ela estava ficando mais pesada. Parado ao seu lado, Ernest estava com disposição informativa. Ela se perguntou se suas observações eram direcionadas a ela ou àqueles que estavam parados perto. Ela o ouviu de qualquer maneira. Ela havia assumido uma postura complacente em relação às suas fraquezas desde aquele episódio no carro de Dottie, quando suas amigas fizeram revelações chocantes sobre o estado de seus casamentos.

Continuando com a mesma voz elevada, Ernest disse que o assentamento à beira-mar – conhecido como "dique" – era uma concessão japonesa que permitia que comerciantes estrangeiros abrissem seus negócios.

— Eles chamam de "hongs" aqui — acrescentou ele.

— Hongs?

— Você vai se acostumar — ele deu um tapinha no seu braço, sorriu para ela e depois deu uma beliscada em Gladys sobre suas roupas. — Pronta para a sua próxima aventura?

Emma não tinha certeza de com qual delas ele estava falando.

— A história aqui é fascinante, Emma — continuou ele. — Você sabia que residentes estrangeiros costumavam ser isentos das leis japoneses e se governavam por meio de um conselho municipal?

É claro que ela não sabia.

— Costumavam ser?

— A concessão terminou em 1899.

— Por quê?

— Questão de tamanho. O assentamento começou a ficar abarrotado. Foi quando outras partes de Kobe foram abertas para estrangeiros.

— E você sabe disso tudo por quê?

— O pessoal do escritório em San Francisco.

Ela examinou de novo o que podia ver do lugar, as montanhas tão próximas, a quase ausência de qualquer coisa que pudesse ser chamada de cidade.

— E onde os japoneses estavam vivendo esse tempo todo?

— Não no dique, eu lhe asseguro. Esse era o objetivo da concessão. Nunca juntos, por assim dizer.

— Nas vielas, então — Emma lançou a ele um olhar frio, pensando na segregação de Singapura, na pobreza que ela viu em Chinatown e no quarteirão indiano na Serangoon Road. — Eles deviam ter empregados — disse ela. — Os britânicos sempre têm empregados.

— Naturalmente. Ainda têm. Muitos japoneses e chineses para escolher.

Ele soava pomposo e indiscutivelmente orgulhoso da presença britânica nas ilhas japonesas, outro poste para os propósitos comerciais de um império circundando o globo, ele, filho de um humilde ceramista. Enquanto Emma via o dique como uma imposição. E uma vez que o lugar tinha sido aberto para estrangeiros e a infiltração continuava, ela podia apenas imaginar a consternação nos corações dos locais, seu ressentimento, forçados como eram a tolerar os estranhos intrusos brancos.

À luz da explicação de Ernest, Emma se sentiu inquieta, já sentindo que ela viveria entre a população japonesa ressentida. Progresso é progresso, Ernest gostava de dizer a ela. Ela não estava convencida de que fosse tudo para o bem.

Para os comerciantes estrangeiros, Kobe era uma importante porta de entrada para a Ásia. Em Singapura, Guthries estava de olho em sua filial em Kobe, enquanto a guerra avançava e a demanda por produtos japoneses explodia. Quando pediram a ele para assumir o posto de gerente de exportação no escritório de Kobe, Ernest concordou sem nem mesmo contar a ela. Aparentemente, ele assumiu que ela ficaria feliz já que desprezava tanto o calor. Ele via o posto como uma promoção, apesar do fato de que o seu cargo permanecia o mesmo, e ele estava todo entusiasmado desde que deixaram os trópicos. Seu entusiasmo não era contagiante. Ele pensava só em si mesmo, sua carreira, subir a escada promocional tanto quanto aqueles no comando permitiriam. Emma se sentiu puxada para a subida, empurrada mais uma vez para um mundo de homens, jovens ocupados importando isso e exportando aquilo. Ela não precisava saber dos detalhes do dique de Kobe para imaginar um estilo de vida livre e fácil, o álcool, os clubes. No entanto, pelo menos dessa vez, no clima frio de Kobe, Ernest não andaria pela casa usando sarongue.

A mente dela se encheu de tantas apreensões enquanto eles esperavam para desembarcar que ela não sentiu vontade nenhuma de pisar em terra firme, embora a terra firme fosse sempre bem-vinda após um longo período no mar.

Cruzando o Pacífico, a única terra entre os dois continentes eram as pequenas ilhas do Havaí, onde eles mudaram de navio, uma provação que durou mais de nove horas no sufocante calor tropical. Ela não prestou muita atenção nas ilhas, ignorando o alvoroço enquanto o verde e as montanhas apareceram, mas, como sempre, quando ela olhou ao redor do porto, não ficou impressionada. Nem se interessou na fria e triste Yokohama.

Ela queria se sentir otimista. Ela disse a si mesma que devia ficar grata por suas bênçãos. Quantas enfermeiras da Filadélfia conseguem viajar na primeira classe e viver em outros países? Poucas e nessa conta ela era privilegiada. Ela simplesmente temia que Kobe não a oferecesse nada. Do que ela podia ver e do que contaram a ela, era um enclave em uma pequena parcela de terra espremida entre o mar e as montanhas imponentes; inóspita e longe de ser uma colônia britânica com todas as estruturas de sua própria administração e sociedade. O preconceito se instalou em sua mente e a encheu de temor.

Os outros passageiros estavam impacientes. Muitos conseguiram chegar à terra firme antes que o desembarque fosse adiado quando um homem com um grande baú, que ele insistia em carregar, ficou preso no meio da passarela. Ouvindo o sotaque americano do casal parado atrás dela, ela sucumbiu à nostalgia. Memórias da longa jornada de trem pela América com Gladys em seu colo passaram por sua mente. Ela sentia saudades dos seus pais e do seu irmão Herman, sua visita em novembro foi muito curta. Ela não tinha ideia de quando teria a chance de vê-los de novo.

Quando eles chegaram na América em novembro, ela deixou Ernest no modesto Stewart Hotel na Geary Street, enquanto ele se familiarizava com o escritório de San Francisco e aprendia tudo o que podia sobre Kobe do agente de exportação que havia acabado de voltar de sua viagem ao Japão. Não era para a Filadélfia que ela estava indo. Seus pais, vendo a entrada da América na guerra, se mudaram para o Canadá para se juntar ao seu tio Wolfgang, que tinha uma fazenda. Herman estava isento do recrutamento, contanto que trabalhasse na fazenda. Essa parecia ser a raiz da decisão. Ernest insistiu que ela viajasse na primeira classe, já que os passageiros da classe econômica tinham que sentar em assentos de ripas de madeira. Sua passagem era algo pela qual ela era forçada a ser grata, já que a viagem durou cinco dias inteiros.

Quando chegou em Montreal, sua recepção foi inesperadamente fria e ela passou as duas semanas de estada na pequena casa de seus pais em Pointe Claire explicando que ela criaria sua filha para ser uma boa cristã. Mas não uma menonita, era a reclamação deles, e ela foi forçada a se manter calada, pois não parecia fazer sentido se explicar. Não havia igrejas menonitas em Singapura e ela duvidava muito que haveria alguma em Kobe. Fora de um punhado de estados americanos, a fé menonita praticamente não era mais encontrada em lugar nenhum, a não ser que você vivesse na

Prússia. Ela podia ouvir a resposta de seus pais caso falasse a verdade nua e crua. Se fosse esse o caso, então você teria que viver onde *existem* igrejas e não ir para terras pagãs.

Herman, que vivia na fazenda do tio Wolfgang, foi a Montreal para visitar em uma tarde de domingo e essa foi a única vez que ela o viu. Ele, também, parecia distante e ambivalente em relação a ela, embora ela também sentisse um pouco de constrangimento, como se ele estivesse desconfortável com a postura que foi obrigado a tomar. Eles mal trocaram uma palavra. Ver seu rosto taciturno a fez sentir ainda mais saudade de George. Seu irmão querido e amado, que sempre prestava atenção nela e oferecia palavras gentis. Por que não poderia ter sido Herman quem foi para a Alemanha e George quem ficou para trás? Por que o único membro da família de quem ela era próxima teve que escolher partir para um país agora em guerra com o seu? Parecia não haver justiça nas cartas que recebera. Apenas essa dor perpétua, essa saudade.

Em Montreal, ela não sentiu nada além de desapontamento na postura de sua família. Ela foi condenada ao ostracismo. Isso estava claro. Ela pensava que os cinco anos desde que os vira era tempo o suficiente para que amadurecerem. Eles não amadureceram, mas envelheceram. Seu pai estava agora completamente grisalho aos sessenta e nove anos e sua mãe, embora dois anos mais nova, parecia mais velha do que seu marido, com linhas em seu rosto. Eles estavam velhos em suas mentes e corações, assim como em seus corpos. Sua mãe estava tendo problemas de falta de ar e confessou que frequentemente se sentia fraca. Seu coração. Ela carrega o fardo de sentir saudade dos filhos, seu pai diria. Era um comentário direto. A guerra lançou uma guerra sobre o bem-estar de Karin e George, mas era Emma quem deveria ter ficado para compensar a ausência de seus irmãos. De alguma forma, seus pais culpavam Emma até mesmo pela saúde de sua mãe.

Para eles, sua filha mais nova havia cometido uma traição de dimensões monumentais. Afinal, Karin pode ter ficado na Alemanha, mas havia permanecido fiel a sua fé. Emma tinha não apenas abandonado sua família, ela saiu da congregação também. Ela estava perfeitamente ciente disso e era uma admissão dolorosa. Depois de tudo o que seu povo havia sofrido, a lealdade era exigida de cada menonita, de acordo com o seu pai. O rebanho deve aderir aos costumes antigos ou a fé se dissolverá e toda a perseguição, luta e diáspora teriam sido por nada.

Depois de duas semanas lúgubres com a ajuda e o incentivo do clima, Emma ficou aliviada por estar a bordo do trem, partindo para o oeste. Na longa jornada de volta a São Francisco, apesar das relações tensas, ela jurou manter sua família em seu coração, escrever para eles, esperar que eles a perdoassem um dia. Ela também se sentia triste por não passar o Natal com eles, mas a viagem a Kobe duraria quase quatro semanas e Ernest deveria assumir seu novo cargo antes do fim de janeiro.

Os passageiros na passarela se alegraram ruidosamente. A passarela estava finalmente livre. O ânimo de Emma se elevou um pouco enquanto se movia em direção a fila. Talvez suas apreensões estivessem erradas e Kobe ofereceria algumas surpresas agradáveis.

No píer, eles foram recebidos por um carregador do hotel, que colocou as bagagens em uma carroça pequena. Eles logo deixaram o porto e seguiram para o norte ao longo da beira-mar. Eles chegaram ao seu destino alguns minutos depois, tendo percorrido uma distância que poderia ter sido feita a pé, mesmo com um bebê no colo.

Ernest tinha reservado um quarto no Hotel Oriental, a

versão de Raffles de Kobe, embora, olhando a fachada, Emma achou que não era tão grande. Era um edifício de quatro andares e, enquanto passavam pela fachada de frente para o mar, ela avaliou os cantos em forma de torres, com um pórtico entre elas, e sentiu como se estivesse entre as capas de um romance de Kipling. A entrada principal ficava na esquina, onde muitos riquixás estavam alinhados contra a parede.

Deixando Ernest para lidar com a bagagem, Emma subiu o longo lance de escadas até a entrada, passando por um par de colunas robustas. Seu humor melhorou quando ela entrou no vasto vestíbulo de mármore. Avaliando as escadas de cada lada de uma área central mobiliada com cadeiras de vime e decorada com numerosos vasos de plantas espalhados ao redor, ela deu um suspiro. Dessa vez, diferente de sua noite em Raffles, ela estava determinada a ficar acordada e desfrutar da experiência. Ela iria se aculturar tanto quanto possível nas horas seguintes, antes de se ver jogada na domesticidade em algum outro lugar com uma empregada estrangeira como sua única companhia, forçada a se arranjar sozinha e passar seus dias enquanto Ernest estivesse no trabalho.

O quarto deles ficava no terceiro andar e tinha uma vasta vista do porto. A mobília era elegante, a cama confortável e cada detalhe foi bem pensado. Depois dos confins no navio, Emma apreciou o teto alto, o senso de espaço, a quietude e a luxúria óbvias. No momento em que o carregador saiu do quarto, ela pegou uma fralda limpa de uma bolsa e deitou Gladys sobre uma toalha na cama. Ernest estava parado próximo a uma janela, de costas para ela. Nem uma única vez na curta vida de Gladys ele trocou uma fralda – ele não saberia como – mas ele era bom com sua filha, carinhoso e atencioso, quando estava por perto.

Terminada a tarefa, ela deixou Gladys rolar, deslizar da cama e engatinhar.

— Eu quase esqueci — disse Ernest, virando-se enquanto pegava algo no bolso. — Isso chegou para você.

Ele estendeu uma carta. Era de Dottie.

Sob o olhar atento de seu marido, Emma abriu o envelope e desdobrou as páginas finas. Seus arredores, mesmo a presença de Ernest, sumiram de sua consciência enquanto se debruçava sobre as palavras.

Elas tinham organizado outra arrecadação de fundos para o esforço de guerra. Eve se provou maravilhosa em seu cargo administrativo e Cynthia descobriu um talento em criar cortinas de palco e fantasias. Embora doesse a Dottie dizer isso, elas tinham dificuldade para superar a Sra. Lee. A comunidade chinesa em Singapura não era apenas rica, mas generosa com o seu dinheiro, diferente de alguns dos britânicos que ela podia mencionar.

Edgar estava com problemas cardíacos. Dottie suspeitava que ele tinha desenvolvido uma aliança muito íntima com Gustav, cujos negócios com Herr Weber eram nada menos que desonestos. Emma lembrou da conversa que entreouviu no Clube Teutonia. Alguma coisa acontecendo bem debaixo do nariz dos britânicos. Edgar estava envolvido nisso também? A carta de Dottie confirmava. Dottie disse que não podia revelar muito, mas seria bom para Edgar se ele pensasse em usar sua posição na administração para preparar o caminho para o que quer que Weber estivesse fazendo, um esquema que poderia ter tido graves implicações para os britânicos, na verdade, para Singapura inteira. A empresa de Weber foi forçada à liquidação, mas, se ta verdade aparecesse, Edgar estava arruinado. Seria um tanto difícil explicar como eles agora dirigiam um Rolls Royce.

Emma leu as entrelinhas. Os dispensários geridos por alemães em Singapura vinham resistindo à regulamentação da Lei dos Venenos e da Lei das Drogas Deletéria, que buscava restringir a distribuição de ópio e morfina. Como banqueiro, Gustav devia ter interesse financeiro e Edgar sem dúvidas teria fechado os olhos.

Não havia notícias de Lizbeth e Emma supôs que não teria até que a guerra acabasse. Lendo as amenidades que consistiam o resto da carta de Dottie, Emma se viu sentindo saudades de Singapura, ou pelo menos de Orchard Road, um lugar do qual nunca, em seus sonhos mais loucos, ela achou que sentiria saudades.

— Alguma novidade? — disse Ernest, trazendo-a de volta para a realidade de Koke com um solavanco.

— Não muitas. Eve torceu o tornozelo e Edgar está com problemas de saúde.

— Ele devia largar o uísque.

Os dois riram.

Emma se abaixou, desabotoou os sapatos e se sentou na cama. Ernest se juntou a ele, virando de lado e acariciando o braço dela preguiçosamente. Ela continuou imóvel, embora ainda se sentisse em movimento depois de um mês no mar. Ela bocejou.

— Cochilo — murmurou ela, seus olhos pesados. Vendo sua exaustão, Ernest rolou, saiu da cama, conduziu Gladys para o outro lado do quarto e a manteve entretida.

A tarde passou e escureceu do lado de fora. Emergindo de um sono leve, Emma se perguntou quais planos Ernest fez para si e onde eles deixavam ela e Gladys.

Para sua surpresa, Ernest estava de bom humor. Não haveria nenhum encontro com os associados de Guthires no bar do hotel. Ao invés disso, a família desfrutou de um suntuoso jantar do famoso bife de Kobe antes de voltar ao quarto, onde Emma acomodou Gladys em seu berço.

Emma não antecipava nada além do sono, mas Ernest tinha outras ideias. Ele tinha um olhar amoroso desde que chegaram ao hotel, sem dúvidas fortalecido pela garrafa de vinho tinto que bebeu durante o jantar, além da pequena taça que ela tinha bebido. Ele se aproximou dela, segurou seu rosto e a beijou gentilmente nos lábios.

Ela cedeu, acatando às necessidades dele como sempre fazia, pensando pouco nas suas.

No dia seguinte, Ernest providenciou que uma carroça os levasse para suas acomodações próximo ao enclave estrangeiro em Kitano, um subúrbio – embora ela dificilmente o chamasse assim – de ruas estreitas e íngremes espremidas contra a encosta da montanha, cerca de um quilômetro do dique. Eles passaram por um amontoado de lojas, não muito diferentes das que ela tinha visto em Singapura, exceto pelos telhados de terracota. As pessoas eram diferentes aqui e usavam vestidos longos, cinzas ou pretos, com mangas folgadas, apertadas na cintura por faixas coloridas, e as mulheres pareciam apreciar guarda-chuvas. O sentimento oriental, tão diferente de tudo que Emma já tinha visto, mesmo em Singapura, tinha seu charme, e ela esperava que pudesse encontrar uma forma de se encaixar na vida em Kobe ou, pelo menos, em Kitano. O que quer que estivesse à sua frente, ela sabia que precisava dar algum tempo.

Enquanto as ruas estreitas ficavam cada vez mais íngremes, eles viraram em uma rua estreita e a carroça parou do lado de fora de uma casa geminada pequena com beirais largos e telhado inclinado. Emma olhou ao redor. Morro acima, o distrito de Kitano continuava a subir, uma faixa fina de ruas e casas se estendendo em direção a base da montanha. As imediações pareciam agradáveis o suficiente, embora apertadas, e ela podia ver que os contrafortes não eram tão íngremes quanto aqueles que eles deixaram para trás, em Singapura. A única vegetação ficava nos espaços entre as construções, onde ela avistou os campos além da cidade.

Dentro de casa, ela foi abordada cautelosamente por uma

mulher chinesa pequena que Ernest contratou através da Guthires. Talvez, como em Singapura, ela tenha vindo com a casa. Passando pela empregada, que parecia não ter pressa em se afastar, Emma andou pelos cômodos interligados no andar de baixo e achou a casa arejada e espaçosa. Da janela da cozinha dava para ter uma vista da rua. No andar de cima ficavam os quartos e, nos fundos, acessado por grandes portas de correr na sala de estar, havia um jardim murado cheio de plantas. Seu humor se elevou no momento em que fez a descoberta. As portas de correr tinham vários painéis de vidro opaco, o que ela achou um tanto estranho e uma pena, já que ela teria gostado de conseguir ver o jardim do lado de dentro. A mobília também era estranha. No centro da sala de estar, posicionada em tapetes, tinha uma mesa baixa, rodeada por cadeiras baixas, que descobriu se chamar *zaisu*. Os japoneses, ela pensou, não comiam no chão. Ela ficou aliviada por também existir na sala um sofá grande, no estilo ocidental, e duas poltronas, embora elas parecessem fora de lugar. De todo, a casa era agradável e tinha uma atmosfera calma. Ela pensou que ficaria em paz aqui.

Atrás dela, Gladys começou a chorar. Como se fosse uma deixa, Ernest disse:

— Pode cuidar dela?

Ele prontamente a colocou no chão e saiu para pegar a bagagem.

Vendo-se inesperadamente livre no espaço aberto da sala de estar, Gladys correu, circulando a mesa e as cadeiras, até que sua perna bateu em uma das duas poltronas, ela caiu de cara no chão e a gritaria começou. Abaixando-se para oferecer consolo, Emma sentiu sua realidade doméstica se abatendo sobre ela com uma sensação terrível de inquietação. Ela a afastou. Ela disse a si mesma que precisava ser valente. Repreendeu-se por ceder aos seus medos. Ela ficaria bem. Ela era uma mulher hábil com um bebê para cuidar. Ela tinha um marido mais do que adequado e era amplamente sustentada. Ela precisava simplesmente se manter ocupada, pensar positivamente e ficar grata por suas bênçãos.

Ela passou o resto do dia desfazendo as malas e organizando suas coisas. Ernest manteve Gladys entretida e a empregada, Yu Yan, que trabalhava como empregada e cozinheira, preparou o almoço e a ceia. Antes de ir embora – presumivelmente para fazer tarefas semelhantes em sua própria casa – ela chamou Emma na cozinha e começou a dar instruções. Emma ficou na soleira da porta, confusa, ouvindo atentamente o inglês ruim de Yu Yan. Entendendo pouco, ela foi forçada a confiar nos gestos quando se tratava de reaquecer os pratos e a localização dos pratos e se perguntou se era possível aprender chinês.

Ela descobriu que sua empregada era uma excelente cozinheira. Naquela noite, Ernest devorou sua porção do bife da caçarola de Yu Yan com bolinhos fofos, dando batidinhas no estômago quando seu prato estava limpo.

— Eu acho que seremos muito felizes aqui, não acha?

Ele estendeu a mão e bagunçou o cabelo de sua filha. Gladys riu e olhou para seu pai com seus olhos grandes como pires.

— Tenho certeza de que seremos, Ernest — disse Emma tranquilizadoramente.

Mas no fim do segundo dia, na ausência de Ernest, que tinha ido para o escritório, Emma descobriu que Yu Yan era uma matriarca mandona que considerava pessoas brancas incapazes de fazer qualquer coisa da maneira correta, muito menos cuidar de um bebê. Devido à barreira da linguagem, não parecia fazer sentido tentar explicar que ela era uma enfermeira experiente perfeitamente capaz de criar uma criança. Mesmo que conseguisse comunicar sua profissão, não faria nenhuma diferença. Yu Yan já havia determinado que, quando se tratava da criação de uma criança, ela era a chefe, uma atitude sem dúvidas reforçada pelo mau comportamento de Gladys e gritos consequentes depois da queda dela quando chegaram.

Yu Yan era uma mulher madura, rija, com mãos delicadas, algumas rugas ao redor dos olhos e punhados de cinza em seu cabelo preso, e Emma pensou que ela provavelmente era avó. Era a maneira de Yu Yan de fazer tudo, ou senão... Emma não sabia se ria do absurdo ou gritava de exasperação. Ela não podia pegar Gladys no colo ou colocá-la no chão, muito menos alimentá-la ou trocá-la, sem Yu Yan aparecendo na porta ou pairando sobre o seu ombro, geralmente com um utensílio de cozinha na mão, que ela usada como indicador, não importava se fosse uma colher ou uma espátula ou uma faca, e emitia instruções.

Ernest não via nada disso. Yu Yan chegava quando ele estava saindo de casa pela manhã e ela ia embora antes que ele voltasse para casa à noite. Emma tentou explicar uma vez e a reação dele foi rir e depois repreendê-la gentilmente pela inadequação de sua reação.

— Você devia olhar pelo lado engraçado.

Ele estava certo e na maior parte do tempo ela o fazia. E ela apreciava a presença de Yu Yan na casa, é claro que sim.

Ela nunca mais tocou no assunto com ele.

Ernest passava os dias da semana e, às vezes, os sábados, no dique, ocupado com o abastecimento de porcas e parafusos e todo tipo de equipamento fabricado no Japão e exportando-os para Singapura ou onde quer que fossem necessários. Como o Japão lucrava com a guerra, a Guthires também lucrava. Os negócios estavam prosperando e, à medida que as semanas se transformavam em meses, Guthries roubou Ernest assim como a empresa o fez em Singapura, deixando Emma arranjando-se sozinha em casa com Gladys e a indomável Yu Yan.

Sempre que tinha uma oportunidade, Emma ia ao pequeno jardim do pátio e cuidava das plantas, podando-as e arrancando alguma erva daninha. Havia sinais da primavera chegando, com bulbos estendendo suas folhas através do solo. Ainda estava muito frio para ficar do lado de fora por muito tempo e ela só podia fazer isso quando Gladys estava dormindo, mas o jardim rapidamente provou ser a parte da casa favorita de Emma.

No calor e silêncio da sala de estar, ela tirava o tear da caixa de madeira e tentava costurar mais algumas fileiras em sua tapeçaria de seda. O progresso ocorria devagar, mas ela estava orgulhosa do trabalho, embora a calma que caía sobre ela no Japão sempre que costurava fosse irregular e durasse pouco, pois parte dela permanecia atenta à sua filha adormecida e, outra parte, à Yu Yan. Saber que teria que guardar seu tear a qualquer momento instalava tensão no que deveria ser serenidade.

Não havia muito que a atraía além dos limites da casa, mas, à medida que os dias se tornavam mais longos, ela começou a se sentir confinada e a presença autoritária de Yu Yan se tornou sufocante. Toda manhã, ela vestia um casaco, chapéu e cachecol, embrulhava Gladys em roupas quentes e a colocava no carrinho de vime que eles compraram em São Francisco. Qualquer que fosse o clima, ela saía para uma caminhava, fazendo seu melhor para se acostumar à vizinhança, às pessoas, às lojas.

Ansiosa para aprender, ela estudou tudo o que podia sobre Kobe, lendo o jornal escrito em inglês de capa a capa. Suas caminhadas diárias também proporcionavam educação. Ela viu com os próprios olhos que Kobe tinha os mesmos problemas sanitários e, portanto, doenças infecciosas – cólera, disenteria, febre tifoide – de Singapura. Por meio do jornal, ela também descobriu que Kobe abrigava um grande número de prostitutas. Ela não achava que havia alguma em seu bairro, pelo menos nenhuma trabalhando nas esquinas. Tudo o que ela via eram compradores e lojistas e todos menos ela pareciam ser japoneses e nenhum deles era muito amigável. Na verdade, alguns pareciam desconfiados, até mesmo abertamente hostis, a forma como os seus olhos a seguiam, olhos escuros em rostos inexpressivos. De todo, era uma experiência estranha e alienante e ela teve que usar toda a sua força de vontade para persistir em suas caminhadas. Naqueles primeiros meses, na verdade, durante toda a sua estadia em Kobe, ela mal aprendeu uma palavra em japonês e os japoneses, por sua vez, pareciam não saber uma palavra em inglês.

Em uma manhã, durante o café, ela perguntou a Ernest – que tinha dormido demais e estava ocupado enfiando torradas e geleia na boca e bebendo chá – como ele conseguia tratar dos negócios de exportação sem uma palavra na língua nativa.

— Guthries emprega intérpretes chineses — disse ele entre mordidas. — Eles os enviam de Hong Kong.

Isso explicava. Ninguém associado ao dique, ao que parecia, se incomodou em aprender japonês além do óbvio *konnichiwa*, a saudação para todos os fins.

Depois de ver Ernest sair para o trabalho e se ver entediada em manter Gladys entretida, Emma decidiu se aventurar mais longe. Yu Yan tinha chegado naquela manhã de mau humor por uma coisa ou outra. À princípio, Emma suspeitou que seu marido a tinha irritado, mas então ela viu Yu Yan massageando o quadril e decidiu que ela estava com dor. Qualquer que fosse a causa, Emma queria escapar das panelas e potes quebrados e xingamentos murmurados tanto quanto possível. Ela colocou Gladys no carrinho, determinada a empurrá-la até Kitano, onde havia mais residentes britânicos e americanos. Certamente, se ela vagasse por tempo o suficiente, encontraria outra esposa expatriada sem rumo e apática com um bebê ou uma criança.

À princípio, ela conseguiu empurrar o carrinho com

facilidade, apesar do aclive, e começou a se sentir otimista. Ela virou à direita, na interseção seguinte, e seguiu por um trecho, dando um pulo. Mas, quando virou na rua seguinte e começou a empurrar o carrinho morro acima, começou a ficar sem fôlego. Logo ela estava ofegante. O aclive se tornou mais íngreme e, quanto mais ela avançava, a frequência de pausas para recuperar o fôlego aumentava. Na metade do caminho, ela desistiu e se virou, puxando o carrinho por trás para impedi-lo de descer o morro.

Ela não fazia ideia de onde as mulheres expatriadas se reuniam, mas não era nas ruas quase desertas de Kitano nem onde ela estava em Yamamoto-dori. Elas deviam se reunir para o chá, assim como Dottie, mas ela não iria sair batendo em portas para descobrir e, além disso, ter uma filha pequena a impedia de praticar tais atividades.

Uma vez no plano, ela caminhou para casa tão lentamente quanto podia.

Foi com hesitação momentânea que ela abriu a porta da frente, apenas para encontrar Yu Yan com um humor melhor. Ela veio apressada pelo corredor, pegou Gladys do carrinho e a ergueu com um grande sorriso no rosto. Ela passou por Emma e voltou correndo para a cozinha, arrulhando. Emma a seguiu, perplexa, entrando na cozinha no momento em que Yu Yan colocava um pedaço de bolo na boca de Gladys. Gladys mastigou, os olhos arregalados e maravilhada. Emma assistiu e sorriu. Ela pensou em sua própria mãe, que não era nem um pouco parecida com Yu Yan e não teria se agitado, hesitado e cedido como essa pequena empregada chinesa de idade fazia. Empregada? Emma não conseguia pensar dessa forma sobre essa mulher gentil, embora autoritária. Ela também não era uma companhia e não parecia interessada em conversar com sua empregadora. Quando se tratava de Gladys, as linhas de demarcação entre chefe e empregada eram borradas, mas, quando lidava com Emma, Yu Yan tinha grande consciência de seu lugar.

Vendo a alegria de Yu Yan com Gladys, Emma aproveitou sua liberdade para escrever uma carta para Dottie. Para começar, sentada no pátio com o papel em branco apoiado em um livro, as palavras fluíram livre o suficiente enquanto ela respondia a tudo o que Dottie tinha escrito em sua carta. Foi quando ela tentou descrever o Japão, Kobe, o dique, Yamamoto-dori que as palavras sumiram de sua mente. Ao invés disso, ela descreveu o pequeno jardim de que tanto gostava, a cerejeira florescendo, as pétalas espalhadas como confetes rosa. Ela se esforçou para ser positiva, alegre, não querendo demonstrar tristeza e abatimento. Deus, havia o suficiente disso ao seu redor sem ela adicionando ainda mais. Ela disse que Ernest era um pai maravilhoso, o que era verdade, e proporcionou uma descrição cativante de Yu Yan, de quem ela estava começando a gostar, apesar de tudo. Ela assinou a carta, pedindo que Dottie respondesse logo. Ela dobrou as páginas e as colocou em um envelope, a tarefa concluída. Enquanto escrevia o endereço na frente, ela jurou vasculhar as ruas de Kobe até encontrar outra Dottie. Uma amiga, era o que ela precisava; uma amiga animada e leal.

À noite, durante o jantar, ela considerou perguntar a Ernest se ele tinha conhecido algum homem casado em Guthries, que talvez eles pudessem jantar juntos uma noite, mas ela pensou em Gladys e em quem eles encontrariam para cuidar dela por algumas horas. Ela não ousaria pedir a Yu Yan. Desanimada, remexeu na comida com o garfo, resignada com o seu destino.

Desatento à solidão dela, Ernest devorou o último bocado de ensopado do seu prato, juntou os talheres e pressionou as pontas dos dedos na mesa, inclinando-se e olhando para ela.

— Anime-se, querida. Talvez nunca aconteça.

— Ernest, eu...

— Você ficará feliz em saber que fui convidado a entrar no Clube de Kobe.

Ele estava radiante, olhos iluminados, e ela podia sentir o orgulho dele. Era como em Singapura.

— O que eles fazem? — disse ela cautelosamente, esperando que mulheres tivessem lugar nesse clube.

— O de sempre. É um clube exclusivamente para cavalheiros.

Ela deveria saber.

— Só para empresários britânicos — adicionou ele com um ar de triunfo.

— Entendo.

— Não fique assim. Eu tenho que estabelecer minha... nossa... respeitabilidade e participar do clube é apenas uma forma de fazer isso.

Sempre o alpinista social. Ela deveria deixar o assunto quieto. Se ela mostrasse seu desagrado, ele reagiria de forma defensiva. Qual era o sentido em continuar quando isso só colocaria lenha à sua existência vazia, a magnitude da qual, até aquele momento, ela não tinha compreendido completamente. Mas ela não conseguia se conter. Não era ciúmes que a movia. Era desespero.

— Você tem a Loja. Isso não é o suficiente? — estourou ela.

Agora ele estava indignado.

— Não se eu quiser ascender. Além disso, a minha filiação foi proposta e aprovada. Eu dificilmente poderia desistir.

— Eu nunca o verei, então — As lágrimas rolaram.

Vendo o seu sofrimento, ele mudou de atitude.

— É claro que verá.

— Eu suponho que eles nunca convidam as esposas para nada?

— Ninguém tem esposa aqui, Emma. Ou apenas alguns poucos, pelo menos em Guthries.

Ele deveria ter dito isso antes dela ter concordado em vir. Ele deveria saber. Não que ela teria recusado. Como poderia? Ela era a sua esposa.

— Então o que eu vou fazer enquanto você está fora o dia todo e a maior parte da noite? — Ela quase guinchou.

— Você tem a Gladys. Certamente isso é o suficiente?

E Yu Yan, ela pensou consigo mesma.

Ela queria esganá-lo. Ao invés disso, ela levou seu prato até a pia da cozinha e olhou para a parede do outro lado da rua pela janela.

Na manhã seguinte, depois de Ernest sair para o trabalho, ela organizou seu tempo em torno dos movimentos de Yu Yan e das necessidades de Gladys, aproveitando todos os momentos livres que tinha para bordar ou fazer renda e ler o *Japan Daily* do dia anterior, que Ernest trouxe para casa depois do trabalho.

Ela leu a manchete três vezes, intrigada por Ernest não ter mencionado que os Estados Unidos entraram na guerra. No entanto, ele estava muito orgulhoso do Clube de Kobe. E ela supôs que para ele o assunto era de pouca importância. Para ela, era. Seu primeiro pensamento foi Herman, embora ele estivesse em segurança na fazenda do tio deles no Canadá. Seus pais fizeram certo ao se mudar da Filadélfia.

As notícias consolidaram a sua solidão, despertando um profundo anseio pela Filadélfia ou por Londres, lugares onde ela poderia ser útil. Ela ansiava por lugar nenhum, algum lugar, menos aqui. Ela teve que lembrar a si mesma de que não tinha casa na Filadélfia. Ela havia perdido contato com seus amigos da escola e do hospital. Ela tinha que encarar os fatos. Não tinha ninguém para quem voltar além dos seus pais, em Montreal, que não pareciam querer conhecê-la e não gostariam que ela aparecesse com Gladys. Ela estava presa, uma estranha em uma terra estranha. O isolamento cultural estava rapidamente se tornando extremo. Sem nenhum sinal do fim da guerra, os únicos outros alemães no Japão estavam definhando em prisões de campos de guerra espalhados pelas ilhas e, em seu estado sentimental, ela sentia por aqueles prisioneiros, encarcerados como ela. Em um momento de rebelião, ela sentiu vontade de anunciar sua verdadeira identidade nacional e se juntar a eles.

Nos dias seguintes, ela continuou a se forçar a sair da pequena casa para pegar um pouco de ar fresco, se exercitar e passar o tempo. Ela observava as mesmas lojas e os mesmos rostos inflexíveis, sentia os mesmos cheiros estranhos de peixe e ponderava sobre o que a vizinhança realmente pensava sobre essa mulher estrangeira com seu bebê em um carrinho. E, quando Gladys estava dormindo, Emma se sentava no jardim, no ar fresco da primavera, permitindo que a beleza das flores de cerejeira caindo penetrasse em sua alma. Flores de cerejeira repletas de cor e vida. As flores da sua tapeçaria, contidas em fios prateados em pequenos ramos, empalideciam em comparação ao tumulto de pétalas na árvore do pátio. Embora ela admitisse a si mesma que foi sábio da parte de Chun designar a ela uma versão simples e estilizada. Ela nunca conseguiria lidar com ter que criar uma tapeçaria da coisa real.

A tapeçaria só a mantinha ocupada durante curtos intervalos, enquanto Gladys dormia. Quando ela cuidava de sua filha acordada, o tédio a levava a ler cada página do *Japan Daily*. Ela até começou a ler os obituários. Foi lá, na coluna seguinte, que ela encontrou um anúncio da Sociedade das Senhoras Benevolentes de Kobe. Elas estariam promovendo um bazar beneficente na Igreja de Todos os Santos no próximo sábado. A Igreja de Todos os Santos? Onde ficava? Ela esperava conseguir persuadir Ernest a levá-la, mas, se ele recusasse, onde quer que fosse, ela iria sozinha.

Sem ter ideia de onde a igreja ficava situada em Kobe, ela se sentiu frustrada e em suspense durante a tarde inteira, impaciente para que Ernest voltasse para casa. No momento em que ouviu a porta da frente se abrir, ela se apressou e o cumprimentou.

— O que eu fiz para merecer isso? — perguntou ele, divertido.

— Eu descobri uma igreja.

— Uma igreja? — Um olhar intrigado apareceu em seu rosto.

— Existe uma Sociedade das Senhoras Benevolentes de Kobe e elas estão promovendo um bazar.

— É a Igreja de Todos os Santos no dique.

— Você conhece?

— Um dos rapazes do Clube de Kobe é amigo do bispo.

— Você devia ter me contado.

— Eu não fazia ideia de que você queria ir à igreja. Eu pensei que você tinha desistido disso.

O que o fez pensar assim? Havia momentos em que ela pensava que ele realmente não a conhecia.

— Ernest, você vai me levar?

— Eu vou encontrar Frank Parker no clube, mas a igreja é perto. Vou deixar você lá.

Naquele sábado, Emma tinha borboletas no estômago enquanto descia da carroça e contemplava o edifício robusto da igreja com seu nártex arqueado e a torre quadrada erguendo-se acima do telhado. Sem o carrinho pela primeira vez, ela segurou a mão de Gladys enquanto cruzava o saguão. Uma porta estava aberta na varanda, centrada em uma parede lateral.

Dentro, atrás das filas de bancos que ficavam de frente para o altar, uma área foi cedida às mesas de cavalete carregadas com uma variedade de mercadorias. Uma mesa em uma extremidade era dedicada a refrescos. As mulheres atrás das mesas olharam para ela enquanto se aproximava. Olhos se encontraram, sorrisos foram trocados e um brilho cálido cresceu dentro dela.

— Olá, querida — disse a mulher atrás da mesa de brinquedos, seu olhar se voltando à Gladys, cujas mãos se estendiam para puxar a perna de uma boneca de tricô.

— Gladys — disse Emma. — Não toque.

— Que lindo nome!

A mulher pegou a boneca e foi para a frente da mesa. Ela se ajoelhou e deu a boneca a Gladys.

— Eu tenho uma sobrinha tão bonita quanto você e não posso dar essa boneca a ela. Em vez disso, você a quer?

Gladys assentiu timidamente.

— E você promete que vai cuidar dela para mim?

Gladys assentiu de novo, se escondendo atrás da saia da mãe.

— O que se diz, Gladys.

— Gada

Emma desejava que ela dissesse a palavra inteira, mas Ernest tinha o hábito de encorajar a versão mais curta.

— Eu realmente deveria pagar você — ela disse à mulher.

— Meu nome é Beryl e não se preocupe com isso. Você é daqui?

— Vivemos perto de Kitano.

— Parece que todo mundo vive em ou perto de Kitano — riu Beryl. — Seu marido é um comerciante?

— Gerente de exportações da Guthries.

— Então você deve estar totalmente perdida. Por que não se junta a nós? Nós, mulheres, temos que ficar juntas por aqui. Você é americana, certo?

— Meu sotaque me denuncia. Sou Emma.

— É um prazer conhecê-la. Venha, vamos tomar chá.

Em meia hora, Emma descobriu que a Sociedade das Senhoras Benevolentes de Kobe era administrada pela esposa do bispo e formava um grupo caloroso e animado de mulheres de meia idade cujos maridos trabalhavam na comunidade comercial britânica. Levou mais duas horas observando todos que vinham apoiar o bazar de caridade para perceber que a igreja tinha um papel proeminente em Kobe entre os ingleses. Os homens tinham o Clube de Kobe, que, no dique, servia como um substituto para a falta de uma forte presença de maçons e a igreja proporcionava às suas esposas uma distração própria. Em um instante, Emma decidiu se encaixar e, no instante seguinte, descobriu que encaixava. Ela herdou um grupo de mães benevolentes e planejou aproveitar a oportunidade ao máximo.

Ernest, que estava esperando do lado de fora da igreja quando ela saiu pela varanda, encontrou uma Emma completamente diferente da que ele conheceu há algumas horas. Essa Emma estava alegre, seu coração quase explodindo. Sua nova amiga, Beryl, com seu cabelo armado, suas sardas e seus olhos verdes, juntamente com as outras senhoras, eram um raio de sol penetrando a espessa nuvem de sua existência em Kobe e ela absorveu esse raio de sol e os irradiou a Ernest.

Ao ver essa versão feliz de sua esposa, sua resposta foi imediata.

— Vamos tomar chá no Oriental antes de ir para casa.

Mais chá? Por que não! Por que não, de fato! Uma celebração certamente era necessária.

Ela jurou que, dali para a frente, participaria de todas as missas da Igreja de Todos os Santos.

A vida, para Emma, melhorou imensamente depois do bazar. Em Yamamoto-dori, suas caminhadas diárias adquiriram um tom agradável. Ela não se incomodava mais com a hostilidade fria que recebia de alguns japoneses locais que pareciam considerá-la com ressentimento, tolerância ou indiferença, mas raramente com ternura e amizade. Eles formavam uma comunidade fechada, ela decidiu, e não era surpresa, considerando que o dique foi despejado em sua terra e eles eram forçados a observar estrangeiros enriquecendo, enquanto eles não ficavam. Ela lia sobre os casos de crueldade a empregados no *Japan Daily* e imaginou quantos daqueles homens arrogantes de vida fácil deviam tratar suas empregadas, cozinheiras e condutores de riquixás. Talvez os japoneses pensassem o mesmo dela, aqueles olhos estreitos observando-a vagar pelas ruas, talvez pensassem que ela era cruel com Yu Yan. Ela quase caiu na risada com o pensamento.

Sentindo-se mais confiante e aventureira, um dia ela estendeu sua caminhada diária e visitou o santuário de Ikuta. Ficava morro abaixo e as ruas não eram tão íngremes quanto aquelas que levavam a Kitano. Ela vagou pelo lugar e admirou o santuário, com seu telhado voltado para cima e pintura vermelha distinta, observou os devotos e pensou sobre a fé Shinto. No lado alto do santuário, as montanhas se erguiam um pouco além da cidade. As estradas, que seguiam em todas as direções, eram ladeadas por lojas, lanternas suspensas nas vigas dos telhados balançando ao vento. Ela era, como sempre, a única não japonesa à vista e, embora atraísse atenção, descobriu que quando fazia contato visual e sorria, recebia um sorriso em resposta.

Sua rotina semanal era interrompida por eventos na igreja, sua nova amiga Beryl buscando a ela e Gladys, vindo de Kitano. Fosse uma missa, estudo da bíblia ou chá da tarde, Beryl sempre a buscava.

Emma logo se encaixou, suas experiências com esposas expatriadas em Singapura um grande diferença da mistura de personalidades entre as Senhoras Benevolentes, que variava de matrona a devota. Quando descobriram que ela era uma enfermeira, sua posição entre elas ficou ainda mais forte e, em sua presença, as conversas invariavelmente giravam em torno das enfermidades de todas e da condição do sistema de saúde dos expatriados em Kobe nos hospitais missionários. Ela se esqueceu de Ernest no trabalho ou no clube... se esqueceu que desempenhava um papel pequeno na vida dele, sua segunda ou mesmo terceira prioridade em sua busca obstinada por progresso. Ela se esqueceu de que, apesar de todos os esforços para acentuar todos os aspectos positivos da sua personalidade, ela não conseguia aceitar completamente o Ernest que ele era. Ela se esqueceu de tudo isso, diante de suas novas amigas, que sem dúvidas nutriam opiniões semelhantes de seus próprios maridos, embora, diferente de Dottie e Cynthia, suspeitasse de que elas nunca dariam voz às suas reclamações, mesmo em segredo.

A primavera finalmente trouxe calor e dias ensolarados. A vida estava indo bem, até a manhã em que Emma acordou com azia.

Durante o café da manhã ela se sentiu enjoada e Ernest sorvendo um ovo cozido a fez correr para o banheiro.

Havia apenas um diagnóstico possível. Ela estava grávida.

Ela ficou no banheiro, agarrou a borda da bacia, teve ânsia de vômito e vomitou de novo. Quando a náusea passou, ela observou seu reflexo enquanto encarava os próximos meses, imaginando sua barriga crescendo. Não é que ela não quisesse um segundo filho, alguém para Gladys brincar. Era a ideia de trazer outro ser para esse casamento vazio. Se ao menos pudesse invocar a mesma força evidente em suas amigas da igreja, uma força capaz de enterrar ou negar seus descontentamentos. Ela estava errada em se sentir tão apática, tão mal-amada?

Ela voltou à sala de jantar para encontrar uma Yu Yan curiosa, que lhe lançou um olhar penetrante antes de um sorriso se espalhar em seu rosto, e ela saiu do cômodo, assentindo e murmurando para si mesma.

Emma se sentou diante de sua torrada comida pela metade e emitiu um suspiro alto.

Ernest largou a colher e tomou alguns goles de chá.

— Não estamos desanimados de novo, estamos?

— Eu estou bem.

— Você não parece bem.

— Eu disse que estou.

— Então por que não sorri?

Suas palavras pareciam estar carregadas de indiferença, mas ele não sabia. Ela devia contar a ele. Em vez disso, enquanto ele sorvia seu ovo, ela encarava o abismo do ano à sua frente.

HAVAÍ E MONTREAL

A janela da cozinha chacoalhava em sua moldura enquanto um vento feroz de inverno soprava pela rua, o tipo de vento que fazia os guarda-chuvas virarem do avesso. Emma olhou para fora tentando ver isso acontecer, mas a única pessoa que conseguia ver era uma mulher correndo usando um quimono e um chapéu.

Emma se afastou da janela e puxou o cardigã sobre o peito. Sem nada para fazer, ela subiu escadas de fininho, foi até o segundo quarto e observou com olhos amorosos sua bebê adormecida, Irene, aconchegada em seu berço. Gladys, tendo se cansado de tanto alvoroço durante a manhã, também dormia, deitada de barriga para baixo em sua cama. Era um momento de paz. Então Emma ouviu um canto, seguido de um grito e passos arrastando-se pelo corredor. Ela pensou que Yu Yan apareceria a qualquer momento.

Ela não apareceu.

Silêncio e então Emma ouviu a porta da frente fechar. Yu Yan foi às lojas.

Ela sentiu seu corpo inteiro relaxar.

Ela decidiu que não conseguia mais suportar a monotonia de sua rotina diária com Yu Yan observando todos os seus movimentos. Ela achava que ficaria louca.

No momento em que percebeu que Emma estava grávida, sua empregada tirana e benevolente insistiu em mudanças na dieta, incluindo vários tipos de peixe crus, nenhum dos quais Emma mal conseguia olhar, muito menos comer. Yu Yan agarrava a tigela ou prato intocado, resmungando ou gritando sua desaprovação. Ela tinha certeza de que os constantes resmungos de Yu Yan tinham agravado os seus enjoos matinais.

Ela desabafou com Beryl uma vez, mas Beryl achou a situação doméstica de Emma hilária e aconselhou que mantivesse o seu senso de humor.

— É melhor uma empregada agitada do que uma preguiçosa, acredite em mim — ela estava certa, Emma sabia, mas isso não tornava as coisas em casa mais fáceis. E, não tendo recebido nenhuma compaixão de sua amiga, ela aconselhava a si mesma quando se tratava de suas frustrações.

Então veio o nascimento e o com ele o inverno, frio, úmido e miserável, e ela tinha que passar todos os seus dias dentro de casa cuidando da sua filha e mantendo Gladys entretida com o que tinha à mão. Os brinquedos eram difíceis de encontrar em Kobe, mas ela teve a precaução de comprar uma boneca, um ursinho de pelúcia e uma bola em São Francisco. Beryl presenteou Gladys com um cavalinho de madeira que ela podia puxar com uma corda e um zootropo, que nunca falhava em cativar a atenção da pequena.

Por agora, Irene teria que se contentar com o velho chocalho de Gladys, mas, com Gladys chegando aos dois anos e meio, Emma pensava que uma casa de bonecas e um jogo de chá seria bom, e mais bonecas e um ursinho de pelúcia para

Irene. A generosidade de Beryl e das outras senhoras tinha sido sufocante e até um pouco humilhante. Emma gostava de comprar coisas para suas filhas sozinha. Era só que não havia muito o que comprar no Japão ou, pelo menos, não que ela conseguisse encontrar.

Emma sempre fez bom uso do seu tempo enquanto as crianças dormiam. Nessa ocasião, com Yu Yan nas lojas, ela desfrutou da total liberdade de interrupções e renunciou à sua usual costura para escrever aos seus pais. Era algo que ela vinha adiando. Uma carta de seu pai havia chegado na semana anterior, com a notícia de que a saúde de sua mãe estava se deteriorando. Emma respondeu com palavras de preocupação e descreveu anedotas de Irene e Gladys. Quando chegou ao fim da página, sua última frase desvaneceu e ela abaixou a caneta com uma dor no coração. Ela se sentiu obrigada a visitar seus pais, apesar da recepção que receberia. Havia um senso de urgência também, se sua mãe um dia fosse conhecer sua neta mais nova. Ela voltou a escrever, informando ao seu pai que visitaria com as crianças assim que conseguisse organizar a viagem.

A tranquilidade, interrompida quando Yu Yan voltou e começou a cantarolar suavemente na cozinha, chegou ao seu fim. Gladys acordou primeiro e chorou por leite. O barulho agitou Irene, que esfregou seu rostinho, abriu os olhos e começou a chorar. Emma a tirou do berço. O resto da tarde foi ocupado por obrigações maternas e, quando Ernest chegou em casa, molhado pela chuva e cansado do trabalho, ela estava exausta. Ela esperou até que Yu Yan saísse e Gladys e Irene dormissem antes de tocar no principal assunto que tinha em mente.

— Eu gostaria de levar as crianças para a América para ver meus pais.

Ernest ergueu o olhar de seu jornal.

— Quando pensa em ir?

— Assim que puder ser organizado.

Um olhar indeciso apareceu em seu rosto.

— A Irene é muito jovem, não acha?

— Mais um motivo para ir agora, enquanto é fácil de carregá-la. Ernest, minha mãe está doente.

Ela esperou. Ela não iria implorar ou mesmo dar mais explicações. A situação falava por si e o silêncio funcionava melhor do que palavras quando se tratava de exercer sua vontade.

Finalmente, Ernest disse com indiferença: — Tomarei as providências amanhã.

Ela o agradeceu e foi checar as garotas, antes de se acomodar para trabalhar em um guardanapo rendado.

Na tarde seguinte, Ernest chegou em casa com as passagens. Ela viajaria no Matson Line em quatro dias.

— Achei que você precisaria de algum tempo para fazer as malas — disse Ernest.

Ela achava seu modo casual e profissional desconcertante. Era quase como se ele não pudesse esperar para se afastar dela e das filhas, o que dificilmente poderia ser verdade, pelo menos em se tratando de Irene e Gladys, que ele claramente adorava, Quanto a ela, ele não tinha demonstrado nem um pingo de interesse nela no sentido íntimo desde o nascimento de Irene.

Elas ficariam longe por três meses e a maior parte desse tempo seria gasta viajando. Ela poderia ficar longe por mais tempo, mas decidiu que um mês era tempo suficiente para passar em Montreal. Tempo demais, provavelmente. Não que ela estivesse ansiosa para voltar para Kobe.

Era um dia tempestuoso em meados de fevereiro, Irene com menos de três meses de idade, quando elas embarcaram em um navio a vapor com destino ao Havaí, onde mudaram de navio para ir a São Francisco. Ernest a ajudou com as crianças e se certificou de que o carregador levasse sua bagagem até a cabine. Ele até mesmo colocou o baú em uma das camas e desamarrou o laço de couro. Ela examinou o novo ambiente, assegurando-se de que tinha tudo o que poderia possivelmente precisar. Havia uma escrivaninha pequena presa à parede debaixo da escotilha. Um pequeno guarda-roupa e uma penteadeira com um espelho. Outra porta levava ao banheiro. Os acessórios bem polidos, a decoração agradável, embora escura. Apenas o melhor para a Sra. Taylor, ao que parecia, e ela ficou grata ao marido por ter reservado uma das melhores cabines do navio.

— Você ficará bem? — disse ele, com preocupação de última hora.

— Não se preocupe, Ernest. Ficaremos bem.

— Tchau, queridinhas.

Ele beijou as duas filhas na testa. Ela estava prestes a pegar as filhas e segui-lo para fora da cabine, pensando em acenar quando ele estivesse no píer, mas ele insistiu que ela ficasse.

— Eu estarei esperando por você quando voltar. Divirta-se.

Ele apertou sua mão em uma demonstração incomum de carinho.

— Não trabalhe demais, Ernest.

— Serei diligente, querida Emma.

A despedida deles foi calorosa, seus votos sinceros e ela se perguntou se tinha voltado a ser injusta com Ernest nos últimos três meses e falhado em vê-lo por tudo o que ele era, bom e ruim. Ela jurou mais uma vez apreciar os atributos dele e não focar tanto em suas falhas e, quando estivesse de volta a Kobe, recomeçar com algum otimismo no coração por seu casamento.

Como era, Emma só foi capaz de apreciar os pontos positivos dele quando sentiu movimento e o navio se afastou do cais.

. . .

A viagem ao Havaí se mostrou agradável. Irene era um bom bebê e dormiu profundamente. Gladys, no exigente estágio dos dois anos de idade, era apta a bater o pé e fazer beicinho, mas, a bordo do navio, foi embalada em silêncio pelo movimento e se divertiu com a afeição que recebia dos outros passageiros e da tripulação, que estavam todos encantadas pela criaturinha de olhos azuis e cachos castanhos. Vendo como Gladys gostava da atenção, Emma fez questão de se sentar no saguão com as duas filhas, onde Gladys podia mexer as pernas inquietas. Quanto mais o navio se afastava do Japão, melhor Emma se sentia. Ela estava mais leve, menos sobrecarregada e cheia de antecipação. Ela mal podia esperar para pôr os pés em solo americano.

Em uma tarde, no começo da viagem, os dias se tornaram ainda mais agradáveis quando uma mulher de meia idade abordou Emma no saguão. Emma tinha visto a mulher na sala de jantar e nos corredores, mas elas não tinham tido um encontro apropriado. A mulher sorriu e disse: — Se importa se eu me juntar a você? — sentando na cadeira oposta antes que Emma pudesse responder.

Emma sucumbiu a um interno brilho suave.

A mulher se apresentou como Maud e começou a murmurar para Irene, dormindo no colo de Emma. Emma notou lágrimas se formando nos olhos de Maud.

— Que tola — disse Maud, um pouco envergonhada. — Não ligue.

— Você perdeu alguém — disse Emma, sua voz suave enquanto era catapultada para fora de sua bolha da maternidade, com todas as suas preocupações, para uma percepção repentina da guerra.

Maud exalou pesadamente.

— Meus filhos. Os dois.

— Eu sinto tanto. A guerra vai acabar em breve — disse Emma. — Tem que acabar.

Gladys veio para perto e encostou na perna da mãe. As duas mulheres ficaram em silêncio por um tempo.

Maud o quebrou dizendo: — De que parte de Kobe você é?

— Perto de Kitano. Você conhece?

— Nunca estive lá, mas ouvi falar de Kitano. Muito bonito, dizem.

— Muito íngreme. E você?

Emma descobriu que Maud vivia no dique de Yokohama e, em vez de pensar nos horrores da guerra, as duas compartilharam histórias sobre a vida à beira-mar, onde os homens ficavam com toda a diversão e as mulheres ficavam entediadas.

— As tentações são muitas — disse Maud. — Eu acho que é isso que atrai a maior parte dos homens a esses postos. A depravação. Eles vão lá para se divertir.

— Até os homens casados? — disse Emma, um pouco chocada, embora soubesse que Maud falava a verdade.

— Eu diria que especialmente os homens casados. Por que mais eles viriam?

— Ambição? — disse Emma, pensando em Ernest.

— Talvez. Mas a maioria se sairia melhor em seus próprios países. Eles vão para esses lugares longínquos pela aventura.

Não era uma conversa que Emma queria ter. Ela disse a si mesma que Ernest era diferente. Ele não era do tipo divertido. Ele era um homem de negócios, um alpinista social e estava decidido a chegar ao topo ou, pelo menos, tão alto quanto conseguisse na Guthries. Ela perguntou a Maud sobre as coisas das quais sentia saudades na Inglaterra e elas conversaram sobre costura, compras e sobre o campo.

— Há algo reconfortante em estar em seu próprio país, não acha?

Emma concordou, embora internamente ela não tivesse certeza de alguma vez ter experimentado esse sentimento.

. . .

Quando pararam em Honolulu, Emma foi uma das primeiras no convés, apesar da carga infantil, todas as três desconfortáveis no calor pegajoso e no sol forte. Tudo que ela conseguia pensar era em sair do navio e entrar no próximo. Sua nova amiga, Maud, chegou e foi para perto dela. Logo o convés se encheu com outros passageiros, todos ansiosos para desembarcar.

A prancha foi baixada e o comissário do navio, característico em seu uniforme branco e chapéu, parou autoritariamente junto ao parapeito enquanto outro homem uniformizado, barrigudo e com um bigode ostentoso, parou no píer, exalando autoridade. Atrás dele havia alguns oficiais americanos da marinha. O homem de bigode fez um gesto com a mão. Um por um, os passageiros silenciaram e ficaram quietos. Depois andou até a prancha, de onde acenou para o comissário. Houve uma demorada troca de palavras, o olhar do comissário se desviando para os oficiais da marinha. O oficial deixou o navio, a conversa aumentou entre os passageiros e o comissário chamou a atenção de todos com um assobio estridente.

Os passageiros se silenciaram descontentes.

— Senhora e senhores — disse o comissário — a Marinha Americana delegou o SS *Maui* para o serviço militar. Todos aqueles que vão para São Francisco devem esperar aqui no convés. Todos os outros, por favor, saiam do navio.

Houve murmúrios de confusão que se transformaram em vozes altas e depois em gritos de indignação para alguns, enquanto outros tentavam conter a irritação com comentários sobre apoiar o esforço de guerra. O comissário ignorou os passageiros que se aglomeravam e providenciou para que aqueles que iam para outros destinos desembarcassem.

Emma se afastou enquanto aqueles que desembarcavam

passavam. Depois do que pareceu tempo demais, a maioria dos passageiros permaneceu a bordo. Irene se agitou e ameaçou chorar. Gladys estava inquieta.

O comissário mais uma vez chamou a atenção de todos, dessa vez sem um assobio.

— Providências estão sendo tomadas para que vocês permaneçam em Honolulu até que o próximo navio chegue de São Francisco.

— Quanto tempo vai demorar?

— Uma semana.

— Uma semana!

Todos começaram a falar de uma vez. Empresários reclamavam que perderiam reuniões importantes. Uma mãe perderia o casamento da filha. Outra pessoa precisava estar à cabeceira de um parente moribundo. Antes de deixarem o navio, houve outro longo atraso, visto que cada passageiro teve a oportunidade de enviar um telegrama para notificar seus contatos. Emma disse aos pais que se atrasaria uma semana. Não era um atraso que ela esperava.

Maud permaneceu ao lado de Emma. Assim que desceram para o píer, ela disse:

— Não se preocupe, ficarei com você para não sermos separadas. Só Deus sabe para onde eles estão nos levando.

Eles foram agrupados em caminhões militares e levados a um albergue. Agora, todos estavam reclamando. O consenso era de que pelo menos deveriam ter sido instalados em um hotel decente, dada a inconveniência, ou mesmo em um hotel aceitável, mas tinham que ficar em um albergue básico, composto por uma série de cabanas com tetos baixos e nenhum ventilador, era além dos limites. A marinha, ao que parecia, não julgava os passageiros como merecedores de muita consideração. Para piorar as coisas, os funcionários do navio, com quem os passageiros tinham se acostumado, foram substituídos com funcionários navais indiferentes, que não responderam ao alvoroço e focaram em garantir que a bagagem de todos fossem colocadas nas cabines certas.

Um casal, que tinha viajado na primeira classe e estava furioso com a falta de consideração, exigiu que fossem levados para um hotel. Tiveram sucesso e foi a última vez que Emma os viu. Os outros, em graus variados, foram mais compreensivos. Enquanto todos decidiam onde queriam ficar, Maud entrou na cabine de Emma.

— Eu dificilmente vou ficar com uma só para mim e prefiro ficar com você do que com aquelas pessoas — riu ela, colocando sua bolsa em um dos beliches de cima.

Emma preferia ficar sozinha com suas filhas, mas, considerando as condições de superlotação, essa não era uma opção e, além disso, ela gostava da companhia de Maud e alguma ajuda com suas filhas no calor não cairia mal. No entanto, ela se perguntava se Maud acharia a presença constante de suas garotas cansativa, especialmente por sentir tanta saudade dos filhos.

O albergue tinha uma cozinha comunal e o comissário garantiu aos passageiros que eles também seriam alimentados pela marinha. E alimentados eles foram, não por marinheiros em uniformes, mas por mulheres locais amigáveis, que vieram, tomaram conta da cozinha e cozinharam todo tipo de prato exótico que ninguém tinha visto ou ouvido falar antes. Tinha frutas tropicais, que Gladys adorou, e macarrão, peixe e coco. Para o café da manhã, teve salsichas apimentadas e ovos. Na visão de Emma, ninguém tinha nada do que reclamar além do calor. A maioria dos outros se acomodou, com exceção do par de reclamões robustos que todo mundo ignorou. Maud até conseguiu leite fresco e chocolate para Gladys.

A cabine delas tinha vista para as montanhas arborizadas e Emma passava muito do seu tempo livre olhando pela janela, imaginando os tipos de pessoas que viviam nas ilhas, os nativos, os americanos, os chineses e os outros, que faziam do lugar seu lar. O resultado da requisição do *SS Maui*, para Emma, foi que ela ganhou ainda mais apoio dos outros passageiros e sempre tinha alguém para cuidar dos seus bebês se ela precisasse tomar um banho, enxaguar algumas roupas ou mesmo fazer uma caminhada curta.

Gladys formou um vínculo afetuoso com Maud. Ela seguia a mulher mais velha ou adormecia no seu colo ouvindo histórias sobre as aventuras que ela teve quando criança e histórias de faz de conta sobre fadas, anjos e animais peludos.

Quando as crianças dormiam, Maud falava de outras histórias, adequadas aos ouvidos de Emma, de amores perdidos e achados, de irmãos e suas tias favoritas. Ela perguntou a Emma sobre sua vida também e, à princípio, Emma foi cautelosa. Ela descreveu sua infância na Filadélfia, mas com poucos detalhes, rapidamente avançando no tempo para oferecer histórias sobre enfermagem e depois sobre a vida em Londres. Foi apenas quando Maud revelou que tinha profundo interesse no mundo espiritual que Emma, em um momento de fraqueza, baixou a guarda e contou a Maud sobre sua descendência menonita.

— Então você é alemã — disse Maud, baixando a voz para um sussurro.

— Não, eu sou americana. Eu nasci na Filadélfia — mentiu Emma, o terror percorrendo seu corpo.

— E seus pais são naturalizados?

— Sim.

Mais mentiras e, sentindo a cor subindo às suas bochechas, Emma sabia que Maud sabia, mas parecia não se importar.

— Eu acho que os alemães vão ser ainda mais odiados agora que a América entrou na guerra — disse Maud reflexivamente.

Então, para o alívio de Emma, ela mudou de assunto, preferindo conversar sobre religião.

— Eu conheci uma família menonita uma vez. Eles eram vizinhos. Se fechavam em si mesmos. Mulher estranha, era a mãe, perdoe-me por dizer isso.

— Existe todo tipo de menonita — disse Emma, perguntando-se para onde esse novo tópico estava indo. — Alguns são muito reservados. Medrosos, talvez.

— Eu não acho que os menonitas têm tempo para assuntos do mundo espiritual.

— O que você quer dizer? — disse Emma, surpresa e pensando apenas no Espírito Santo.

— Contactar os que partiram.

Emma se sentiu desanimada. Que interesse era esse do mundo atual com esse assunto em particular?

Sua mente se voltou para a época em que Ernest se envolveu com uma tábua Ouija no navio com destino à Singapura. Ela ainda pensava o mesmo, que ele tinha permitido que o mal entrasse em suas vidas e as consequências chegaram, a evidência sendo a falta de fibra moral dele.

— Sessões espíritas? — perguntou ela educadamente.

— Acho que sim.

— Sempre pensei nelas como perigosas.

— Você está falando de Ouija, sem dúvidas. A maioria das pessoas acham que é um jogo de salão bobo e nada mais. Eu não pratico nada do tipo.

— Você é espírita?

— Você ouviu falar de nós?

— Vagamente — Sua mente se voltou para Singapura. Para um comentário que Cynthia fez do lado de fora da Loja Teosófica quando elas saíram para comprar jutties para Emma.

— Eu sou cristã, Emma, como você.

— Mas você entra em contato com os mortos.

— As almas daqueles que partiram, sim.

— Como isso é possível?

— Nós acreditamos que a evolução não para na morte. Nós comungamos com o mundo espiritual. É tudo feito em nome de Cristo.

— Mas não em uma igreja.

— Sim, em uma igreja. Não em uma grande catedral, veja bem. É mais uma capela. Mas a missa semanal é a mesma.

Sendo na igreja ou não, Emma rejeitou a mera ideia de contactar os mortos, decidindo ali mesmo que ficaria muito assustada para se envolver com qualquer coisa ligada a esses espíritas. Como se estivesse respondendo seus pensamentos, Maud disse:

— É a única conexão que tenho com os meus filhos.

Emma não conseguiu pensar em nada para dizer. Ela dificilmente poderia refutar uma mulher em luto, e com base em quê? Maud ainda era cristã. Ela ainda ia à igreja e acreditava em Deus. O espiritismo não era convencional, mas os anabatistas também não eram, incluindo os menonitas. Ela tinha se tornado uma fiel andarilha, contente em ir a qualquer igreja, ao invés de nenhuma. Ela iria a uma igreja espírita se não houvesse nenhuma outra alternativa? Nunca.

Ela foi salva de qualquer outro constrangimento quando Irene acordou com um choramingo que se tornou um choro descontente.

A semana no albergue logo passou. Elas embarcaram no navio com destino a São Francisco em meio a um alvoroço de vivas e, em um instante, Emma estava no convés a bordo do navio, observando as colinas enquanto percorriam o caminho para o porto de São Francisco.

Ela deixou que Maud a ajudasse a desembarcar, mas,

quando se tratou de transferir o resto de sua bagagem para a estação de trem, ela disse a sua amiga que estava familiarizada com a cidade e não teria problema em encontrar o caminho. Ela se sentiu um pouco culpada, sabendo que manteve sua amizade com Maud ao longo da segunda parte da viagem com sentimentos mistos. Ela tinha sido cordial, mas não aberta e acessível. Não importava o quanto tentasse racionalizar, no fundo ela achava que não tinha nada em comum com uma mulher que tinha uma paixão por contactar os mortos, mesmo se fossem seus filhos. Ela sabia que isso era um preconceito, mas, para ela, o interesse de Maud no espiritismo, no fim, eclipsava todas as suas outras qualidades, não importava quão boas fossem. Uma parte de Emma reconhecia que sua reação era infundada, mas esse reconhecimento não tinha lugar em seu arsenal de defesa. Enquanto se despediam, Emma sentiu uma pontada de culpa por seu tratamento frio com Maud, que claramente adorava Gladys e tinha encontrado tanto consolo na companhia da criança. Como forma de reconciliação, Emma prometeu escrever. Elas trocaram seus endereços na noite anterior.

Emma tinha falado a verdade quando afirmou conhecer São Francisco. Além disso, haveria muitas pessoas prontas para ajudar caso ela se perdesse. A viagem de trem foi mais desafiadora com dois bebês para cuidar, mas, de novo, a bondade e a gentileza humanas prevaleceram, e ela passou cinco dias agradáveis, se não exaustivos, viajando pela América.

Foi só quando chegou à casa dos pais que seu humor otimista se transformou em profunda solenidade. Sua mãe tinha acabado de fazer sessenta e nove anos. Emma perdeu o aniversário dela por três semanas. Seu pai a recebeu na porta, cumprimentando as netas de forma descuidada antes de pegar seu casaco e conduzi-la até a sala de estar.

Sua mãe estava sentada perto do fogo, aproveitando o calor

das chamas dançando na lareira. Uma mulher de idade, ela olhou para as netas com algo parecido com amor nos olhos, mas era um amor pintado de tristeza e arrependimento. Emma sabia que a mãe levaria essas emoções para o túmulo.

Ela desabotoou o cardigã, hesitou, depois o tirou. Mesmo depois de sua semana no Havaí, Emma achou a sala quente e abafada. O ar primaveril do lado de fora era um pouco frio, mas, ainda assim, ela queria abrir as janelas e deixar o ar fresco entrar. Ao invés disso, ela acomodou as filhas e conversou amenidades enquanto esperavam que a empregada servisse o chá.

Não era só o ar que era sufocante. A aparência sem brilho de sua mãe, a expressão rígida que ela tinha no rosto e seus modos indicavam não apenas a doença ou a tristeza e o arrependimento, mas uma culpa e reprovação escassamente disfarçada. Por que ela tinha que se importar tão ferozmente com o êxodo de sua filha dos confins da fé? Pois era isso que Emma via na conduta de sua mãe e isso a machucava, e essa dor a fez sentir raiva. Emma pensou nas semanas que se seguiriam, desejando que pudesse mudar sua passagem e atravessar a América logo.

A atmosfera da casa também estava triste por outras razões. A guerra estava cobrando o seu preço. Durante o jantar, naquela noite, seu pai explicou que o ódio por alemães era forte no Canadá, mas pelo menos ninguém incomodava Herman na fazenda. Era em Montreal, nas lojas e nas ruas, que ele aprendeu que era melhor não abrir a boca para falar a menos que precisasse. O que explicava a Emma o porquê de nos dias seguintes ele nunca se oferecer para levar sua filha e suas netas para passear. Nem mesmo uma caminhada no parque. Emma era forçada a ir sozinha.

Para piorar as coisas, ninguém tinha notícias de George desde antes do começo da guerra. Quase quatro anos tinham se passado desde então. Emma teve que escutar as especulações de seus pais – talvez ele estivesse na prisão como um opositor consciente ou seu tio estava conseguindo mantê-lo escondido nos fundos de sua loja e não ousava escrever e contar a eles – o tempo todo sabendo que George tinha se alistado para lutar. Apenas ela sofria imaginando seu sofrimento e sua morte, enquanto seus pais se agarravam à crença de que seu filho mais novo era um civil, vivo e, até certo ponto, são e salvo. Era difícil escutar suas divagações. Eles criaram um retrato fantástico do irmão dela; George, o herói, George, o resoluto menonita defendendo sua fé contra as demandas do seu país, um verdadeiro fiel que triunfaria e voltaria ao rebanho. Diversas vezes durante o consumo de carne assada e depois da torta de maçã e creme, em momentos de fraqueza e frustração, ela quase deixou a verdade escapar. Mas ela se impediu. Seria grosseiro e contraproducente. Deixe que eles sonhem.

Herman parecia carregar o fardo mais pesado da ausência de George. Ele fez uma visita no domingo seguinte e, vendo-o interagir com os pais enquanto jantavam outra carne assada e outra torta de fruta e creme, era como se ele tivesse que ser dois filhos para compensar a ausência do irmão.

Ninguém teve notícias de Karin também. No entanto, como Emma sempre dizia aos pais – para tranquilizar tanto a si mesma quanto a eles – como alguém poderia esperar uma carta da Alemanha quando tinha uma guerra acontecendo. Sem dúvida as cartas eram sorrateiramente transportadas para as linhas inimigas e o remetente precisaria de contatos e uma necessidade urgente. Talvez não houvesse necessidades urgentes. Nenhuma notícia significava que não tinha acontecido nenhuma tragédia também. Era tudo ao que eles podiam se agarrar.

Enquanto os dias se estendiam, passar o tempo na casa dos pais se tornou cada vez mais sufocante e, no meio de sua visita,

Emma foi consumida pela culpa. Ela sentiu culpa por ser quem era. Culpa por ter escapado das adversidades da guerra, primeiro em um posto colonial e depois em um dique. Culpa por seguir o seu coração e abandonar sua fé. Culpa por ter se casado com um homem que a levou para longe de suas raízes na Filadélfia e permitiu que ela se disfarçasse de esposa anglo-americana. Culpa por ter trazido ao mundo e para a casa de seus pais as filhas do ladrão.

Suas filhas nunca seriam menonitas, a não ser que ela abandonasse o casamento e voltasse ao rebanho. Mesmo assim, ela continuaria sendo uma espécie de pária, tendo cometido aquela traição única. Ela sentiu uma falta no coração, como se os laços já tivessem sido quebrados e nunca pudessem ser remendados.

Parecia inútil estar em Montreal. Ela cumpriu seu dever e foi recompensada com angústia. Ela estava desesperadamente infeliz em sua alma. Apesar da Sociedade das Senhoras Benevolentes, que era sua única distração, ela detestava Kobe e temia voltar para um Ernest indiferente, embora não conseguisse desabafar com seus pais. Ela não podia incomodá-los com suas desgraças e não conseguiria encarar a reprovação deles. Havia grandes chances deles pensarem ainda menos dela por considerar quebrar os votos de casamento. Além disso, ela não tinha motivos. Ernest nunca foi cruel e ele não tinha cometido adultério. Suas longas e perpétuas ausências em casa não constituiam motivo para divórcio. Não que ela contemplasse um divórcio, não seriamente, a vergonha que ele traria seria intolerável.

No penúltimo dia de sua visita, ela conseguiu persuadir o pai a levá-la até a cidade de Montreal para que ela pudesse encontrar alguns brinquedos para as garotas. Uma vez que estava na agitação das ruas da cidade, com os grandes edifícios e a variedade de lojas fascinantes, passando pelo Teatro Seville e olhando isso e aquilo, seu pai pareceu mais leve e feliz. Era outro mundo que eles estavam compartilhando. Eles caminharam por pequenos parques cheios de bulbos de primavera em flor, pegaram um bonde para o Place d'Armes e admiraram a grande Basílica de Notre Dame. Eles esqueceram da guerra e tudo o que ela trazia e aproveitaram a companhia um do outro. Foi o mais próximo que ela se sentiu de seu pai em anos. Depois de um almoço simples em um café cheio, Emma os levou de volta para a loja de departamentos Morgan's na St Catherine Street e comprou uma casa de bonecas, duas bonecas Raggedy Ann e um conjunto de chá. Era muito para carregar, mas ela não toleraria filhas entediadas em Kobe. O tédio, ela pensava, era a maldição de toda mulher que cria seus filhos sozinha.

De volta ao mausoléu de seus pais, seu pai substituiu sua animação por seu estado de espírito triste de sempre. Ao invés de relembrar as aventuras do dia, durante o jantar naquela noite ele insistiu em discutir o sentimento antialemão no Canadá e na Filadélfia. Ele disse que o tio dela havia escrito dizendo que as coisas não estavam melhores em Nebrasca.

— Não foi o povo quem escolheu isso — disse ele amargamente. — Foram aqueles políticos idiotas.

Emma olhou para a mãe, que só suspirou. Sem dúvidas ela tinha ouvido a mesma coisa diversas outras vezes. Emma suspirou internamente em uníssono.

Ele continuou

— Ser alemão é uma coisa. Ser um alemão pacifista é uma coisa que o americano médio não consegue entender.

Esperando desviar do tema cansativo, Emma perguntou por notícias do tio.

— Ele está bem. Da última vez, soube que seu primo Hans comprou um terreno em Fort Morgan, no Colorado.

— Fort Morgan? O trem passa por lá — disse Emma.

— Você devia anotar o endereço dele, Emma — disse sua mãe. — Caso você queira fazer uma visita na viagem de volta.

Ela duvidava que faria, pois era muito mais fácil permanecer no trem com sua bagagem, mas anotou o endereço dele mesmo assim, para ser educada, e jurou prestar atenção quando o trem passasse pelas pradarias e pensar em seu primo enquanto passava por lá.

Na manhã seguinte, como ela deveria ir para a estação, prometeu ao pai que os visitaria novamente no ano seguinte.

— Talvez a guerra já tenha acabado e poderemos celebrar.

— Você vai voltar para a Filadélfia?

— Vocês vão?

— Duvido. Não há nada lá para nós. E Herman parece ter se estabelecido.

— Ele vai querer retomar o treinamento, certamente?

— Há hospitais em Montreal.

Não havia resposta que ela pudesse dar. Para o seu pai, a guerra tinha acabado com o propósito de migrar da Alemanha. Eles tinham buscado alívio da perseguição, apenas para serem perseguidos de novo.

Ela beijou sua bochecha e se despediu.

Ela deixou Montreal confusa e triste – mas quando o primeiro trem e depois o segundo passou por estado depois de estado, ela começou a considerar seu estado infeliz inaceitável e ingrato, considerando toda a tragédia acontecendo no mundo e, acima de tudo, não era muito cristão de sua parte ser tão egocêntrica. Ela precisava se livrar de sua própria infelicidade, restaurar sua fé, que havia sofrido uma surra simplesmente porque ela não estava satisfeita. Ela tinha duas lindas filhas para preencher sua vida, tinha a Sociedade das Senhoras Benevolentes de Kobe e a Igreja de Todos os Santos para mantê-la ocupada e era casada com um homem que tinha uma ótima posição no negócio mercantil, uma posição que seria invejada por muitos. Ela deveria, ela tinha que ser grata.

Quando o trem passou por Fort Morgan, ela pensou em seu primo Hans e na esposa dele, Sophia, e a família jovem deles. Ela duvidava que um dia os encontraria, mas era um conforto saber que eles estavam lá.

UMA REBELIÃO NO DIQUE

O verão trouxe dias agradáveis e quentes para Kobe e tornou a caminhada diária pelas ruas de Yamamoto-dori aprazíveis. A comunidade parecia ter aceitado a presença dessa mulher estrangeira com seu carrinho e seu bebê, uma mulher que eles viam todos os dias nos últimos dezoito meses e, às vezes, as mulheres japonesas ofereciam a Gladys um sorriso tímido. A linguagem representava a maior barreira; Emma tinha poucas oportunidades para aprender japonês e não tinha confiança para falar as poucas palavras que sabia. Ele sempre foi uma mulher intensamente reservada e não era dada a oferecer sorrisos cativantes e gestos de mão confusos para acompanhar suas tentativas de comunicação; não que ela achasse que isso teria feito muito diferença e poderia até mesmo se mostrar contraproducente. Os habitantes locais de Kobe continuavam inquietos e desconfiados diante dos estrangeiros que invadiam o seu território. E por um bom motivo. No entanto, às vezes ela se perguntava se talvez não era muito sensível. Ela nunca se sentiu insegura e frequentemente se lembrava disso.

Emma voltou ao ritmo de sua vida depois da viagem sem dificuldades. A tapeçaria estava indo bem agora que ela tinha dominado algumas das técnicas mais complicadas. Beryl buscava a ela e as garotas sempre que tinha algo na igreja e Ernest ia à missa de domingo com extraordinária regularidade, depois de perceber que metade dos membros do Clube de Kobe também frequentavam. Ele ficava muito satisfeito em exibir sua pequena família, balançando Irene nos braços enquanto agradava a quem quer que ele considerasse importante. Irene amava cada minuto da atenção, seu cabelo castanho avermelhado sedoso, seus olhos castanhos e rosto bonito atraindo comentários afetuosos de todos.

Na sociedade das senhoras, Emma era forçada a manter a guarda, mesmo com Beryl, para que suas reações às conversas sobre a guerra não revelassem inadvertidamente suas origens. O esforço de manter sua farsa anglo-americana era cansativo, embora ela tenha desenvolvido uma habilidade extraordinária de se esconder atrás das aparências. Ela até mesmo era capaz de reclamar do Kaiser.

Ela quase se revelou um dia enquanto elas tomavam chá da tarde, quando Maureen, um membro novo e um tanto arisco do grupo, disse de forma pouco piedosa:

— Eu queria que aqueles malditos alemães simplesmente sumissem — Emma teve que esconder o seu rosto ruborizado, baixando o olhar para arrumar o babador de Irene. Beryl rapidamente repreendeu Maureen, apontando que eram os países que estavam em guerra, não os soldados e cada morto era o filho de alguém, ou irmão ou pai.

Não poderia haver verdade maior na guerra. E, desde que voltou de Montreal, Emma tinha se tornado mais preocupada do que nunca com o paradeiro e segurança de George e a saúde precária de sua mãe; preocupações que invadiam seus pensamentos sempre que ela estava sozinha.

Em casa, ela fazia o seu melhor para passar cada dia com bom humor, pelo bem das crianças, que felizmente ocupavam a maior parte de seu tempo, e, pelo menos quando focava apenas nelas, ela se sentia contente. Não era difícil fazer isso, embora causasse muito cansaço. Irene estava agora com sete meses e seus dentes estavam nascendo a todo vapor e Gladys estava chegando aos três anos e era exigente como sempre. Yu Yan frequentemente mantinha Gladys entretida na cozinha, conversando com ela em chinês, o que Gladys achava fascinante, e dando a ela guloseimas saborosas enquanto preparava a s refeições da família. Ela também ofereceu alguns remédios para as gengivas de Irene, mas Emma categoricamente se recusou a aceitá-los. Enquanto as garotas estavam dormindo, Emma passava as tardes trabalhando no jardim do pátio, podando, regando e arrancando ervas daninhas e admirando as flores em plena floração, deslumbrantes sempre que o sol brilhava sobre elas. Quando se cansava das tarefas, ela pegava sua tapeçaria. Ou apenas se sentava e lia o jornal.

Em uma tarde de domingo, no fim de julho, uma sombra abafou sua alegria com os raios brilhantes do sol do verão. Na página quatro do *Japan Daily* havia uma reportagem sobre o desassossego social na província de Toyama. O jornal explicava como o arroz, alimento básico do Japão, dobrou de preço em poucos meses. Os salários eram baixos e as pessoas não conseguiam mais comprar comida. Emma não fazia ideia de onde Toyama ficava. Ela perguntou a Ernest, sentado do outro lado da mesa.

— Norte — disse ele sem erguer o olhar.

— Norte?

Ele a agraciou com seu olhar.

— Na costa norte. Por quê?

Sem querer entrar em uma discussão, ela disse:

— Motivo nenhum. É só algo que eu li.

Satisfeito, ele voltou ao seu livro.

Nos dias seguintes, o que tinha começado como uma reportagem da página quatro se tornou manchete, à medida que os trabalhadores da manufatura organizavam protestos, passeatas e greves. Os meeiros estavam se juntando a eles. As mulheres organizavam boicotes aos navios que exportavam grãos.

Então o *Japan Daily* anunciou que, em Toyama, vinte e cinco mil pessoas foram presas.

Vinte e cinco mil!

Ela colocou o jornal no colo. Era noite e as garotas estavam dormindo. Ela olhou para Ernest. De novo ele tinha a cabeça enfiada naquele livro. Não era uma romance. Era *Moral e Dogma do Antigo e Aceito Rito Escocês da Maçonaria*, de Albert Pike. Ela não ousou perguntar sobre o livro e nunca o tinha visto por dentro; ele levava o volume encadernado em couro para a Guthries e, em casa, nunca o perdia de vista. O que a preocupava, com sua fé cristã tradicional, era o aprofundamento do seu interesse pela Maçonaria, com a qual ela presumia que ele só tinha se envolvido de novo em Kobe — ele se juntou a uma Loja em maio — para avançar em sua carreira. Agora, ele estava absorvido em algo esotérico e ela não gostava disso, nem um pouco.

Ela também não gostava do número de rebeliões.

Quando Ernest finalmente marcou a página, ela perguntou se ele achava que deveriam se preocupar.

— Não se inquiete, Emma querida. Aqueles manifestantes estão longe de nós e as autoridades estão os reprimindo com força. Eles logo colocarão um fim nisso.

— Mas e se não colocarem? E se vierem para Kobe?

— Eles não virão para cá — disse ele com uma certeza surpreendente.

Ela não se sentiu confortada por suas garantias. Ela não

fazia ideia de como ele tinha chegado a tal conclusão quando era óbvio para ela que as pessoas na rua em que moravam estavam insatisfeitas.

Ela também não fazia ideia do que os compradores japoneses, pedestres e clientes de café diziam quando ela passava por eles em sua caminhada diária, mas os olhares em sua direção se tornavam mais sombrios a cada dia e havia um clima definitivo no ar. Ela não se sentia mais confortável empurrando o carrinho pelas ruas com Gladys segurando o guidão.

No começo de agosto, a inquietação escalou quando cinquenta mil manifestantes invadiram Nagoya. Ela ficou boquiaberta quando leu a notícia. Cinquenta mil era uma quantidade e tanto de pessoas.

— As moscas vão entrar em sua boca se deixá-la aberta — disse Ernest.

Emma fechou a boca. Depois disse:

— Onde é Nagoya? Você sabe?

— No outro lado de Osaka. Por quê?

— Você leu isso? — Ela apontou para o artigo.

— Eu disse para você não se preocupar, ursinha — riu Ernest. Era uma risada condescendente. — Nagoya é muito longe de Kobe. Os protestos não chegarão aqui.

Ela desejou ter a confiança dele. E ela desejou que ele não a chamasse de ursinha. Ela não era um bicho e certamente não começaria a grunhir.

A agitação em Nagoya continuou e o *Japan Daily* devotou páginas e páginas aos eventos que se desenrolavam. Houve ataques em escritórios de comerciantes de arroz. Manifestantes estavam incendiando edifícios. A polícia tentou erguer barricadas, fazendo o número de manifestantes subir para cento e trinta mil. Um quarto da população de Nagoya, disse o jornalista. Um quarto! Emma tentou imaginar esse número de pessoas na rua. A ideia a assustava.

Ela ficou muito apreensiva para ir à igreja. Beryl teve a mesma reação. A Sociedade das Senhoras Benevolentes de Kobe suspendeu as atividades até que as coisas se acalmassem. Então o bispo suspendeu todas as missas.

Emma começou a orar com convicção renovada. Ela orava pela segurança de sua família. Ela orava para que os protestos acabassem. Ela orava para que o governo fizesse algo para diminuir o preço do arroz. Ela não esperava que suas orações fossem atendidas, mas havia algum consolo no ato. Pelo menos ela estava fazendo algo.

Enquanto os protestos continuavam, Ernest manteve sua crença de que o governo logo ganharia o controle. Ele não sentia nenhuma simpatia pelos manifestantes. Eles deveriam trabalhar mais se quisessem colocar comida na mesa, assim como ele fazia. Greves, protestos, rebeliões – para ele, eram equivalentes a alta traição e deveriam ser punidos tão brutalmente quanto qualquer aplicador da lei achasse adequado. Ela estava chocada. Apesar de sua apreensão crescente, ela se viu firmemente do lado dos manifestantes. Ela não podia tolerar violência, mas não parecia justo que o povo sofresse por causa de todos aqueles comerciantes, incluindo Guthries, que tinham aumentado o preço do arroz localmente por exportar a maior parte dele. Por meio das lentes das reportagens ela viu, como se pela primeira vez, as injustiças que surgiam da exportação de bens. E acrescentou uma nova dimensão ao que ela tinha começado a reconhecer, no fundo de seu coração, como um desprezo por Ernest, em todos os aspectos.

Embora ela devesse admitir que em um aspecto, até agora, ele estava certo. As rebeliões não chegaram a Kobe e não parecia que chegariam.

O alívio veio quando a atmosfera tensa se dissipou no começo do feriado de Obon. Os trabalhadores estavam prestes a aproveitar uma semana inteira de folga para o festival. O *Japan Daily* dedicou uma página dupla à tradição budista, explicando que Obon era o festival japonês dos mortos, quando as famílias se reuniam para lembrar e celebrar seus ancestrais. A reportagem incluía uma fotografia do festival anterior, de algumas crianças arrumadas com rostos pintados. Emma estava ansiosa pela semana Obon. Ela teve que desistir de participar das festividades do ano interior pois seus tornozelos tinham começado a inchar devido a gravidez, para a consternação de Ernest. Ele se sentiu obrigado a fazer companhia a ela em sua semana de folga e, para o seu crédito, ele o fez. Embora ela tenha permitido que ele levasse Gladys para passear uma tarde.

Esse ano, Ernest fez questão de que todos participassem. Ele acordou no primeiro dia do festival com um humor exuberante. Emma tinha dado folga para Yu Yan e estava feliz em atender às necessidades domésticas deles, com seu marido em casa sendo pai. Ernest sempre foi maravilhoso com as garotas. Ele as entreteve a manhã inteira. Emma observou, satisfeita por ele demonstrar tal afeto irrestrito pelas filhas.

Ele ainda não tinha o menor interesse nela; desde o nascimento de Irene ele não exigia que ela cumprisse sua obrigação conjugal e isso foi há oito meses. À princípio, ela ficou aliviada. Então, não se importou, mas agora ela começou a se perguntar se ele a achava repulsiva. Irene a deixou um pouco desfigurada no abdômen, algo que ela sabia ser um risco normal da gravidez. Ser rejeitada pelo próprio marido por causa daquela desfiguração era incompreensível. Talvez ele simplesmente estivesse muito ocupado e cansado. Talvez eles tivessem chegado àquela fase do casamento em que o romance minguava naturalmente. Ou talvez ele tivesse algum problema que não estava compartilhando.

Depois da soneca da tarde das garotas, ele sugeriu que eles caminhassem à beira-mar para participar da folia. Embora quisesse aproveitar um pouco da semana Obon, Emma não tinha certeza de que era apropriado levar um bebê para o meio da multidão. Além disso, o festival era para os japoneses, não para eles.

Quando ela expressou sua opinião ele disse: — Bobagem.

— É muito longe.

— Um quilômetro não é uma caminhada longa. Irene vai estar no carrinho e eu vou carregar Gladys.

Com seus joanetes? Ela não disse isso. Em vez disso, cruzou os braços para demonstrar seu descontentamento.

— Vamos lá. Não nos divertimos há muito tempo. Vai ser bom — ele deu a ela um de seus sorrisos brincalhões.

Ela conseguia ouvir a folia através da janela aberta. Talvez ele estivesse certo. A mudança faria bem a eles. Além disso, ela podia ver que ele estava decidido.

Resignada a uma noite de entretenimento festivo, ela até se permitiu ficar ansiosa. Enquanto Ernest se trocava, ela arrumava e preparava Irene e Gladys. O vendo todo elegante em um terno novo, ela vestiu o mais elegante dos vestidos de verão de Dottie – camadas de fina musselina vermelha de comprimentos variados, recortada em curvas na bainha – e um casaco sob medida confortável na cintura e um chapéu de palha para combinar. Às cinco, estavam prontos para partir.

Passando pela porta da frente e saindo para a rua, eles entraram em outro mundo. Kobe estava agitado e era emocionante estar no meio disso. Ernest estava certo. Ela estava impressionada. Por todos os lugares pelos quais passavam, lanternas vermelhas e douradas estavam penduradas do lado de fora das portas de casas e lojas. Ela ouviu flautas e tambores japoneses na direção do santuário de Ikuta. Ernest fez uma dancinha na calçada e Gladys riu. As ruas estavam cheias de mulheres e homens vestidos com yukatas coloridas com seus cintos largos e mangas tipicamente longas e flutuantes. As crianças tinham rostos pintados similares àqueles que ela vira no jornal. As celebrações foram abençoadas com o ar ameno da noite e não havia um sopro de vento.

Emma podia ver que muitos dos foliões já estavam bêbados e para onde olhava havia homens e mulheres bebendo copos de cerveja. Alguns tinham saquê. Por não beber álcool, ela fez o seu melhor para não julgar, dizendo a si mesma que era tudo parte das celebrações.

À beira-mar, Ernest insistiu que eles jantassem no Hotel Oriental. Enquanto subiam os degraus, passavam por pilares robustos e entravam no salão principal, Emma se lembrou da única vez em que esteve no prédio opulento, sua primeira noite em Kobe, a noite em que ela achava que Irene tinha sido concebida. Eles passaram por um largo arco e foram para o restaurante do hotel.

O lugar era amplo, com pé direito alto e iluminado por lustres elegantes. Plantas em grandes vasos decoravam o espaço. Mesas circulares cobertas com toalhas de linho branco estavam dispostas em fileiras, muitas delas vazias. Emma avistou Maureen, uma das senhoras da igreja, e o marido sentados em uma mesa abaixo de uma das grandes janelas de vários painéis. Ela pensou em escolher uma mesa perto, mas, vendo as crianças, um garçom se apressou e os conduziu a uma isolada perto da cozinha. Ele levou um cadeirão infantil para Irene e uma almofada para que Gladys se sentasse. No momento em que a pequena se sentou, suas mãos se estenderam para o vaso de planta empoleirado na borda da mesa. Rapidamente, o garçom o levou e voltou com os menus.

— É um bom momento para um bife, não acha? — disse Ernest, alto o suficiente para o garçom, que já partia, ouvir. — Estamos em Kobe, afinal.

Ele claramente queria esbanjar e desejava que o mundo soubesse. Um garçom diferente foi anotar seus pedidos, um garçom extremamente educado – todos eram extremamente educados – mas esse garçom tinha um brilho desconcertantemente obsequioso nos olhos.

Ernest pediu sopa de tartaruga, bife e uma garrafa de saquê, batata frita e limonada para Gladys.

— Nenhuma despesa poupada, querida — insistiu ele, quando Emma escolheu patê de pato seguido de peixe frito, uma opção conservadora, ela sabia.

Ele conseguiu beber metade do saquê antes que as entradas chegassem e dominou a conversa, provocando Gladys e fazendo Irene rir com suas expressões bobas e joguinhos. Emma lhe deu passe livre.

Apesar das mãos pegajosas e dos rostos sujos, a refeição foi agradável. Emma apreciou a comida e o ambiente. Era maravilhoso estar em Kobe em uma noite festiva, sentir a intimidade coesa de sua família, observar Ernest ser um bom pai, mesmo que indulgente, para as suas filhas.

— Prove um pouco de saquê — disse ele ao fim da refeição, servindo um pouco no copo dela antes que ela tivesse a chance de recusar. Ela ainda estava alimentando Irene e não parecia certo encher seu corpo de álcool.

— É a semana Obon — disse Ernest. — Você tem que provar. Só um gole.

Ela cedeu, bebendo só um pouquinho para fazer a vontade dele. Enquanto engolia, o licor queimou sua garganta e ela percebeu que provavelmente tinha bebido demais. Ela largou o copo e se recusou a levá-lo aos seus lábios depois disso, se ocupando com Irene e Gladys enquanto assistia Ernest beber o resto da garrafa. Pensando, esperando que o enorme bife que ele havia consumido diminuísse a intoxicação.

Olhando de canto, Emma viu Maureen e o marido

deixarem o restaurante, esquivando-se de um homem de terno branco que tinha parado para olhar ao redor. Vendo Ernest, o homem seguiu em frente.

— Ernest, velho amigo. Aproveitando as festividades?

— De fato estou, Humphrey — ele estendeu a mão. — Esta é a minha esposa, Emma.

— Encantado — Humphrey fez uma pequena reverência. — E que querubins encantadores você tem.

Ele sorriu, piscou e bagunçou o cabelo de Irene. Depois mostrou a língua para ela e Emma se sentiu instintivamente protetora, como se estivesse diante de um predador.

Depois de uma breve conversa com Ernest, Humphrey se afastou. Emma limpou mãozinhas pegajosas e rostos enquanto Ernest pagava a conta. Saciados, eles deixaram o restaurante e reentraram na atmosfera festiva da noite. Enquanto andavam ao longo do amplo calçadão entre árvores e uma longa faixa de gramado cercado, Ernest contou tudo o que sabia sobre Humphrey. Um maçom – Emma já tinha adivinhado – com interesses comerciais no dique, assim como todos os outros ingleses que encontravam.

— Ele nunca se casou, sabe.

Emma não ficou surpresa. Se alguém que eles conheciam se juntava às mulheres fáceis de Kobe, era Humphrey.

Eles chegaram ao fim do calçadão e caminharam de volta ao longo do outro lado do gramado, mais perto da água. O Hotel Oriental erguia-se alto e orgulhoso na fileira de outros belos prédios coloniais de frente ao porto. Atrás dos telhados, as montanhas pairavam. O local era mais silencioso e menos cheio do que as ruelas e eles pararam para observar os barcos de pesca balançarem gentilmente e puxarem suas amarras. Ernest falou deles para uma Gladys perplexa.

— Podemos andar em um, papai? — implorou ela, e Ernest riu.

Gladys começou a choramingar e puxar a mão do pai.

Atrás deles, Emma escutou gritos roucos e vivas vindos da rua lateral. Ela olhou ao redor mas não consegui ver quem estava fazendo o barulho. Irene se agitou e Emma balançou o carrinho para acalmá-la. Ela chamou a atenção de Ernest e disse que as garotas estavam cansadas e talvez eles devessem ir para casa.

Ernest estava prestes a protestar quando Gladys puxou seu braço e lamuriou:

— Papai, eu quero andar de barco! — Ela ficava obcecada fácil e era teimosa como uma mula, qualidades que Ernest pela primeira vez teve que aturar. A solução dele foi erguê-la rapidamente sobre os ombros, para a diversão dos espectadores.

Deixando o porto para trás, eles atravessaram a rua, viraram em uma rua lateral e passaram pela multidão e pelas barracas de comida, indo em direção aos tambores.

Eles ainda não tinham chegado à próxima rua transversal quando escutaram um grande estrondo e depois outros. Fogos de artifício, Emma pensou, olhando para o céu, antecipando o brilho. Ao invés disso, houve gritos altos e pessoas correndo.

Uma horda de foliões apareceu correndo por uma rua à esquerda, vindos da direção do bairro chinês. Emma e Ernest se apressaram, esquivando-se das pessoas que vinham de todas as direções.

No cruzamento seguinte, eles descobriram que a atmosfera festiva tinha se transformado. Não havia mais uma multidão de pessoas bebendo e dançando. Ao invés disso, eles enfrentavam uma multidão furiosa de manifestantes gritando e mostrando os punhos.

Emma congelou onde estava. Mesmo se quisesse continuar pelo dique até Kitano, ela não conseguiria puxar o carrinho através de um emaranhado tão denso de pessoas. A multidão aumentou cada vez mais. As pessoas se aglomeravam para se juntar aos manifestantes.

Ela olhou em volta, chocada. Ernest não estava em lugar nenhum. Ela não fazia ideia de em que direção ele tinha ido. Ela olhou para Irene, que chorava, angustiada. Emma não ousou pegá-la, embora ela parecesse vulnerável no carrinho. O que diabos ela faria? Ela tentou se afastar, mas as pessoas à sua frente não se moveram. Ela não conseguia manobrar o carrinho em nenhuma direção. Ela estava presa.

Pensamentos assustados passaram por sua mente. Ela se destacava como um farol com o seu chapéu de palha elegante e o belo vestido vermelho; uma estrangeira, o motivo pelo qual os habitantes locais raivosos e famintos estavam se rebelando. Era bom que a multidão fosse tão densa ou ela teria ficado ainda mais visível. Afinal, ela poderia se tornar um bode expiatório. Mas ninguém prestou muita atenção nela. Eles estavam muito ocupados gritando e erguendo os punhos no ar.

Ela ouviu um rugido e seguiu o som com o olhar. Mais adiante na rua, cerca de um quarteirão de distância, ela viu chamas, faixas de fogo consumindo a lateral de um edifício. Então houve o estilhaçar de vidro, uma explosão, seguida de gritos agudos.

A multidão começou a se apartar e se mover de um lado para o outro, alguns querendo se aproximar, outros querendo fugir. As pessoas passavam por ela, esbarrando no carrinho. Ela ainda não conseguia se mexer. Ela observou enquanto as chamas tomavam conta do prédio, envolvendo-o, devorando-o com uma fome sobrenatural. Em pouco tempo, o incêndio se tornou um inferno. Ela conseguia sentir o calor de onde estava.

Os minutos se passaram. Seu coração batia forte no peito. Ela continuou a procurar por Ernest, mas ela o tinha perdido.

Era um pandemônio. Enquanto a multidão aumentava, ela

notou um policial, depois outro. O alívio a tomou. Segurança e sanidade, finalmente.

Os policiais, dez, vinte deles agora, estavam tentando dispersar a multidão. Os manifestantes nas pontas, sem dúvidas não querendo ser presos, se afastaram. Ela entrava em cada lacuna que via e gradualmente conseguiu caminhar até o outro lado da rua.

Para o seu espanto, lá estava Ernest, parado em uma porta, fácil de localizar com Gladys nos seus ombros. Quando ela chegou perto o suficiente para ser ouvida, mandou que ele carregasse Gladys nos quadris. Ele hesitou, intrigado.

— Agora!

Ela nunca tinha gritado com ele em público antes e a reação dele foi imediata. Ele obedeceu, fazendo um pedido de desculpas que veio com uma série de sentenças defendendo a sua decisão.

— E você acha que nossa filha precisava testemunhar uma rebelião?

— Para ela, era só uma confusão. Ela não estava em perigo.

— Você não sabe. Como pode pensar isso?

Ela passou por ele, empurrando o carrinho pela multidão com ele a seguindo, sua raiva fazendo com que qualquer um que se aproximasse se afastasse do carrinho. Ela pensou que talvez pudesse escapar dos piores foliões e manifestantes se continuasse seguindo na direção de Kitano, mas ela parecia estar os levando para o meio da agitação.

No cruzamento seguinte, ela olhou para a rua lateral e a menos de cinquenta metros de onde estava, outro edifício estava em chamas. As chamas alcançaram o céu com um rugido aterrorizante. Acima dos berros, gritos e cantos, ela ouviu o barulho de vigas caindo. A presença policial tinha se tornado mais forte. Eles estavam tentando acalmar e dispersar a multidão, mas os manifestantes não queriam saber. A tensão estava aumentando. Com certeza haveria violência.

Não havia nada a ser feito a não ser seguir em frente na esperança de que eventualmente a horda diminuísse, que algum senso de normalidade recaísse sobre Kobe.

No momento em que percebeu que tinha passado pelo pior, as ruas não mais cheias de japoneses bêbados e irritados, Emma apressou o passo, ignorando Ernest bufando e ofegando atrás dela até que, finalmente, chegaram em casa.

A essa altura, Gladys estava chorando e Irene estava gritando a plenos pulmões e esfregando o rostinho. Ernest logo começou a adicionar a sua voz à desordem, mas Emma o mandou ficar quieto. Ela, enquanto isso, estava tremendo. Mal conseguiu colocar a chave na porta.

Abrigada em seus aposentos, Emma começou a fechar as janelas e as cortinas. Ela decidiu sentar no escuro, para que ninguém visse uma luz acesa e decidisse invadir e atacá-los. Paranoia, é verdade, mas o seu coração batia forte e ela tinha dificuldades para respirar.

O gritinho de Irene chamou a atenção de Emma. Deixando Ernest acomodar Gladys, ela pegou seu bebê, levou-a para o quarto e se sentou na cadeira ao lado do aquecedor para alimentá-la. Mãe e filha lentamente recuperaram a calma. Uma troca de fraldas depois, Emma entrou na sala de estar enquanto Ernest emergia da cozinha com uma barra de chocolate ao leite e uma garrafa de uísque. Gladys o seguia, chupando o dedo. Emma aceitou o chocolate e, pela primeira vez, aceitou o uísque também.

A rebelião durou uma semana inteira. Durante esse tempo, a família Taylor não saiu de casa. Ernest, que até os motins chegarem a Kobe tinha mantido uma calma casual, tornou-se protetor e cauteloso e admitiu que Emma estivera certa o tempo todo a respeito da ameaça. Ele disse que não fazia ideia se seriam alvos caso saíssem de casa.

— Eu os subestimei, Emma, eu realmente os subestimei. As pessoas daqui pareciam ser calmas, obedientes.

— Se as pessoas são oprimidas, elas farão qualquer coisa. Eles estão famintos, correndo o risco de morrer de fome, Ernest. Você entende isso?

— Eu entendo agora.

Sem Yu Yan, Emma tinha muito o que lavar e cozinhar. Eles comeram o que tinha na casa, o que acabou sendo muito, pois Yu Yan gostava de uma despensa bem abastecida. De vez em quando, Ernest mantinha vigília, observando a rua pela janela da cozinha e avaliando a situação.

Na sexta-feira, era óbvio que os protestos haviam diminuído e ele se aventurou a comprar mantimentos e um jornal. Emma se recusou a ir com ele.

Na segunda-feira seguinte, Ernest voltou ao trabalho. Emma passou o dia agitada, ouvidos atentos em casa, sua solidão interrompida quando Yu Yan apareceu inesperadamente, se desculpando pelo atraso. Levou algum tempo antes de Emma apurar como Yu Yan havia sido afetada pela rebelião. Ela vivia no bairro chinês e o seu filho, que tinha uma loja onde eles viviam, levou uma surra quando uma multidão enfurecida saqueou o estabelecimento. Ele estava com um braço quebrado, cortes no rosto e dois olhos roxos e a loja estava danificada. Yu Yan indicou que não sabia como a família se recuperaria da perda. Simpatizando com a situação de Yu Yan, Emma se viu diante de lealdades divididas, para com a sua família e a de Yu Yan por um lado e, por outro, para com aqueles pobres habitantes locais famintos, privados de seu alimento básico, o arroz. Não havia ganhadores na situação. Até mesmo os comerciantes haviam sofrido um golpe e todos estavam condenados a viver tensos, incertos e com medo até que o governo agisse. Ela desejou que eles se apressassem.

Naquela noite, Ernest voltou para casa e disse que havia mais problemas em Kobe, desta vez uma greve violenta dos trabalhadores do estaleiro de Mitsubishi.

— Eles querem salários melhores, eu acho — disse ele.

— Sim, salários melhores. Por que não?

Ele não respondeu.

Como sempre, Ernest levou o *Japan Daily* para casa. No silêncio da noite, Emma leu as manchetes. Para o seu horror, a agitação havia atingido todo o centro industrial do Japão. O país estava sofrendo sua própria guerra interna, o resultado da guerra se desenrolando além da costa, uma falta de regulamentação governamental e a exploração de indivíduos gananciosos, que contribuíram para o aumento do preço do arroz. Parecia, para ela, uma loucura que as coisas tivessem se deteriorado tanto. Toda enfermeira sabia que era preciso cuidar de um ferimento rápido ou ele supuraria.

Emma decidiu que tinha tido o suficiente de Kobe e do Japão. Ela tinha simpatia pelos habitantes locais e sua situação, mas não era lugar para uma anglo-americana criar suas filhas. Ela queria deixar Kobe de vez. Embora soubesse que nunca persuadiria Ernest a abrir mão do seu posto, não quando o comércio estava crescendo. E ela não tinha para onde ir, além da casa dos pais, e não se sentiria confortável fazendo isso, sabendo que não era bem-vinda. O impulso competia com o prático senso comum. Ela pensou nisso pelo resto de agosto e por setembro inteiro. Mesmo quando o primeiro-ministro, Terauchi, e seu gabinete renunciaram no fim daquele mês, Emma não tinha certeza de que a sociedade japonesa manteria a paz. Tudo o que ela podia fazer era superar a situação, orando para que o ar de inverno levasse as pessoas para dentro de casa, em frente às suas lareiras; orando para que Ernest fosse enviado para outro lugar.

INFLUENZA

Em uma noite fria e miserável de novembro, Ernest chegou em casa, jogou o jornal na mesa de centro ao lado dela e disse, sem muita alegria:

— A guerra acabou.

Sua falta de entusiasmo era intrigante.

— Acabou? — disse ela. — Mesmo? — Ela olhou para as garotas brincando no tapete da sala de estar e pegou o jornal para ler a manchete.

— Nós ganhamos — disse ele. — Os alemães se renderam.

Ele saiu da sala. Olhando de novo para as filhas, ela recolheu seu tricô, guardou-o com segurança longe de mãos pequeninas e o seguiu até a cozinha.

Ele foi até a janela e olhou para a rua. Emma o observou, seu marido calvo e corpulento em seu quadragésimo ano, as mãos enfiadas nos bolsos da calça, pensando em Deus sabe o quê, mas sem dúvidas tinha a ver com ele e não com o resto do mundo.

Emma não tinha certeza de como se sentia em relação ao fim da guerra. Ela estava aliviada, é claro que estava, mas a sensação de vitória não se embutiu nela. Afinal, ela era alemã. Ela não concordava com a atitude do Kaiser, mas também não mantinha sentimentos fortes de lealdade para com a América ou a Grã-Bretanha. Como poderia? Grande parte da sua família vivia na Alemanha. Sua irmã e a família dela e seu irmão, seu querido George, havia se mudado de volta para lá. Ela estava comprometida. Não que ela quisesse que a Alemanha ganhasse a guerra. Na verdade, ela não fazia ideia do que pensar, a não ser em todas aquelas vidas perdidas nas trincheiras.

Ernest se afastou da janela e olhou para ela de forma estranha.

— Você parece preocupado — disse ela, achando que ele pudesse estar considerando a sua situação estranha.

Mas não.

— Guthries tem feito negócios no Japão devido a guerra. Então sim, eu estou preocupado. Agora a demanda por produtos japoneses vai cair.

— O que isso significa?

— Essa é minha vida, Emma... é sobre as nossas vidas que eu estou falando. De repente, minha posição aqui em Kobe pode estar comprometida.

Ela ficou furiosa de imediato. O egoísmo desse homem não tinha limites.

— É só nisso que você pensa? — disparou ela.

— Perdão?

— Quantos milhões de pessoas morreram? E você só está preocupado com o seu trabalho.

Ernest reagiu, mas não com palavras. Ao invés disso, ele caminhou até a mesa, empurrando uma cadeira furiosamente, depois pegando um livro e jogando no chão. Lápis, copos, um prato pequeno, tudo chacoalhou. Do outro lado do corredor, por meio das portas abertas, Irene olhou para ele, chocada. Ela começou a chorar. Gladys, sentada no chão com sua Raggedy Ann, se juntou a ela. Ele olhou para as filhas, lançou um olhar furioso a Emma e anunciou que sairia para caminhar.

— À vontade — sussurrou ela para si mesma por trás das costas dele.

Depois da porta da frente bater, ela distraiu as garotas com um livro de gravuras. A hora de dormir estava se aproximando, mas elas não dormiriam se estivessem chateadas. Quando se acalmaram, ela sentou no chão e organizou os brinquedos, ocupando Gladys com sua casa de bonecas e Irene com seus blocos de empilhar, seus pensamentos se voltando a George. Certamente ela teria notícias agora que a guerra acabou? Ela imaginou o caos, as dificuldades de comunicação e disse a si mesma que provavelmente não teria notícias dele por meses.

Já que não podia escrever para ele, ela escreveu aos seus pais, expressando seu alívio pela guerra ter acabado e desejando que estivessem bem. Ela disse que esperava visitá-los de novo quando o inverno terminasse. Ela não mencionou as rebeliões. Escreveu sobre a dentição de Irene e das suas tentativas de andar. A carta demorou mais de uma hora para ser redigida e, quando guardou a caneta, Ernest chegou em casa com um buquê de flores e um pedido de desculpas.

— Você está exausta — disse ele. — Eu deveria ter sido mais atencioso.

Ela agradeceu. Não fazia sentido guardar rancor. Ele tinha suas próprias preocupações, ela sabia disso, e talvez ela tenha sido muito dura, muito rápida em julgar.

— Você não deveria escrever às suas irmãs? Ter notícias de Edwin? — disse ela, enquanto dobrava sua carta e a guardava em um envelope, pronta para que Yu Yan a enviasse.

— Tudo no seu tempo.

Ele sentou no chão com as garotas e logo havia risadinhas e

gritos de alegria. Ela estava prestes a dizer a ele para não animá-las tão perto da hora de dormir, mas controlou o impulso.

Observando-o brincar com as filhas, ela ficou intrigada, mais uma vez, pela falta de afeto de Ernest por sua própria família. Ou talvez ele não fosse dado a escrever cartas daquele tipo. Talvez ela devesse escrever para Edwin, Sarah e Hannah. Com certeza elas teriam notícias para compartilhar. Ela considerou fazê-lo, mas decidiu que a tarefa era de Ernest. Afinal, ela só tinha visitado Edwin uma vez, Hannah naquela festa em Nova Jersey e nunca tinha visitado Sarah. Emma nunca conseguiu descobrir por que Ernest escolheu manter distância das irmãs. Ele tinha formado outra família em Guthries, ela supôs, e no Clube de Kobe e na Loja. Sempre a Loja. Talvez isso não importasse. Mas havia consequências. Sua falta de laços com os Taylor reforçava seus sentimentos de fragmentação. Havia primos para Irene e Gladys, um sentimento de pertencimento, tudo perdido devido a independência obstinada de Ernest.

Duas semanas depois, quando o otimismo voltava à alma da humanidade, um artigo de página dupla sobre o número alarmante de mortes por uma doença letal apareceu no *Japan Daily*. Eles a chamavam de gripe espanhola, muitos suspeitavam que a doença se originou na Espanha, já que foi o local do primeiro surto. Emma ficou feliz por ler a notícia depois do jantar, quando as garotas estavam dormindo. Ela se absteve de comentar sobre a notícia com Ernest, que estava sentado em outra cadeira, alegremente imerso em outro livro da maçonaria. Ele apenas a acusaria de fomentar medo.

Os olhos de Emma observaram as palavras no jornal, lendo cada frase duas vezes conforme digeria a realidade. A doença, que matou muitos dos infectados em questão de dias, continuava a se espalhar ao redor do mundo. O jornalista afirmava que as mortes ocorriam desde setembro e a doença havia se espalhado pela América como um incêndio. Ela havia lido recortes em edições passadas durante a semana anterior, breves menções, os jornalistas focando em notícias estrangeiras. Agora ela descobria que já havia cerca de nove mil casos só em Kobe. Isso colocava a pandemia em sua porta.

O artigo afirmava que os necrotérios japoneses já estavam lotados. Escolas estavam sendo fechadas por ordens do governo. Quase mil pessoas morreram por causa da gripe só em Tóquio, em apenas quatro dias.

Ela parou. Os hospitais não conseguiriam lidar com o número de casos. As alas ficariam lotadas. Onde colocariam todo mundo? Hospitais de campanha seriam necessários. Ela tratou doenças respiratórias antes, observando os gravemente doentes lutar por fôlego enquanto suas vias aéreas se estreitavam e seus pulmões se enchiam de fluídos que não conseguiam expelir.

Ela imaginou as enfermeiras obrigadas a lidar com o sofrimento.

O último artigo que ela leu a deixou arrepiada. Milhões de soldados em condições precárias, depois de lutar nas trincheiras, sucumbiram à doença. Milhões. Aqueles pobres jovens. O número incluía George?

Ela colocou o jornal no colo. Até agora, ela havia resistido contemplar a extensão total da pandemia, o risco que corriam. Em sua mente, ela fez planos. Ela sabia o que era preciso. Ela não permitiria riscos desnecessários.

Ela interrompeu Ernest com:

— Você deve tomar cuidado. Me informe ao primeiro sinal de garganta inflamada.

— Perdão?

— Há uma epidemia de gripe. Aqui no Japão.

— Ah, isso. Não se preocupe. Não me colocarei em perigo.

Tudo o que eu faço é ir para o trabalho e sentar em um escritório isolado do resto dos empregados.

— E a Loja? O Clube de Kobe?

— Eu duvido muito que algum daqueles homens vá pegar essa doença. Parece atingir só os jovens.

— Você sabe tudo sobre ela então?

— Só o que eu ouvi falar.

— Não é só os jovens. Diz aqui — disse ela, apontando para o jornal — que fábricas foram fechadas. As pessoas estão sendo aconselhadas a ficarem longe de lugares públicos.

— Um pouco extremo, na minha opinião.

— Extremo? Você tem ideia de quantas pessoas morrerão por causa da doença? Está matando as vítimas em questão de dias.

Ernest olhou para ela por sobre os óculos e deu um sorriso condescendente.

— Não acredite em tudo o que lê no jornal. Eles provavelmente estão exagerando. E mesmo se um de nós pegarmos o vírus, não significa que vamos morrer. O pessoal do trabalho disse que a maioria sobrevive.

— Ah, e você prefere acreditar na Guthries do que nos governos e nos médicos?

— Só estou lhe contando o que me falaram.

Ernest estava certo, é claro. Haveria mais sobreviventes do que vítimas. Seu trabalho na ala de doenças infecciosas a ensinou isso. Mesmo assim, com uma doença tão virulenta à solta, ela decidiu que permaneceria dentro de casa com as crianças tanto quanto pudesse. Ela não tinha nem mesmo certeza de que poderia confiar em Yu Yan por perto.

Ernest ficou furioso quando chegou em casa no dia seguinte para descobrir que Emma a deixou ir.

— Você vai ter que continuar pagando a ela. Ela tem família.

— Não está levando as coisas longe demais?

— Eu prefiro fazer isso do que perder uma filha.

Ele bufou e soprou como um lobo mau em uma canção infantil. Emma não se importou. Nos dias seguintes, ela adotou as próprias medidas de emergência. Primeiro, cortou três dos vestidos de Irene que não serviam mais e fez máscaras de camada tripla para todas elas. Depois foi ao armazém local, a máscara rosa pastel cobrindo sua boca e nariz e atraindo olhares de todos, e deu ao atendente a lista em japonês que havia pedido a Yu Yan, junto com instruções, providenciando que os itens básicos de alimentação fossem entregues à porta da sua casa todos os dias. Ela se recusava a abrir a porta até que o entregador fosse embora. Com as mãos enluvadas, ela pegava a caixa e levava para a cozinha. Retirava os itens e depois colocava a caixa do lado de fora, na porta da frente, longe de mãozinhas pegajosas. As mercadorias também poderiam conter os germes, então ela limpava os potes e caixas com água quente e desinfetante, só para garantir.

Ela não fazia ideia de quanto tempo os germes podiam viver fora do corpo humano, mas considerou que vinte e quatro horas era um tempo razoável. Sempre que as garotas estavam dormindo ou ocupadas na cozinha, ela abria totalmente as portas de correr da sala de estar para deixar entrar o ar fresco, apesar do frio de inverno. Minimizar o risco por meio dessas precauções simples parecia ser o senso comum básico. Sabendo que estava fazendo o possível para proteger suas filhas, se uma delas contraísse a doença, sua consciência estaria limpa.

Ernest, desatento à maioria de suas precauções, era outra questão. Controlar sua atitude arrogante era uma atividade diária. Ela o forçava a lavar as mãos quando entrava em casa depois do trabalho todos os dias. Ele gemia e reclamava, mas ela insistia.

Seu novo regime era tedioso e as tarefas domésticas

tomavam tempo. Ainda assim, todos eles permaneceram saudáveis. Finalmente, Ernest teve que admitir que ela estava certa em proteger a família depois que um dos empregados da Guthries contraiu uma febre terrível e morreu três dias depois. Depois disso, Ernest garantiu a Emma que não se arriscaria no trabalho e ficaria longe do pessoal do escritório tanto quanto pudesse. Ele até mesmo usou obedientemente a máscara que ela fez com uma das suas camisas velhas.

O número de mortes aumentou. As escolas permaneceram fechadas e a atmosfera no Japão inteiro era sombria. Tudo o que se podia fazer era enfrentar a provação e ter esperança. Era um período solitário. Ela mal tinha começado a ir à missa de novo depois da rebelião quando a gripe surgiu e foi forçada a entrar em um isolamento autoimposto. Ela sentia muita falta da companhia das senhoras da sociedade benevolente.

Parecia que ela não era a única que se sentia solitária. A cada poucos dias, Beryl aparecia trazendo produtos do seu jardim como presentes e guloseimas para as crianças. Emma dava às guloseimas o mesmo tratamento que dava às compras.

— Cuidado nunca é demais — disse ela, na primeira vez que Beryl a visitou.

— Você é um exemplo para todos nós — disse Beryl, com um olhar estupefato.

As visitas de Beryl eram sempre as mesmas. Emma preparava chá e elas conversavam sobre o mundo, o sofrimento, a guerra e depois a pandemia.

— Certamente logo Deus decidirá que a humanidade teve o suficiente.

— Vai ser um alívio voltar ao normal.

Depois Beryl ajudava a manter as garotas entretidas e limpas antes de ir embora. Ela desempenhava seu papel de avó autonomeada com perfeição.

· · ·

Em dezembro, uma carta chegou enviada de Montreal. Emma abriu o envelope e extraiu uma única folha de papel contendo algumas linhas. Ela prendeu o fôlego enquanto lia.

Sua mãe havia falecido. Ela morreu de ataque cardíaco. Foi rápido, disse o seu pai. Ela não sofreu.

Seus olhos se inundaram com as palavras. A carta era tão curta que ela se perguntou por que ele não havia enviado um telegrama. Não havia notícias de George ou Karin e ele não mencionava Herman. Nenhuma informação sobre o funeral ou sobre os seus planos futuros. Só a verdade fria e dura de que ela não tinha mais mãe.

Ainda era cedo e do lado de fora o céu estava cinza. Irene e Gladys tinham acabado de comer. Havia roupas para lavar, a casa para arrumar. Ela não conseguia enfrentar nada daquilo. Ela se sentia oprimida. A casa se tornou sufocante, as paredes estavam se estreitando. Ela precisava de ar fresco, espaço aberto. Ela vestiu Irene e Gladys com casacos, chapéus, cachecóis e máscaras, colocou Irene no carrinho, pôs uma máscara e saiu. Quando alguém se aproximava, ela prendia a respiração até que a pessoa se afastasse, mas a maioria das ruas estava vazia. Ela caminhou até suas pernas doerem. Caminhou até Gladys reclamar e precisar ser carregada. Caminhou até cansar e continuou caminhando. Só quando a chuva que ameaçou cair a manhã inteira finalmente caiu em um ritmo rápido, ela voltou para casa, amaldiçoando-se por não ter levado um guarda-chuva. Ela estava quase decidida a pegar um e sair de novo. Ao invés disso, empurrou o carrinho para dentro. Só então considerou o risco em que havia colocado a saúde da sua família. Ela decidiu que era mínimo.

Ela desabotoou casacos e removeu sapatos, luvas, chapéus e máscaras. Um pouco de comida e leite e uma troca de fraldas de Irene e ela acomodou as garotas na sala de estar. Afundou na poltrona favorita de Ernest e lá ficou, observando as filhas com pouca atenção. Ela não conseguia sequer se mexer, muito menos cuidar das tarefas diárias. Seu olhar se fixou na sua tapeçaria, guardada na pequena caixa de madeira. A única ocupação que poderia trazer consolo exigia um nível de serenidade e foco que ela simplesmente não tinha. Que irônico, pensou ela com escárnio, e jurou encontrar um passatempo diferente, algo fácil como tricotar echarpes em ponto-liga. Bem, talvez não tão fácil, mas ainda assim...

Pelo resto do dia, ela não fez nada além de olhar vagamente para a mobília, as paredes, o chão, despertando para trocar fraldas e alimentar bocas famintas. Ela não conseguia comer. Sua mente continuava correndo para pegar a bola de tristeza que ela tentava a todo custo jogar para longe, trazendo-a de volta aos seus pés como um cão bem treinado. Ela pegava a bola coberta de baba de cachorro, a arremessava longe e o cão obediente a pegava de volta. E ela encarava o rosto de sua mãe, recordava a dor, a reprovação, e caía em um poço de culpa. Agora não haveria nenhuma oportunidade para remendar a fenda que havia crescido entre elas nos últimos doze anos, desde que Ernest entrou em cena. Ela não tinha percebido o quanto desejava o perdão da sua mãe, sua compreensão e, acima de tudo, sua afeição. Tarde demais. E ela não tinha previsto a dor que sentiria com a perda.

Misturada à sua dor estava o conhecimento punitivo de que, ao abandonar sua família, ela não pôde estar lá durante os anos cruciais do declínio de sua mãe. Pior, ela se sentia distante dos que restaram. Ela veria Herman de novo? Seu pai? E se ela os perdesse também? E havia George. Quando ela pensava nele, não conseguia suportar. Se ela o perdesse, ficaria desamparada pelo resto da vida.

Com esperanças de ser consolada, ela esperou Ernest voltar para casa. Ele já tinha perdido os pais e ela pensava que ele entenderia o choque, a dor. Mas, quando ele chegou e a encontrou toda chorosa sob luz fraca da sala de estar e ela contou a notícia, ele ofereceu pouca simpatia e pouco consolo. Em vez disso, ele observou a sala com um olhar crítico – havia brinquedos espalhados por todo lado, além de pratos sujos e copos – e disse que eles deveriam pedir para que Yu Yan voltasse, já que ela claramente não estava aguentando tudo. Emma cedeu. Ela sabia que Ernest estava certo. Yu Yan tornava as coisas mais fáceis e era uma companhia.

Na primeira hora de volta ao trabalho, quando Emma entrou na cozinha, Yu Yan percebeu seu olhar desanimado e disse:

— Você não está feliz.

Como se fosse uma deixa, as lágrimas escorreram pelas bochechas de Emma.

Yu Yan parou na sua frente e estendeu a mão para enxugar as lágrimas.

— O que aconteceu?

Percebendo que Yu Yan não iria a lugar nenhum sem uma explicação, Emma contou que perdeu a mãe.

O rosto de Yu Yan se encheu de simpatia.

— Eu perdi mãe e pai muito jovem — disse ela. Ela explicou, usando gestos e muita repetição, como eles morreram. Emma não estava certa de que entendia, mas o esforço em tentar aliviou o fardo da dor.

— Você precisa deixar sua mãe ir — disse Yu Yan disse. — Ela está feliz agora.

A partir de então, Yu Yan passou a contar piadas que ninguém entendia, fazer caminhadas divertidas e manter as crianças entretidas. Emma ficou ainda mais afeiçoada a sua empregada chinesa e, quando ela ensinou Gladys a entender palavras simples, desenhando e escrevendo as letras, ela também ensinou Yu Yan. Aprendendo ao lado dela, Gladys, aos três anos e meio, tornou-se duas vezes mais envolvida e aprendia duas vezes mais no processo e até Irene, com menos de um ano de idade, ficou interessada.

Quando Yu Yan saía, Emma ensinava a Gladys as mesmas palavras de novo, em alemão.

O Natal veio e se foi sem muita festividade, a pandemia desanimando a comunidade de expatriados. Embora Ernest tenha conseguido se divertir. O Clube de Kobe organizou uma festa, apenas para membros. E a Loja ofereceu um jantar, de novo só para membros. A Sociedade das Senhoras Benevolentes organizou um almoço na igreja no dia anterior à véspera de Natal, mas não importava o quanto Beryl tentasse persuadi-la, Emma não violaria seu próprio protocolo de quarentena.

Ela fez uma exceção para o serviço de Canções de Natal, aceitando a carona de Beryl, no novo Mitsubishi do seu marido, deixando as garotas em casa com Ernest. Ela usou uma máscara o tempo todo, mesmo no carro, para o divertimento de Beryl.

— É bem irritante ter que tirar e colocar de novo — disse Emma como desculpa.

A verdade era que ela não podia ter certeza de que Beryl não tinha entrado em contado com uma pessoa infectada e se infectado, embora ela não exibisse nenhum sintoma, e, de qualquer forma, no espaço confinado do carro, ela com certeza respiraria do ar que Beryl exalava. Emma não tinha uma base sólida para sua convicção e não a expressaria por medo de ser zombada e acusada de exagerar. Era melhor ficar quieta. Melhor ficar segura.

Dottie enviou um cartão de Natal, que chegou depois do Boxing Day com a notícia de que Lizbeth e Gustav conseguiram sair da Austrália e estavam voltando para Singapura. Ian havia sucumbido à terrível gripe, mas felizmente estava se recuperando, em grande parte devido à dedicação de Cynthia. Ela e Edgar estavam bem e eram os mesmos de sempre e Eve e o marido estavam voltando para a Inglaterra.

Sentirei falta deles. O que diabos vou fazer com meu tempo agora que não há necessidade de arrecadar fundos para o esforço de guerra? Dottie escreveu e se despediu com carinho.

Os dias passaram. O inverno em janeiro foi desagradável. O ar gelado soprava das montanhas, tornando até mesmo a mais curta das caminhadas uma provação. Mesmo com Yu Yan como companhia, as visitas de Beryl como entretenimento e as garotas para ocupar os seus dias, a vida em quarentena era monótona. Todo dia Ernest levava para casa o *Japan Daily*, que trazia ainda mais notícias terríveis sobre a gripe. Milhares de pessoas morriam toda semana, com novos surtos acontecendo por todo o Japão. Vilas inteiras foram atingidas. Junto com o uso das máscaras, as autoridades aconselhavam o gargarejo como forma de enxaguar os germes antes que eles se alastrassem. Emma se ocupou cortando mais dos vestidos de Irene para fazer máscaras para a família de Yu Yan.

Quando todos achavam que a gripe no Japão estava minguando, outra onda surgiu e o número de mortes subiu. Em meados de março, Emma já não aguentava mais. Ela ficou presa em casa por meses, sem descanso. Primeiro as rebeliões, depois a gripe. Ela seria perdoada por decidir que já havia passado da hora de partir de Kobe. Ela ansiava por espaços abertos, não ruas estreitas em uma faixa de terra cercada pelo mar e eclipsada pelas montanhas. Ansiava por estar em algum lugar familiar, algum lugar no qual sentisse que pertencia. Acima de tudo, ela ansiava por ver sua família, o que restou dela.

Com o clima mais quente, parecia que os casos de gripe estavam caindo, o *Japan Daily* tinha um ar de otimista em sua reportagem, embora ela não tivesse certeza de que podia confiar naquele sentimento. Doenças altamente infecciosas tinham o hábito horrível de se espreitar em cantos escuros, reaparecendo quando todos abaixavam a guarda. Mesmo assim, pouco a pouco, ela se aventurou fora de casa, levando as garotas em caminhadas mais longas a cada dia. Beryl a convidou para as reuniões da Sociedade das Senhoras Benevolentes, mas ela recusou, dizendo que preferia esperar um pouco mais, por segurança. A verdade era que Emma havia se tornado taciturna e arredia, o resultado do confinamento autoimposto. Ela preferia se sentar em uma cadeira e entreter as filhas e ensinar a Gladys o alfabeto e como contar até dez, a beber chá com as senhoras da sociedade expatriada de Kobe. Nos momentos de quietude, ela renunciava trabalhar em sua tapeçaria para trabalhar em uma toalha de mesa de renda – uma tarefa gigantesca que ela assumiu para se manter ocupada.

Enquanto março se transformava em abril, todos os dias ela pensava mais no seu pai e irmão em Montreal. Em sua mente, eles se apresentavam como uma isca tentadora. Um terceiro surto de gripe acontecia na América e os jornais relatavam muito menos mortes. Ela avaliou suas opções. Ficar em Kobe e enfrentar a pandemia que podia ou não estar diminuindo. Ou pegar um navio a vapor para São Francisco e enfrentar a longa viagem de trem até Montreal. Ela não conseguia decidir. O que sabia é que havia adotado uma atitude de marcar o tempo. Como se alguma grande mudança fosse iminente, até mesmo essencial. Como se ela precisasse mudar, recomeçar de alguma forma. Mas ela era casada e tinha duas filhas. Como seria possível se libertar? Ela podia no máximo esperar por outro feriado prolongado, o que significaria voltar inevitavelmente para Kobe. Imaginando o retorno, ela mal tinha coragem de ir, para começar, pois certamente se sentiria ainda mais apática diante de nada significativo para ocupá-la além do seu artesanato. Ela sabia que a fonte da sua frustração era o seu treinamento como enfermeira, que a habilitou para trabalhar em uma capacidade essencial e se tornar útil. Mas ela não podia trabalhar em Kobe. Ela não era registrada. Ela não era japonesa. Ela simplesmente enfrentaria a posição de Ernest e esperaria que não durasse para sempre. E, no meio tempo, ela supôs que quando terminasse a toalha de mesa, poderia muito bem costurar guardanapos rendados para os festejos da igreja. Era demorado, satisfatório e ela era boa nisso.

A Quinta-feira Santa chegou. Ela tinha concordado em se encontrar com Ernest no Hotel Oriental para almoçar. Ela raramente ia à beira-mar e jurou a si mesma que, agora que as garotas estavam um pouco mais velhas e era mais fácil lidar com Gladys, ela iria passar mais tempo no dique, especialmente agora que o número de mortes da pandemia no Japão estava mostrando sinais definitivos de declínio. O almoço no Oriental seria uma celebração depois de tantos meses em isolamento. Além disso, ela não conseguiria ter recusado diante do entusiasmo de Ernest.

Yu Yan estava entusiasmada também.

— Vou limpar tudo. Você vai voltar para uma casa brilhando.

Ernest arranjou um carro para buscar Emma e as garotas. O motorista chegou uma hora mais cedo. Felizmente, ela já tinha vestido as garotas para o passeio. Ela não pensou em dispensar o motorista e pedir que ele voltasse no horário correto. Ao invés disso, correu pela casa coletando suas coisas e se apressou até a porta. Irene passou a manhã toda rabugenta depois que Gladys bateu na sua cabeça com sua Raggedy Ann. Emma esperava que o passeio de carro e o estímulo da beira-mar elevassem seus ânimos.

No momento em que o carro chegou ao hotel, um porteiro se adiantou para ajudar. Ela deixou que ele pegasse Gladys e a colocasse na calçada e depois saiu do banco de trás segurando uma Irene ainda descontente.

Com Irene apoiada no quadril e a mão de Gladys presa firmemente na sua, Emma parou ao pé da escada, sem saber se entrava no hotel para esperar ou saía e observava os navios.

Irene estava choramingando e arqueando as costas e Emma achou que uma caminhada ao longo da orla era a melhor opção.

Ela devia ter hesitado por tempo demais, pois um homem a abordou por trás e disse:

— Esperando alguém?

Envergonhada, Emma respondeu rapidamente.

— Meu marido. Mas estou muito adiantada.

Ela olhou para o mar atrás do homem. Irene começou a chorar.

— Ah, não chore, pequenina — Ele sorriu, fez caretas e brincou de esconde-esconde com o seu jornal até que o rosto de Irene se abriu em um sorriso cauteloso.

— Que lindo cabelo castanho ela tem. Deve ter puxado à mãe — O homem olhou nos olhos de Emma. — Sou o Sr. Smith.

Emma se lembrou vagamente de Ernest mencionando um Sr. Smith da Guthries e se perguntou se esse era ele. Ela arrumou Irene, que escorregava do seu quadril, endireitando o seu casaco e a saia, que subiram no processo. Como se fosse sua deixa, Irene recomeçou a chorar. Emma a ignorou.

— Você é um homem da Guthries? — disse ela, vendo que o Sr. Smith tinha decidido lhe fazer companhia.

— A seu dispor — Ele fez uma reverência e eles riram.

— Estou esperando pelo Sr. Taylor.

— Ernest? Ele está no escritório — hesitou ele, olhando de Emma para as garotas. — Não é longe. Posso? — Ele se abaixou e deu um sorriso largo a Gladys. — E quem é esta linda jovenzinha?

Gladys se virou para esconder o rosto na saia da mãe.

Ele riu.

— Eu não mordo. Vamos lá — Ele estendeu a mão. Ela estendeu a sua para que ele segurasse.

Emma o seguiu, esperando que o movimento acalmasse Irene. Não acalmou.

Eles tiveram que andar apenas um quarteirão antes de entrarem no saguão do prédio da Guthries.

A atmosfera do saguão escuro com painéis de madeira era austera. Emma sentiu que não pertencia àquele lugar. Não com duas bebês a reboque. Especialmente porque Irene não parava de chorar.

O Sr. Smith soltou Gladys e saiu para buscar Ernest. Emma se sentiu estranha enquanto o observava se afastar por um corredor curto e mal iluminado. Ela não sabia se o seguia ou esperava. Antes que pudesse decidir, o Sr. Smith voltou apressado, agarrou seu braço livre e tentou levá-la embora, dizendo que talvez eles pudessem tomar chá enquanto esperavam.

Imediatamente desconfiada, Emma libertou seu cotovelo, passou por ele e caminhou em direção ao corredor.

— Você não pode entrar aí — implorou o Sr. Smith.

Ela não deu atenção. Dois segundos depois, ela desejou que tivesse escutado o apelo do Sr. Smith. Pois ali, bem diante dela, atrás de uma porta com painéis de vidro, estava Ernest e ele não estava sozinho. Ele estava encostado na mesa, segurando uma mulher em um abraço apaixonado. Emma encarou por tempo suficiente para ver que a mulher era chinesa. Ela era pequena e também muito jovem. A tradutora. Ela abriu a porta. Houve um longo momento em que olhares chocados se encontraram com um único olhar horrorizado. Antes que Irene pudesse estender os braços para o pai – algo que ela fazia sempre que colocava os olhos nele – Emma marchou para fora do escritório, passou por um Sr. Smith atordoado e deixou Guthries. Ela inspirou profundamente o ar quente da primavera e voltou para o hotel, onde encontrou uma carroça para levar a ela e as garotas de volta para casa.

Yu Yan ficou surpresa em vê-la.

— Você pode ir para casa agora — disse Emma.

— Eu não terminei.

— Yu Yan — disse ela, seu tom autoritário. — Vá para casa.

Yu Yan hesitou, confusa e magoada. Depois pegou sua bolsa e saiu.

Emma não sentiu remorso. Por mais que gostasse de sua governanta, ela não se abriria e sabia que Yu Yan a teria interrogado até que ela revelasse algo. Revelar a morte da mãe era uma coisa; a traição do marido era outra. A humilhação seria esmagadora. Já era ruim o suficiente o Sr. Smith ter testemunhado o encontro amoroso. Quem mais sabia? Quem, além dos amigos de Ernest no Clube de Kobe, na Loja e até na igreja deles, sabia que ele estava tendo um caso? Ela nunca poderia mostrar o rosto em Kobe novamente. Ela não queria ser vista nem mesmo por Beryl. Até onde sabia, a Sociedade das Senhoras Benevolentes de Kobe inteira sabia. Ela nunca saberia a verdade, pois nunca admitiria isso a elas e nem o contrário.

As garotas ficaram inquietas. Ela tinha que preparar o almoço para elas. Enquanto cortava e passava manteiga em um pão, ponderou sobre o verdadeiro motivo de Ernest estar preocupado em ter que deixar Kobe se as exportações japonesas diminuíssem. Sua amante. Ela pode ter ficado chateada e parte dela estava profundamente magoada, mas, acima de tudo, ela estava lívida. Como ele ousa traí-la enquanto ela estava presa nesse maldito lugar criando as suas filhas! Ela se absteve de quebrar coisas e bater portas. Em vez disso, assistiu as garotas almoçarem e pensou. Depois, abarrotou seu baú com todas as suas coisas, junto com dois outros baús com as roupas e brinquedos de Irene e Gladys.

Quando Ernest finalmente chegou em casa, cheio de remorso e desculpas, ela tinha se acalmado o suficiente para dizer, bem baixinho, que ele compraria para ela uma passagem para a América no dia seguinte e que ela ficaria no Hotel Oriental até a sua partida.

— A passagem só de ida vai servir — acrescentou ela.

Ele não pôde deixar de notar os baús.

— Você está me deixando?

— O que você esperava?

— E as crianças?

— Não seja ridículo.

Ele não rebateu seu comentário.

— Quando você vai voltar?

— Não me pergunte isso, Ernest Taylor. Eu não sei se algum dia vou voltar.

Ela voltou ao Hotel Oriental com Gladys e Irene naquela mesma noite.

1940

COTTENHAM HOUSE

Emma puxou o cardigã para cobrir seus quadris, depois ajustou o cobertor sobre os joelhos e apertou o cachecol em volta do pescoço. Um vento frio entrava por cada fenda de Cottenham House. Cortinas grossas sobre cortinas blecaute não impediam que parte do ar entrasse em seu quarto. As pontas dos seus dedos estavam doloridas de tanto passar a lançadeira pela urdidura, o frio tendo drenado a vivacidade de sua carne. Ela tinha costurado metade da seção do telhado de sua tapeçaria – retratando em mogno escuro e tons de bege – e ela estava determinada a terminar. Antes de inserir a lançadeira, ela se recostou para descansar um pouco, seu olhar varrendo o quarto antes de se fixar na penteadeira, onde uma moldura oval simples continha a primeira tapeçaria de lã que ela costurou, a que a Sra. Carver deu a ela, que a ajudou a se distrair de sua angústia enquanto esperava o navio levar a ela e as garotas de volta para a América.

Ela conheceu a Sra. Carver no Hotel Oriental, no primeiro dia de sua estadia. Ela era a esposa de um comerciante britânico que morava em Yokohama, aproveitando as passagens de Kobe enquanto seu marido participava de reuniões de negócios no dique. Ansiosa por companhia, ela abordou Emma no saguão enquanto saía da sala de jantar e insistiu em ajudá-la com as crianças.

— Que maravilhoso encontrar uma jovem mãe aqui no dique— disse ela animada, de forma um tanto desajeitada, para a sensibilidade de Emma.

Emma permitiu que sua escolta não solicitada a acompanhasse até o seu quarto, embora soubesse que, dali em diante, ela esperaria uma batida na porta a qualquer momento.

A batida veio mais tarde naquele mesmo dia, a Sra. Carver entrando enquanto Emma abria a porta, seus braços cheios de guloseimas para suas filhas. A Sra. Carver se jogou na ponta da cama de Emma e começou a entreter Gladys e Irene enquanto desembrulhava doces e brinquedos baratos porém bonitos.

— Não precisava.

— Bobagem

Demorou mais de uma hora para Emma baixar a guarda. Ela não se abriu com a Sra. Carver, o dique muito fechado para isso, mas permitiu que ela entretivesse as garotas e, nos dias seguintes, que demonstrasse os truques da tapeçaria de lã. Não que Emma precisasse aprender muito. Mas ela cedeu à vontade da Sra. Carver, muito educada para dizer que a tapeçaria de lã em sua mão empalidecia quando comparada às complexidades de trabalhar nos antigos métodos chineses da tapeçaria de seda. Enquanto a Sra. Carver dava instruções, Emma lembrou de Chun, em Singapura; a forma paciente com a qual ela demonstrou os melhores pontos do ofício, o prazer que teve em ensinar sua empregadora inglesa.

Uma única rosa preta em um fundo pálido. Aquela imagem parecia-lhe agora simbólica, como se quando a Sra. Carver lhe deu a tapeçaria, já soubesse da traição de Ernest.

Diante da tapeçaria, do outro lado da penteadeira, havia

um retrato de Ernest, todo elegante em um terno da década de 20. A fotografia foi tirada em Wimbledon. Emma não conseguia lembrar em que ano. Entre a tapeçaria e a fotografia, havia um prato de cristal contendo uma variedade de brincos que Gladys e Irene lhe deram, brincos que ela usava em ocasiões especiais.

Deixar Kobe da forma como deixou foi o último ato impulsivo de Emma. Ela se arrependia dele desde então. Se tivesse ficado, o perdoado, se mantido ao seu lado, talvez então ele tivesse ficado com ela. Em vez disso, anos depois, quando Irene tinha dez anos e Gladys era uma criança petulante de doze anos, Ernest embarcou em um navio com destino a Austrália e nunca mais voltou.

Durante aqueles oito anos em que estiveram de volta a Londres, as viagens de negócios dele o afastavam da família por vários meses seguidos. Emma e as garotas se acostumaram com as suas longas ausências. Mas, em 1928, depois de seis meses terem se passado e Emma não ter recebido notícias, nem uma carta, ela presumiu o pior.

Ela escreveu aos empregadores dele, na época uma empresa de impressão de cores metálicas especializada em bandejas de cervejaria. Ernest trabalhava como gerente geral. Ela mandou a carta para a secretária dele. A resposta informava Emma de que ele não havia retornado de sua viagem e a empresa não tinha ideia do seu paradeiro. A carta foi assinada pelo novo gerente geral.

Não havia investigações a serem feitas. Emma ficou sem saber se ele estava morto ou vivo. Às vezes achava que ele havia se perdido em um deserto australiano. Que ele havia sido vítima de um crime ou sofrido algum tipo de acidente fatal. Às vezes ela suspeitava que ele tinha fugido com outra mulher, mas rejeitou a ideia. Ele não teria escrúpulos em abandoná-la, disso ela tinha certeza, mas suas filhas eram outra história. Ele as adorava. Ele nunca teria se afastado delas tão brutalmente.

A renda da qual ela dependia também desapareceu. A pequena família Taylor foi da riqueza à pobreza em um mês. Uma mulher engenhosa, ela se inscreveu em uma agência de enfermagem local. Em questão de dias, tinha seus primeiros clientes, todos eles ricos o suficiente para pagar uma taxa de enfermagem privada, apesar da depressão. Ela banhava, alimentava, administrava medicamentos, tratava de feridas e não se importava com nada disso. Acima de tudo, ela se sentava ao lado de camas e oferecia palavras de conforto. Ela teve que recusar os trabalhos mais lucrativos, que envolviam morar no trabalho, e, no início, ele chegava de forma intermitente e o dinheiro era pouco. Houve semanas em que ela passou fome para alimentar as filhas. Semanas nas quais bebeu água ao invés de chá. Demorou alguns anos até que estabelecesse uma reputação. Só então ela desfrutou dos benefícios das recomendações, muitas delas oriundas da igreja espírita. Quando Gladys e Irene eram adolescentes e precisavam menos dela, ela era muito solicitada e trabalhava por longas horas. Então as garotas reclamaram que nunca a viam. Ela não conseguia ganhar. Foi um alívio quando as garotas saíram de casa e ela foi capaz de aceitar trabalhos em que precisava viver com o paciente.

Naqueles anos difíceis, Emma conheceu muitas pessoas interessantes, Wimbledon e os subúrbios circundantes que tinham uma demografia colorida.

Agora, mais anos difíceis estavam chegando. Depois de uma década trabalhando e remendando, ela, como o resto da Grã-Bretanha, teria que se contentar com rações. O governo havia anunciado as novas restrições na semana anterior. Bacon, manteiga e açúcar.

No jantar, na noite anterior, a Sra. Stoker reclamou que não haveria mais bolo, nem tortas de maçã.

— Eu tenho nove bocas para alimentar aqui. Nove. Eu não tenho ideia de como fazer cinquenta e sete gramas de manteiga durar uma semana inteira. Cinquenta e sete gramas, eu digo. A partir de agora será pão e sobras. Anotem o que eu digo.

— Vai sobrar muito açúcar se não colocarmos no nosso chá — sugeriu Emma.

— Eu não vou beber chá sem açúcar — Frank ressoou, o chofer, claramente indignado com a ideia.

Emma sorriu internamente. Frank tinha o hábito de colocar duas colheres de chá cheias em cada xícara.

— Você pode tentar reduzir a quantidade — disse o Sr. Holt.

A Sra. Davies olhou para o homem severamente.

— Eu tenho certeza de que você encontrará uma forma de saciar nossos apetites, Sra. Stoker — Emma disse.

Susan se endireitou em sua cadeira.

— Eu trabalhei para uma família italiana uma vez e eles colocavam óleo em vez de manteiga em seus bolos.

Segurando uma pilha de tigelas de pudim sujas, a Sra. Stoker pareceu chocada.

— Óleo? Que tipo de óleo?

— Óleo de oliva. Os bolos ficavam muito bons.

— Bem, eu não vou fazer isso.

— A Sra. Stoker pode usar margarina — disse a Sra. Davies.

A mesa inteira contorceu o rosto, com nojo. Margarina claramente estava abaixo dos moradores de Cottenham.

Houve um longo momento de silêncio, quebrado pelos movimentos da Sra. Stoker e o tinir de louças na pia enquanto a Srta. Hint, que havia terminado sua refeição antes dos outros, lavava.

Quando a Sra. Stoker voltou para a mesa, Frank olhou para ela, um brilho astuto aparecendo em seus olhos.

— Eu conheço um mecânico que conhece o vendeiro local...

— Basta, Sr. Weaver — interrompeu a Sra. Davies.

A Sra. Stoker, que tinha parado para escutar, continuou a recolher os pratos. Todos sabiam que ela perguntaria a Frank depois.

— É melhor nos acostumarmos — disse o Sr. Holt. — Dizem que vai acontecer ainda mais racionamento. Sra. Davies, eu sugiro que aumentemos nossos canteiros de vegetais. Cavar um pouco da terra para as batatas, coisas desse tipo.

Susan, que era muito jovem para lembrar de como as coisas costumavam ser, se mexeu em sua cadeira.

— Você acha que a guerra vai durar tanto assim?

— Se a última for algum indicativo, sim, vai, sim. E é melhor estarmos preparados para nos esconder até que acabe.

Irene vai ter o suficiente para comer? Era tudo em que Emma conseguia pensar durante o jantar.

Era tudo em que ela conseguia pensar agora, enquanto colocava a linha azul cobalto na agulha. Uma guerra não era o momento para ter um bebê. Ela sabia disso melhor do que ninguém. Irene tinha um mês antes do bebê chegar. Seus tornozelos estavam tão inchados que ela passava o dia todo com os pés para cima.

Emma tentava visitá-la toda semana no seu dia de folga, pegando o ônibus para Raynes Park, cruzando a linha de trem e andando o resto do caminho ao longo da Kingston Road, desviando ao longo de uma trilha que a levava ao topo da Richmond Avenue. Irene e o marido administravam um pequeno hotel de quatro quartos, embora houvesse rumores de que George, um chefe de cozinha por profissão, teria que se alistar. Emma não sabia o que a sua filha faria se isso acontecesse. Administrar o hotel sozinha com o bebê? Gladys vivia em um dos quartos, mas não viveria por muito mais tempo, não com o casamento.

Emma disse a si mesma que não devia se preocupar. Ela criou as filhas para serem destemidas e resilientes e elas eram.

Na manhã seguinte, Emma foi forçada a conversar de novo sobre o novo racionamento com Adela.

— Quanto? — perguntou Adela enquanto Emma recolhia a bandeja do café da manhã.

— Cinquenta e sete gramas.

— Não vai durar muito — ela lançou um olhar desesperado a Emma. — É difícil para mim engolir torrada seca.

— Vou garantir que a Sra. Stoker cozinhe ovo mole para você. Isso vai ajudar?

— Vamos ficar sem geleia?

— A Sra. Davies garantiu que a despensa está quase transbordando após a colheita de frutas da temporada passada.

— Bom, é alguma coisa — suspirou ela. — A Sra. Davies é maravilhosa, não acha?

— Deixe-me arrumar seus travesseiros.

Adela ergueu um pouco a cabeça. Emma colocou a mão debaixo da cabeça dela enquanto mexia e ajeitava até ter certeza de que o arranjo do travesseiro era do seu agrado.

— Pronto — disse ela, abaixando a cabeça de Adela.

— Você é maravilhosa também, Emma, querida — um olhar pensativo apareceu em seu rosto. Emma imediatamente criou expectativa. Mais conversa sobre racionamento? Pouco provável, devido à atenção falha de Adela. Mais sobre Oscar?

— Sra. Taylor.

— Sim? — disse ela, surpresa por ser chamada formalmente.

— Não, não é mais Taylor. Eu não tinha decidido que preferia seu nome de solteira?

Isso foi meses atrás. Emma decidiu não responder. Ela se

perguntou para onde Adela estava levando suas reflexões. Ela não gostava de ser o objeto de escrutínio da velha dama.

— Como é mesmo?

— Como é o quê?

— Seu nome de solteira.

Ela virou o rosto para Emma. Não havia como evitar a verdade.

— Harms.

— Ah, é isso mesmo. Harms. Eu conheci um Harms uma vez. Há muito tempo. Não é um sobrenome inglês. Suponho que você saiba disso.

Emma sabia. Ela sempre soube. Era por isso que, crescendo na Filadélfia, ela pôde fingir que nasceu na América depois que adquiriu um sotaque, mas não pôde negar sua descendência alemã. Fique fora do caminho da Harms, era uma das provocações. As crianças devem ter sido treinadas pelos pais. Harms era um sobrenome raro, fortemente ligado ao êxodo menonita para os Estados Unidos das América em meados de 1800. Seu pai tinha orgulho do fato. Adela, ela pensou, não fazia ideia. Mas Emma imaginou para onde sua paciente estava levando a conversa e, de novo, não respondeu.

Adela insistiu.

— É um desafio tirar a verdade de você.

— Não sei do que está falando.

— Emma, você pode ter tido um marido inglês e pode ter crescido na América – qualquer pessoa com orelhas pode confirmar isso, pois você tem uma forma peculiar de dizer "terça-feira" – mas, você vê, esse Harms que eu conheci, ele era *alemão*.

Sua ênfase na última palavra fez Emma congelar por dentro.

— Você também é alemã, não é?

— Srta. Schuster, por favor.

— Como eu pensei. Mas não tema. Seu segredo está seguro comigo. Você é uma apoiadora de Hitler?

— É claro que não.

— Eu fico feliz em ouvir isso. Nós somos todos humanos, Emma. O que importa é como tratamos uns aos outros. E você me trata muito bem. Para mim, de onde você vem não faz diferença.

Mas fazia, devia fazer, ou por que trazer isso à tona? Curiosidade ociosa? Rabugice? Adela revelaria a verdade para os outros membros da casa? Emma procurou por precedentes de qualquer forma. Adela não fofocava com os seus empregados. Ela só elogiava. Era a única garantia à qual Emma podia se agarrar. Isso, e o fato de que ela era esquecida.

E Emma sempre poderia negar a verdade. Não havia evidências; seus documentos foram queimados. Uma atitude prudente, como se podia ver.

Não importava o quanto ela tentasse dizer a si mesma que não tinha nada a temer, ela sabia que passaria o resto da sua estadia em Cottenham House com o horror do confinamento borbulhando nos fundos de sua mente. Talvez ela devesse se demitir. Encontrar outro trabalho. Mas havia a guerra, o que significava que as vagas poderiam ser escassas. Além disso, Adela gostava dela.

Na manhã seguinte, Emma acordou com os pés gelados. Ela saiu da cama apressada, se lavou, se vestiu e saiu do seu quarto frio para o calor da cozinha, jurando mencionar a uma teimosa Sra. Davies pela enésima vez nesse inverno que o radiador do seu quarto não estava funcionando direito. Parecia que o seu conforto não era uma prioridade.

A Srta. Hint estava acendendo a lareira da sala de estar quando ela passou. A Sra. Stoker tinha preparado tigelas de mingau fumegante para o café da manhã. Emma se sentou em seu lugar de costume e aceitou a xícara de chá que a Sra. Stoker colocou diante dela.

Emma não se apressou. Ela queria que os seus pés aquecessem completamente antes de sair para pegar o ônibus em direção ao Raynes Park. Ela havia levantado cedo para que pudesse estar de volta às dez e meia para substituir Susan.

No hotel em Richmond Avenue, Irene estava de mau humor e os guardanapos que Emma fez para decorar o hotel não foram recebidos com muita graça. Emma entendia. Sua filha tinha se tornado uma espécie de novilha inchada com três troncos de árvores no lugar das pernas, capaz apenas de ir cambaleando até o lavatório e voltar, algo que ela afirmava que foi amaldiçoada a fazer cerca de vinte e quatro vezes por dia. Pelo menos.

— Não pode segurar um pouco?

— Não, não posso. Esse bebê monstruoso está apertando minha bexiga.

— Eu acho que você está carregando muita água.

— Você era assim comigo?

Ela olhou para sua filha sentada com os pés para cima na única poltrona da sala, a imaginou como uma bebezinha, o mesmo cabelo castanho avermelhado cacheado, o mesmo espírito aventureiro, e decidiu que nem toda mulher nascia para a maternidade. Ela era muito obstinada, muito espirituosa, muita faminta para viver. Uma criança forçava a mulher a se fechar em sua esfera doméstica, saindo apenas até o limite da criança sob seu olhar. Sua vontade se dobrava à do seu filho. Suas necessidades assumiam o segundo lugar. Era como devia ser, como sempre foi, mas talvez não como seria para Irene. Talvez ela se saísse melhor com um menino, um menino ativo e enérgico, pensou Emma.

— Tem algo que eu possa fazer?

Sem esperar por uma resposta, Emma encheu a chaleira e acendeu o fogão a gás. Ela recolheu as xícaras de chá usadas espalhadas pela mesa e lavou duas. Encontrou um pacote de biscoitos na despensa, já aberto.

— Você precisa de alguma coisa?

Pilhas de roupas de bebê de segunda mão que Emma havia comprado nas feiras de caridade estavam dobradas no topo de uma cômoda, junto com uma pilha similar de fraldas, uma pequena lata de alfinetes e uma lata de talco de bebê. Ela voltou à despensa, examinou os conteúdos, apertou os lábios.

— George está cuidando disso, mamãe.

Emma fechou a porta e correu até a chaleira quando essa começou a chiar. Como se fosse sua deixa, George entrou na sala, um jovem alto e arrojado, ansioso para provar que era capaz ao assumir o preparo do chá, forçando Emma a sentar-se à mesa. Ela imediatamente se sentiu supérflua, embora George não fosse nenhuma Yu Yan. Ainda assim, ela se sentiu excluída, lhe sendo negado um papel, e se perguntou como seria ser a avó do filho de Irene.

De volta a Cottenham House, Adela estava com um humor jovial. No momento em que Emma apareceu, ela exclamou:

— Graças a Deus você está aqui. Eu estou tentando explicar a Susan os méritos da nossa igreja, mas ela não tem o mínimo de interesse.

— Tenho certeza de que isso não é verdade.

Emma piscou para Susan, que revirou os olhos pelas costas de Adela, reprimiu um bocejo e sussurrou:

— Ela está alegre essa manhã. Não tenho ideia do que deu nela.

Susan pegou a bandeja do chá matutino de Adela enquanto deixava o quarto.

— Agora, sente-se, Emma — disse Adela, dando uma tapinha na cama. — Ou devo chamá-la de Sra. Harms? Ahahah! Agora, eu estive pensando. Por que não arranjamos para que o seu adorável reverendo faça um pequeno culto aqui?

— Eu não sei se conseguiremos levar você para o andar de baixo, Adela.

— Por que não fazer bem aqui?

— No seu quarto?

— Certamente é grande o suficiente.

O pensamento de levar a congregação da Igreja Espírita de Wimbledon para o quarto de Adela parecia absurda para Emma. Enquanto imaginava a cena, ela reprimiu uma risada.

— O que a levou a querer organizar um culto?

Ela já sabia a resposta. Por que não organizar uma sessão espírita normal? Seria bem mais simples. Ou talvez Adela procurasse consolo de um tipo diferente. Emma não achava que ela estava perto de morrer, ainda não, ela estava muito animada, mas os idosos e os enfermos estavam propensos a mudar repentinamente.

— Você se lembra daquele dia em que estávamos espremidas no banco do meio em um domingo e você deixou cair... o que foi que você deixou cair?

— Meu livro de orações.

— Isso mesmo. E eu me abaixei para pegar e apunhalei sua coxa com o alfinete do meu chapéu. E você gritou. Que jeito de conhecer alguém!

As duas riram.

Foi apenas um machucado superficial, embora pudesse ter sido pior, se não fosse pela espessura da saia de Emma.

— Eu não tenho certeza de que vi você muito na igreja depois disso.

— Eu vou toda semana.

— Nunca fui de ir regularmente. Eu só estava lá naquela ocasião para ver Leslie Flint.

— Ele era um médium notável.

— Foi o que descobri. Ele recebeu uma mensagem de Oscar. Lembra?

— Ele disse que Oscar queria agradecer do fundo do coração por tudo o que você fez por ele.

— Foi um grande conforto.

Emma esperou enquanto Adela organizava seus pensamentos. Quando ela começava a falar de Oscar, não havia nada a fazer além de deixar seus pensamentos seguirem seu curso.

— Eu realmente fiz muito pelo Oscar, sabe — Ela afastou uma mecha de cabelo da testa. Enquanto virava o rosto, as pelancas do seu pescoço balançaram um pouco. — Eu tentei ajudar Constance e Oscar a se reconciliarem. Eu escrevi muitas cartas, para todos os tipos de pessoas. Mas o casal não foi persuadido. Eu acho que Constance se sentiu muito traída.

— É difícil perdoar uma traição.

Rapidamente, ela disse:

— Você descobriu isso, não foi? — E Emma se perguntou se toda a conversa sobre Oscar não era simplesmente uma estratégia para fazê-la falar de Ernest. Como se só pelo nome, Ernest, ele tivesse se tornado uma peça central no jardim de pensamentos de Adela.

— Você estava falando sobre Oscar — disse ela suavemente, esperando desviar seus pensamentos.

— Sim, sim — cedeu Adela. — Bem, ele não era do tipo que perdoa. Mas ela não era de forma alguma a vilã da história. Ela era, na verdade, uma das vítimas. Mas ela era... como posso dizer?... um pouco intransigente demais para o meu gosto.

— Quem era o vilão?

— O vilão? Ah, o pai de Bosie, é claro. O pior de tudo é que Oscar poderia ter fugido e evitado o processo. Ele teve a oportunidade. Uma hora e meia, na verdade, para ir para a França. Mas ele não quis. Ele não queria parecer um desertor ou um covarde.

— Foi nobre da parte dele.

Ah, foi, sim. Ele foi preso em 1895. Quando você nasceu, minha querida? Foi naquela época?

— 1885.

— Eu devo anotar isso — Ela procurou por um caderno imaginário e caneta. Não encontrando nada, ela disse: — Realmente, foi tudo culpa de Bosie.

— Bosie.

— Imagine tentar fazer Oscar processar o pai! Isso nunca terminaria bem. Se você conhecesse aquele vil marquês de Queensbury, concordaria comigo sem hesitar.

— Você o conhecia?

— De certa forma. Nós nos movíamos nos mesmos círculos, então, naturalmente, me deparei com ele. Mas eu não o conhecia no sentido habitual da palavra.

Adela entrou em um momento de reflexões íntimas enquanto Emma imaginava as luxuosas reuniões sociais, as festas ao ar livre, os bailes. Era um mundo distante do dela; um mundo de fama, de notoriedade, um mundo exclusivo no qual os extraordinariamente ricos e privilegiados se encontravam; um mundo, às vezes, que resultava em escândalos públicos, e então as pessoas comuns acompanhavam, com assombro e nojo.

Seu devaneio foi interrompido quando Adela tossiu suavemente.

— A questão é, Oscar nunca teria caído em desgraça se aquele tolo do Bosie não o tivesse persuadido a abrir um processo de difamação depois do marquês tê-lo chamado de sodomita.

Emma prendeu a respiração. Adela tinha uma expressão pesarosa.

— De fato. Que palavra horrível. Realmente. Mas, às vezes, é preciso superar a calúnia. Ser superior a isso. E, de certa forma, era o que Oscar pretendia fazer. Mas ele deveria ter se abstido de um processo porque o tiro saiu pela culatra, porque a alegação era verdadeira. Ele *era* um sodomita.

Sua cabeça caiu de volta nos travesseiros.

— Ah, a injustiça. Meu pobre, pobre Oscar.

— Tente não se aborrecer, Adela. Pense no seu coração.

— *Meu* coração? Só consigo pensar no coração *dele*. A traição, sim, eu entendo que ele quebrou os votos de fidelidade, mas certamente um homem tem o direito de encontrar o amor verdadeiro!

Emma não sabia como responder. Ela não tinha preconceitos. Era só que ela não tinha nenhuma experiência com homens amando homens. Felizmente, ela não tinha que dar a sua opinião.

Adela respirou fundo e continuou.

— Então tudo desmoronou. Já que a sua homossexualidade havia sido exposta publicamente, o próximo passo lógico para as autoridade era prendê-lo e julgá-lo. Foi nessa conjuntura, Emma, que ele tomou a nobre decisão de não fugir para a França. Mas, ah, quanta humilhação. Eles fizeram camareiras testemunharem contra ele. Foi horrível.

A respiração de Adela acelerou e ela colocou a mão sobre o peito. Emma se apressou e mediu o seu pulso.

— Por favor, Adela, você não deve se exaltar.

— Eu estou bem. Eu quero que você escute a verdade. Não vê? Eu quero que você saiba que eu sou uma amiga verdadeira e leal, em quem se pode confiar para defender aqueles que estão em apuros. Você deve entender isso, Emma. Você deve. Faço isso a qualquer custo, dentro dos meus limites. Quando descobri que Oscar estava com problemas financeiros depois de sua falência, enviei a ele um cheque de mil libras. É esse o tipo de mulher que emprega você, minha querida, querida Emma. E moverei céus e terra por você também, se for preciso.

Emma soltou o pulso de Adela enquanto assimilava aquele último comentário. Sua empregadora não esqueceria a sua verdadeira nacionalidade. Na verdade, ela estava se agarrando a ela, dramatizando a situação, o potencial confinamento. Emma desejou ser propensa a mentir. Se fosse, ela nunca teria dito seu nome de solteira. Ela teria tido Smith ou Jones. Mas não Harms. Nunca Harms.

Adela não tinha terminado.

— Prisão. Eles o colocaram na prisão. Eu escrevia para ele frequentemente naqueles anos. Minhas cartas eram um grande conforto para ele, sabe. Ele me disse isso. Eu fui uma das únicas que fez isso. Seus amigos artistas, toda a sociedade que o rodeava, eles os rejeitaram.

— Isso é horrível. Não consigo imaginar por que as pessoas fariam isso.

— Para manter as aparências. Ah, Emma, a prisão de Pentonville era um inferno. Foi para lá que o mandaram. Pentonville. Seu lindo cabelo foi cortado. Ele era forçado a tomar banho com água suja e a cela em que foi colocado era muito pequena e todo dia e toda noite ele tinha que escutar os outros presos e os seus gritos.

— Ouvi dizer que é um lugar severo.

— Severo é pouco. Ele teve um colapso lá. Ele não comia ou dormia. Estava tão fraco que não parava de cair. Danificou o ouvido interno. Ross e Harris finalmente conseguiram transferi-lo para Reading Gaol, que era um pouco melhor. Ele passou dois anos inteiros fazendo trabalhos forçados, o pobre homem. Tentei persuadi-lo a continuar escrevendo. Mas ele não quis. Ou não podia. Eu acho que na época eu não entendia completamente o quão miserável ele se sentia. Eu era muito jovem então. E só quando alguém sofre é que se pode entender completamente o sofrimento dos outros.

Ela parou, como se presa pelos seus próprios pensamentos. Emma aproveitou o momento.

— Eu leio um pouco mais de *Dorian Gray*, se você quiser.

— Isso seria esplêndido, simplesmente esplêndido. Agora, onde paramos?

1919

MUDANÇA DE PLANOS

Emma deveria embarcar no navio para Honolulu às dez. Ela levantou cedo e arrumou as crianças e o resto da bagagem antes de descer para a sala de jantar para tomar o café da manhã. Ela estava passando manteiga na torrada quando o maitre foi até ela, carregando uma pequena bandeja de prata.

— Um telegrama, senhora.

Ela largou a faca, tirou as migalhas das pontas dos dedos e pegou o pequeno envelope. Estava endereçado a Yamamoto-dori. Ela ficou grata a Yu Yan – ou possivelmente Ernest – por tê-lo enviado.

Ela hesitou com o envelope em mãos, sem ter certeza se o abria ali mesmo, na frente dos outros hóspedes, ou ia para o quarto. Suas mãos tinham uma mente própria, abrindo o envelope e pegando o papel dobrado. A mensagem era breve. Era do seu tio em Montreal.

As palavras eram poucas e, enquanto lia, suas mãos tremiam e sua respiração falhou.

Pai e Herman mortos Pt Gripe Pt Assinado tio Wolfgang.

Houve um momento de descrença. Em seguida, sua vida

perdeu o sentido. Os pensamentos se misturaram enquanto o seu coração se apertava. Ela lutou contra as lágrimas, tentando desesperadamente esconder sua reação das crianças. Irene estendeu a mão para a torrada no prato de Emma e ela rapidamente a entregou a ela, grata pela distração.

A incompreensão deu lugar à lenta compreensão. Seu pai e irmão sucumbiram à gripe espanhola. Ela os imaginou na casa canadense, febris, delirantes, ofegantes, sofrendo. Eles teriam sobrevivido se ela tivesse lá para cuidar deles? Mas ela só colocaria a si e as crianças em risco. E, além disso, como ela poderia saber, como teria chegado lá a tempo se soubesse? Não valia a pena se repreender quando não havia nada a ser feito. De Kobe, ela não teria conseguido chegar em Montreal a tempo. Ela enfrentou a dura verdade. Não tinha mãe e agora não tinha pai nem irmão. Restavam apenas Karin e George, se ainda estivessem vivos.

O choque da notícia a deixou aturdida. Ela percebeu, vagamente, que Gladys estava puxando seu braço.

— Mamãe, mais, por favor.

Emma olhou para o prato vazio da filha. Gladys tinha um apetite voraz depois de ter passado uma semana inteira no hotel beliscando sua comida, o resultado das guloseimas da Sra. Carver. Irene também estava faminta. Emma atendeu às demandas delas. Ela não tinha escolha. Não poderia começar a chorar na sala de jantar. Ela devia performar seus deveres maternos, focar nas filhas e nas suas necessidades.

Ela também precisava pensar. Ela podia mudar seus planos e voltar para Ernest, para a vida enfadonha como sua esposa. Sua esposa traída. O pensamento a deixou enjoada. Já que Montreal não era mais uma opção e ela não mantinha mais contato com ninguém na Filadélfia, havia apenas um lugar para onde ir.

Enquanto levava a xícara aos lábios, a Sra. Carver apareceu, puxando uma cadeira e se sentando, falando alegremente. Então ela captou o olhar de Emma e se calou. Emma rapidamente olhou para o seu prato.

— Qual é o problema?

Tudo o que Emma pôde fazer foi lhe entregar o telegrama. A Sra. Carver desdobrou o papel com cautela. Não demorou muito para ler a notícia.

— Emma, não. Lamento tanto.

Gladys começou a balançar na cadeira. A Sra. Carver a distraiu e manteve as garotas ocupadas enquanto falava.

— Você vai embarcar em uma hora.

— Eu deveria cancelar.

— E fazer o quê?

Ela não respondeu.

— Emma, eu não nasci ontem. O que quer que tenha acontecido com o seu casamento, é problema seu e do seu marido, mas parece claro para mim que você não está indo para aproveitar um feriado. Desde o momento em que nos conhecemos, eu suspeitei de que você estava voltando para a sua família.

Emma começou a falar. A Sra. Carver ergueu a mão severamente.

— Me deixe terminar. Deve haver outras opções para você. Outros parentes.

— Posso contactar meu primo no Colorado.

— Então você deve enviar um telegrama.

— Eu mal o conheço.

— Não importa. São tempos difíceis. Além disso, o Japão não é o lugar para você no momento, com tantos casos de gripe. Você vai se sentir mais segura no seu país, acredite em mim. Agora, seque os olhos.

A Sra. Carver insistiu que cuidaria das crianças enquanto Emma ia até a recepção para enviar um telegrama ao seu primo em Fort Morgan, informando-o de sua chegada. Eles não se conheciam. Sua mãe tinha dado a ela o endereço de Hans, mas ela não fazia ideia se o seu primo a conhecia, além de saber da sua existência.

Enquanto se organizava para pagar a conta, sentiu a presença da Sra. Carver atrás de si. Ela se virou e observou o rosto benevolente da mulher.

— Você foi muito gentil.

— Bobagem. Você foi uma companhia maravilhosa para esta tola solitária.

Foi então que Emma percebeu que ela não havia visto o misterioso Sr. Carver a semana inteira.

— Eu sou viúva — disse ela, como se tivesse lido a mente de Emma.

Uma viúva com uma dor no coração e um buraco em sua vida. Não é à toa que ela se agarrou a Emma.

Elas se despediram, prometendo escrever.

— Eu não sei o seu primeiro nome.

— Norma.

Com isso, a Sra. Carver subiu para o seu quarto. Emma assistiu enquanto ela desaparecia de vista, ciente pela primeira vez da tristeza de sua companheira.

Emma tinha decidido deixar Ernest ajudá-la com as crianças quando fosse a hora de embarcar. Eles tinham combinado de se encontrar no cais. Ela chegou tipicamente cedo e esperou com sua bagagem perto da passarela, aproveitando o sol da manhã no rosto, grata pelas filhas estarem quietas. Um vento forte soprou das montanhas que pairavam atrás da cidade e ela virou as costas para elas, preferindo observar o que acontecia a bordo do navio.

O sol se escondeu atrás de uma nuvem e o ar ficou frio. Ernest, ela pensou, estava atrasado. Alguns dos outros passageiros já haviam embarcado. Ela se virou, pensando em pedir ajuda a um dos carregadores quando Ernest apareceu, passando por um grupo de observadores. Ele se apressou e o coração dela apertou. Ela ainda estava furiosa e chateada com a traição, mas também sabia que estava levando as filhas dele para longe e ele não fazia ideia de quando as veria de novo. Se seus lugares estivessem trocados e fosse ela e não ele, ela ficaria louca. Ele manteve a compostura enquanto a cumprimentava, mas, por trás dos seus olhos sorridentes, ela detectou tristeza profunda e remorso. Ela não pronunciou uma única palavra, para não desabar e mudar de ideia.

Não havia nada em sua postura que demonstrasse que ele sabia sobre o telegrama. Em sua mente, ela fez uma curta oração de agradecimento a Yu Yan.

Eles estavam em um mar de bagagens. Ele agarrou a alça do seu baú com um suspiro e um grunhido. Ela percebeu o carregador descendo a passarela. Juntos, os homens cuidaram da bagagem e Emma cuidou das crianças. Era bom estar se movendo, bom estar subindo a passarela, bom nunca ter que pisar no litoral japonês de novo. Enquanto se dirigiam à cabine, se esquivando de outros passageiros, ela lembrou do último ano, quando embarcou em um navio similar, e as emoções confusas que sentiu ao sair de Kobe. Foi a última vez que ela viu seus pais. Seu coração se apertou com o pensamento.

Ela entrou com Irene nos quadris e Gladys segurando seu braço e se encostou na parede entre as camas enquanto o carregador e Ernest colocavam a bagagem no chão e nas camas. Elas eram passageiras de segunda classe, Emma renunciando uma passagem de primeira classe para apressar sua partida. Quando o carregador saía, Emma colocou as garotas no chão e sentou na única cadeira da cabine. Com a adição de um berço para Irene, era um espaço apertado, muito confinado para todos eles. Ela se preparou para se despedir de Ernest, mas, antes que pudesse abrir a boca para falar, ele colocou a mão no bolso e pegou dois presentes: para Irene, um cavalinho de madeira com rodinhas, e, para Gladys, uma boneca japonesa. As garotas ficaram encantadas com a novidade. Ernest observou, depois se sentou na beira da cama e se inclinou, falando com elas em um tom suave. O tempo passava devagar. Ele se demorou, arrastando sua despedida. A partida logo se tornou insuportável e, quando ela não conseguia mais tolerar seus abraços e conversas, ela anunciou que era hora de Irene dormir e ele não deveria ir embora? Enquanto ele se levantava, ela o apressou até a porta.

— Vou avisar quando chegarmos a Montreal — disse ela, mantendo a expressão impassível.

Ela não podia contar a ele. Ele imploraria que ela ficasse.

Eles alcançaram a porta, Emma parando dentro da cabine para bloquear a entrada dele.

Olhando por sobre o ombro dela para observar as garotas sentadas no chão, ele disse:

— Não é tarde demais para mudar de ideia.

— Ernest, o que você fez é imperdoável.

Ele não disse mais nada. Claramente, não estava prestes a implorar. Ela o observou se afastar antes de fechar a porta da cabine.

Ela remexeu sua bolsa de viagem e pegou alguns brinquedos para Irene e Gladys. De olho nas suas travessuras, começou a desfazer as malas e organizar suas coisas, escutando os sons dos passageiros passando além da porta da cabine, o alvoroço dos carregadores e, ao fundo, o estrondo profundo da buzina do navio e o zumbido dos motores enquanto o navio se afastava.

Fascinadas pelo movimento, as garotas ficaram inquietas. Ela pegou Irene no colo e conduziu Gladys pela mão. Fez uma curta caminhada do corredor acarpetado para o saguão, onde Emma decidiu passar a maior parte do tempo.

Ela havia se acostumado com viagens longas e não se sentia mais enjoada pelo movimento. Fora a semana forçada no Havaí, a passagem anterior pelo Pacífico tinha sido agradável, o oceano na maior parte do tempo calmo, as ondas insignificantes. Ela esperava ter uma viagem similar. Mas, dessa vez, dentro dela um vazio assombrava, ansioso para engolir toda a sua atenção, toda a sua determinação. Não haveria viagem de volta para Kobe. Não haveria semanas desconfortáveis com seus pais em Montreal. E não havia nada nela, nem mesmo nos cantos mais fiéis do seu ser, para fazê-la ansiar por passar algum tempo em Fort Morgan com o seu primo.

O navio passeou pela costa do Japão e naquela tarde chegou a Yokohama. Estava ensolarado e Emma levou as garotas ao convés para observar o movimento no píer. Enquanto os passageiros lotavam a passarela, ela se dirigiu à proa do navio para olhar Yokohama e mostrou às garotas os barcos orientais e os barcos de pesca. Como em Kobe, as montanhas se erguiam atrás da cidade. À beira-mar, o Grand Hotel, distinto com suas longas fileiras de janelas no estilo georgiano, olhava de volta para ela. A Sra. Carver tinha mencionado o Grand Hotel. Ele era famoso, disse ela, pela culinária excepcional e por atrair pessoas como Rudyard Kipling, que a Sra. Carver, Norma, afirmava ter conhecido. O Hotel Oriental estava talvez um degrau abaixo daquele outro e, enquanto Emma imaginava a Sra. Carver embarcando no navio para Kobe, ela se perguntou o que a impulsionou a fazer a viagem. Quem era ela, realmente, além de uma viúva? Emma percebeu que não sabia nada sobre a sua estranha companheira. O encontro delas girou em torno do bem estar e divertimento das crianças, as conversas de adulto não passavam de uma conversa despreocupada sobre o clima, os costumes, as tribulações e a emoção de viver no Japão.

Os diques eram enclaves pequenos. Talvez a Sra. Carver conhecesse sua companheira de viagem, Maud, que foi tão gentil com ela no Havaí. Maud com suas crenças espirituais repugnantes, se não curiosas. Emma meio que esperava vê-la de novo enquanto vagava pelo convés, mas a mulher que tinha perdido os filhos na guerra não apareceu entre os passageiros que embarcavam e não estava em nenhum lugar no saguão quando Emma voltou para reivindicar seu lugar favorito próximo a janela.

Ocorreu a Emma, ao se sentar, que Maud deve ter tirado grande conforto da igreja espírita. Talvez ela não devesse ter desdenhado de sua fé tão prontamente. Agora, quando estava prestes a atravessar o Oceano Pacífico para entrar em uma existência vazia de qualquer senso de familiaridade ou pertencimento, ela conseguia entender recorrer a Deus, a Cristo, aos anjos, ao mundo espiritual, por consolo.

Tudo o que Emma podia fazer era se acomodar ao ritmo da jornada, passando tanto tempo no saguão quanto antes, onde as garotas tinham mais espaço e ela podia passar o dia conversando com outras mulheres viajantes. No silêncio de sua cabine, enquanto as filhas dormiam, ela trabalhava na tapeçaria de lã. Uma distração bem-vinda. Tudo o que ela podia fazer além disso era esperar e deixar o tempo curar seu coração dolorido.

No saguão, Irene roubou as atenções dessa vez, com seus olhos castanhos brilhantes e cabelo castanho avermelhado impressionante. Aos dezoito meses, ela era um pouco precoce, e gostava da atenção dos espectadores enquanto andava para cima e para baixo nos corredores com Gladys, sua mãe observando todos os braços abertos prontos para pegá-la caso perdesse o equilíbrio.

Três dias no mar e Irene teve que renunciar ao seu pequeno ritual quando o navio começou a balançar pesadamente. O capitão havia avisado sobre uma tempestade. No meio da manhã, as ondas atingiram uma altura traiçoeira e, dentro de uma hora, pouco antes dos passageiros se dirigirem à sala de jantar para almoçarem, o balanço aumentou. O horizonte subia e descia de forma alarmante. Uma mulher cobriu o rosto com as mãos e correu enquanto as ondas batiam contra o navio, molhando o convés e encharcando as janelas do saguão. Alguém gritou. Muitos passageiros começaram a se recolher para as suas cabines. Outros, os fortes, ficaram onde estavam, um ou dois continuaram a ler seus jornais ou livros. Irene estava encolhida no colo da mãe e Gladys tinha uma expressão preocupada no rosto.

— Estamos bem — disse Emma de forma tranquilizadora — Logo vai passar.

Como se em resposta, o navio deu uma guinada para a frente e balançou para estibordo antes de recuperar o equilíbrio por um breve momento, depois pousou pesadamente para bombordo. Uma cadeira deslizou e tombou. Uma mulher gritou. Emma olhou, esperando informar com seu olhar severo que ela não queria ninguém deixando as crianças mais assustadas do que já estavam. Então os céus se abriram e a chuva obscureceu o oceano.

Quase ninguém foi à sala de jantar naquele dia. Emma fez o esforço, pensando que as crianças estavam com fome. Ela teve o bom senso de tratar as escadas como escadas portáteis, pisando ao contrário.

Os garçons colocaram paredes laterais nas mesas e umedeceram as toalhas de mesa. O saleiro e o pimenteiro estavam caídos. Os talheres e pratos deslizavam com o balançar do navio e Emma fez o possível para comer o bolo de carne diante dela. Irene, sentada com orgulho e segurança em seu cadeirão, foi a que mais comeu. Emma teve que firmar as mãos de Gladys enquanto ela tentava beber da sua taça.

Naquela tarde, Gladys foi a primeira a ficar enjoada por causa do movimento. Ela vomitou na tigela que Emma colocou entre as camas preventivamente e parecia terrivelmente doente. Emma não se sentia muito melhor. Sua cabeça doía e ela teve que usar toda a sua força de vontade para não vomitar. Irene aguentou melhor, mas tinha pouco apetite depois daquele almoço farto. Pelo resto do dia, Emma e Gladys ficaram deitadas em suas camas e esperaram a tempestade passar, Irene engatinhando ao redor delas.

A espera foi longa.

Poucos passageiros estavam presentes no café da manhã, almoço ou jantar no dia seguinte, além dos mesmos passageiros robustos, que devoraram suas refeições com gosto, como se desafiando ou talvez determinados a mostrar sua resiliência. Emma se arrastou para cada refeição com duas garotas muito cansadas, a desidratação sua maior preocupação.

A tripulação parecia indiferente à tempestade e Emma tirou conforto disso. Se houvesse algo com que se preocupar, suas expressões mostrariam e elas não mostravam. No entanto, o mar agitado não se acalmou por uma semana inteira e durante toda a provação o saguão ficou, na maior parte do tempo, vazio. Em uma ocasião, um passageiro tentou se aventurar no convés, porém mal tinha aberto a porta quando foi levado de volta por um tripulante preocupado.

Depois de oito dias de tempo ruim, o capitão do navio agraciou o restaurante com a sua presença durante o jantar e explicou a alguns clientes confusos e apáticos que o navio foi pego por uma tempestade e forçado a viajar com ela até que a tempestade desviasse para o norte.

Enquanto se aproximavam do Havaí, o mar ficou calmo, o saguão encheu e todos pareciam muito aliviados. Emma voltou ao seu lugar favorito, no fundo da sala, com vista para uma das janelas. De lá, ela podia observar as filhas. Ela percebeu ao se sentar que não tinha pensado em Ernest durante a última semana. Nem uma vez ela desejou que ele estivesse lá para apoiar e confortar as garotas, doentes e angustiadas. Muito pelo contrário. Se tinha pensado nele, e talvez, refletindo, ela pudesse ter tido um ou dois pensamentos fugazes, foi apenas para reafirmar a sua ausência. Ele teria sido um incômodo, não uma ajuda; uma irritação, não um bálsamo. Além disso, ela nunca tinha estado tão decidida em toda a sua vida. O homem era um canalha, uma abominação, um cão mulherengo farsante, totalmente indigno dos seus favores. Nada, nem mesmo cavalos selvagens, fariam ela voltar para ele.

Trocar de navio foi fácil e sem complicações e elas logo estavam a caminho de São Francisco. Ela não fazia ideia do que esperar na América depois que a guerra e a gripe cobraram o seu preço ou o que ela faria em Fort Morgan com duas filhas pequenas para criar, mas Ernest tinha dado a ela uma pequena mesada e ela teria que se virar com ela até encontrar uma forma de seguir sua vida.

O montante que ele ofereceu parecia amplo na época, quando ela pensava em ficar com o pai. Agora, a quantia mal parecia suficiente para cobrir o aluguel e a alimentação e ela só conseguiria se fosse frugal. Confiando que o telegrama havia chegado e sido recebido por corações abertos, quando o navio atracou no porto depois de dias de navegação tranquila, ela se recompôs, conduziu as filhas pela passarela e organizou a bagagem entre os carregadores do navio, um motorista de táxi e os carregadores na estação de trem. Ela comprou uma passagem de primeira classe para Fort Morgan, seu último gasto luxuoso – Gladys viajou por metade do preço e Irene de graça – e embarcou no trem da tarde, justificando essa extravagância, já que não estava preparada para enfrentar os assentos duros e a falta de privacidade em um vagão aberto.

Ao longo da jornada, ela não conseguia parar de pensar que deveria ter comprado uma passagem econômica, mas no ano anterior ela tinha visto como os passageiros que não eram da primeira classe eram forçados a viajar, e não conseguiria suportar a provação. Ela tinha uma pequena cabine para si e passou as horas mantendo as filhas alimentadas, limpas e entretidas, continuando a trabalhar na sua tapeçaria e olhando pela janela para as montanhas e o deserto que parecia não ter fim.

E, à noite, quando não tinha nada para o que olhar e o movimento do trem fez as filhas caírem em um sono profundo, Emma escreveu cartas. Ela escreveu para Dottie em Singapura, lutando para encontrar palavras para comunicar a verdade e decidindo, ao invés disso, por uma versão imaginada, com exceção do falecimento do pai e do irmão. Escreveu para Ernest, informando-o das mortes. Ela usou poucas palavras. Escreveu para o tio Wolfgang, para informá-lo de que tinha recebido as notícias e que ela e as garotas estavam bem. Depois escreveu para Karin, a carta mais difícil de todas.

Karin nunca foi muito presente na vida de Emma. Ela já estava casada e tinha uma família quando Emma tinha cinco anos e partiu com os pais e irmãos para a Filadélfia. Não parecia provável que o tio Wolfang tivesse enviado um telegrama para a Alemanha, embora ele pudesse ter enviado uma carta. Presumindo que Karin tinha sobrevivido à guerra, Emma sentia que era seu dever comunicar a notícia, aproveitando a oportunidade para perguntar de George. Talvez tivessem notícias? Emma falou de Gladys e Irene. Disse que Ernest estava bem. Enquanto as palavras escapavam de sua caneta, ela sentiu o coração se apertar no peito. Antes de assinar seu nome, ela mencionou visitar a Alemanha um dia, agora que a guerra havia acabado.

Ela deixou um espaço em branco no topo das cartas para o seu novo endereço, seja ele qual for. Satisfeita, dobrou cada carta em seu envelope, endereçou cada uma e as guardou em sua bolsa.

O dia seguinte estava ensolarado e o cenário agradável, enquanto passavam por Rocky Mountains. Não muito depois do almoço, chegaram em Denver, e logo o trem cruzou as planícies do leste do Colorado.

Quando o trem chegou à estação de Fort Morgan, seus olhos observaram tudo. Ela procurou por um homem que pudesse reconhecer como seu próprio sangue, mas os poucos que estavam na plataforma pareciam mais ou menos os mesmos e nem um pouco parecidos com ela. Ela pegou Irene no colo, apoiou a bolsa protuberante no ombro enquanto pegava a mão de Gladys e se moveu para abrir a porta do vagão. Vendo a sua dificuldade, o chefe da estação correu para ajudá-la e depois a conduziu até a van do guarda, onde o resto da sua bagagem estava sendo depositada na plataforma.

Apenas duas outras pessoas desembarcaram na parada e foram recebidas por homens que as aguardavam. Ela começou a se sentir desesperada, o pânico crescendo enquanto contemplava ficar presa em Fort Morgan, no desconhecido estado do Colorado. Somente quando o trem estava saindo da estação ela viu um homem de cabelo castanho escuro em pé perto da barreira e o alívio reduziu sua voz à um sussurro.

— Vou ficar aqui — disse Emma para o gentil chefe da estação, que a deixou com o seu baú e malas ao seu lado e desapareceu.

O homem magro se aproximou e tirou o chapéu.

— Você deve ser a Emma.

Ele não sorriu ou estendeu a mão em cumprimento.

Ela olhou para o seu rosto. Ele tinha olhos azuis claros e um deles era preguiçoso, como se não se importasse em seguir o outro.

— Hans, graças a Deus você está aqui.

Ele olhou para a sua bagagem e depois de volta para ela.

— Você planeja ficar por um tempo, então?

— Eu estava planejando ficar em Montreal. Depois recebi a notícia de que o meu pai e irmão haviam morrido. Eu estava para embarcar.

— Você não pensou em ficar em Kobe?

Parecia uma censura. Ela olhou para as crianças. Lágrimas se formaram. Vendo sua aflição, ele disse:

— Me conte depois. Vamos.

Ele colocou a bagagem na sua carroça e Emma ajudou Gladys a subir os degraus até o banco. Com Irene firmemente segura em seus braços, Emma sentou na ponta. Hans subiu na carroça com duas grandes passadas, pegou as rédeas e eles caminharam lentamente, se afastando da estação e entrando em uma rua larga e arborizada. Tudo era verde e organizado. As casas se erguiam orgulhosamente em seus blocos. Nos limites da cidade, não mais que dez minutos depois da estação, Hans puxou as rédeas e o pônei parou.

Todos desceram e Emma esperou Hans descarregar sua bagagem também, quando ele disse:

— O que, de tudo isso, você precisa essa noite?

A pergunta a surpreendeu. Ela percebeu com um baque nauseante que elas não ficariam com Hans. Ela indicou a menor bolsa.

— Vou deixar o resto na carroça, Emma. Não se preocupe, eu vou cobrir e a carroça vai ficar em um galpão, de qualquer forma. Mas não temos espaço aqui para você e as garotas, como você verá. Sinto muito.

Emma ficou abatida e se forçou para esconder isso. A constatação de que havia cometido um erro terrível a gelou.

Hans conduziu Emma e as garotas pela cozinha – grande, quadrada e básica – onde sua esposa estava em pé de costas para o fogão, um sorriso de boas-vindas estampado no rosto.

— Eu sou Sophia — disse ela, rodeando a mesa e se aproximando para abraçá-la.

Sentir o calor do abraço dela suavizou o anúncio brusco de Hans, mas não o suficiente para tranquilizar Emma.

Vozes atrás dela a fizeram olhar ao redor para encontrar um amontoado de crianças de várias idades paradas no corredor. Ela contou seis: dois meninos que eram quase homens, duas garotas e dois meninos mais novos. Sophia os apresentou como Emil, que tinha quinze anos, Ernest, que orgulhosamente tinha treze, Hilda, uma menina tímida de onze anos, Alvin, um animado menino de noves anos, Louisa, uma tímida menina de seis anos, e Arthur, uma criança atrevida de quatro anos.

— Hilda — disse Sophia para a filha mais velha. — Pegue sua irmã e Arthur e mantenha a pequenina entretida. O nome dela é...?

— Gladys.

— Gladys. Vamos lá.

Hilda pegou a mão de Gladys. Gladys olhou para a mãe, que assentiu para encorajá-la.

— Sente-se — disse Sophia a Emma enquanto as crianças saíam pelo corredor. — Vou fazer café. Você deve estar exausta.

Emma puxou uma cadeira e se sentou, colocando Irene no colo. Hans se sentou na cadeira oposta.

— Sinto muito por chegar assim.

— Sem problemas — disse Sophia, sua voz firme.

Hans e Sophia trocaram olhares.

— Sentimos muito pela sua perda, Emma — continuou Sophia, falando pelos dois. — Perder seu pai e seu irmão para a gripe assim. Tão triste.

— Por quanto tempo você estava planejando ficar com o seu pai?

— Hans — disse Sophia abruptamente.

— Ela tem muita bagagem.

— Tudo bem — disse Emma. — Indefinitivamente, eu suponho.

Os dois pareciam chocados.

— E o seu marido? — disse Sophia.

— Ernest ainda está em Kobe.

— Ela vai se juntar a você? — perguntou Hans.

— Eu não faço ideia. Eu tinha que partir. Eu precisava de tempo para pensar.

— Não precisa dizer — disse Sophia e, depois de uma rápida olhada para o seu marido, piscou para Emma e acrescentou: — Homens.

Emma não se sentiu muito confortada pelo comentário de Sophia e gestos de boas-vindas, não diante da atitude taciturna de Hans.

— Você tem uma casa muito agradável — disse Emma, esperando que fosse o suficiente para desviar a conversa do constrangimento. Foi.

A cozinha logo se encheu com o cheiro de café coado. Quando Sophia finalmente se juntou a Emma e Hans à mesa, eles conversaram sobre o clima, a guerra, a gripe, Woodrow Wilson. Hans sumiu do lado de fora e Sophia e Emma passaram a conversar sobre as crianças.

— Você é uma enfermeira — disse Sophia. — Deve ser um trabalho difícil.

— Eu gosto. Ou gostava. Eu trabalhava em Singapura antes de Gladys nascer.

— Eu queria ser boa em algo. Fora de casa, quero dizer.

— Você fica muito ocupada aqui, eu imagino.

Sophia riu.

— Verdade.

Irene começou a tentar pegar coisas da mesa. Sophia saiu do cômodo e voltou com um cercadinho e os braços cheios de brinquedos.

Com tantas bocas para alimentar, preparar o jantar demorou. Emma ajudou, oferecendo-se para descascar um balde pequeno de batatas, enquanto ficava de olho em uma Irene cada vez mais inquieta. Hilda apareceu e perguntou a Sophia se podia brincar com o bebê e Emma se abaixou e a apresentou à sua priminha. Hilda levou Irene e pelas horas seguintes Emma manteve os ouvidos atentos a qualquer som de aflição. Nenhum foi ouvido.

O jantar foi delicioso e simples. Carne assada, bolinhos de batata cozinha e repolho em conserva no vapor. O molho tinha bastante mostarda, no estilo alemão. A família comeu sem muita conversa, as crianças claramente educadas com boas maneiras à mesa.

Depois do jantar, Sophia enxotou as crianças da cozinha. Depois se juntou a Hans, sentando-se de frente para Emma. Uma atmosfera de expectativa encheu a sala. Hans foi o primeiro a falar. Ele parecia sério e olhou para Emma quando disse:

— Para onde mais você pode ir?

A ansiedade se apoderou dela. Lágrimas se formaram.

— Lugar nenhum. Eu não conheço mais ninguém. Eu não tenho ninguém.

— Você deveria...

— Hans, você está fazendo de novo — interrompeu Sophia. — Ela é da família e deve ficar perto da gente. Tão perto quanto possível.

— Não há lugar em Fort Morgan.

— Eu conheço alguém — disse Sophia. — Você vai gostar dela, Emma. Ela é dinamarquesa. O nome dela é Sra. Jensen e ela administra uma pensão em Brush.

— Brush?

— Brush! Eu te disse, ela não vai ficar em Brush.

— Não há nada de errado com a pensão da Sra. Jensen. Eu já fui lá. Os quartos são agradáveis.

— É um talvez. Mas há algo de muito errado com Brush.

— Não preste atenção, Emma. Não deixe seu primo te assustar. Hans é esnobe. Brush é mais austero do que aqui. As pessoas lá são um pouco brutas, só isso. Mas a Sra. Jensen administra uma pensão a um preço muito razoável e eu preferia que você ficasse lá do que em Denver. O que acha?

— Acho que posso tentar.

— Olha só, está vendo? — Ela mostrou a língua divertidamente para Hans e depois sorriu para Emma. — Vou ligar para ela amanhã.

Quando os pratos foram lavados e guardados, a noite chegava ao fim. Sophia colocou o segundo menino mais velho, Ernest, com seu irmão, dando a Emma a cama de solteiro. Gladys podia dormir com Louisa e Irene tinha o velho berço de Arthur.

— Não posso agradecer o suficiente — disse Emma, quando ficou sozinha com Sophia na cozinha.

— Hans é um bom homem, sabe, Emma. Eu também conheço homens que não são tão bons. Não sei nada sobre o seu Ernest, mas eu sei que você não vai voltar para o Japão por uma boa razão. Você não precisa me contar o que ele fez.

Ela estendeu os braços e abraçou Emma e, mais uma vez, Emma afundou no abraço.

BRUSH

Apesar dos problemas, Emma dormiu profundamente naquela noite e acordou com o cheiro de bacon frito. Seu quarto estava claro e ensolarado e isso a animou um pouco. Ela pensou que talvez Brush pudesse ser bom para ela.

Emma dormiu demais. Quando entrou na cozinha, a mesa do café da manhã estava cheia de pratos e tigelas, xícaras de café e copos de leite. Ela se sentou na única cadeira vaga em um canto, espremida entre as filhas, que foram arrumadas pelas primas, e observou enquanto a família de Hans comia os ovos, bacon, muffin e pedaços de pão escuro, junto com canjicas e frutas em tigelas. Vendo-se faminta depois da longa viagem, ela se juntou ao banquete. O café era bom e forte. Havia muita conversa e barulho, diferente da noite anterior, nem Sophia nem Hans se preocupavam com os modos à mesa. Emma supôs que, com seis crianças, eles já tinham superado a rigidez que ela tivera no início com Gladys. O comportamento sóbrio e ordenado da noite anterior devia ter sido apenas uma demonstração.

Sophia estava prestes a encher novamente a xícara de Emma quando o telefone tocou.

— Deve ser a Anna — Ela largou o bule e saiu do cômodo. Emma podia ouvir sua voz através da parede. Quando voltou, ela tinha um sorriso largo no rosto e disse que a Sra. Jensen tinha um quarto vago e estava esperando por elas.

As crianças Harms logo terminaram de comer e cada um levou sua xícara para a pia, deixando o prato para trás. Emma começou a limpar o seu canto da mesa.

— Deixe como está — disse Sophia.

Emma a ignorou. As duas logo terminaram de limpar a mesa. Sophia lavou e Emma secou e, ao passar o pano nos pratos molhados, a nostalgia a tomou. Essas pessoas eram sua família, o que sobrou dela. Ela queria saber mais sobre os irmãos e irmãs de Hans, seu pai e sua mãe, mas seus modos, taciturno e distante enquanto terminava de tomar seu café na cabeceira da mesa, a levaram a não perguntar. As perdas da guerra e da gripe atingiram duramente todas as famílias. Quando Hans saiu para cuidar do pônei e da carroça, ela perguntou a Sophia se ele estava bem.

Uma sombra cruzou o seu rosto.

— Como você, ele carrega o peso de muitas perdas.

Ela se perguntou se eles tinham perdido um filho. Mas então seria Sophia, e não Hans, quem estaria mais triste. Emma se esforçou para calcular a idade do seu primo. Ela sabia que Hans era um de sete, mas era tudo o que ela conseguia lembrar.

— Os irmãos dele lutaram? — perguntou ela timidamente.

— Eles eram muito velhos. Perdemos a irmã dele, Bertie, no fim do inverno.

— Para a gripe?

Sophia assentiu.

— No mesmo mês, a irmã mais velha dele morreu repentinamente. O coração, o médico disse.

— Sinto muito.

Ela terminou de secar o último prato e olhou ao redor, procurando por um lugar onde colocá-los.

— Ali.

Emma abriu o armário.

— E os irmãos dele? Estão por perto?

— Os três irmãos dele têm fazendas. Albert tem uma propriedade em Fleming, que fica na linha do trem. Você deve ter passado por ela no caminho para Montreal. Diedrich assumiu a fazenda da família no Nebraska quando o pai deles morreu. E Lawrence se estabeleceu em Idaho. O mais novo, Renate, se casou com uma fazendeira e eles vivem no Nebraska, na fronteira do Kansas. Todos eles têm família — ela parou e, com uma mão submersa na água ensaboada, virou o rosto para Emma e sorriu. — Gladys e Irene têm muitos primos.

Era estranho pensar que ela tinha tantos parentes espalhados pela região. Por que seu pai escolheu Hans? Porque ele vivia na linha do trem, ela supôs, mas Albert também vivia. Hans provavelmente tinha quase a idade dela.

Ele chegou e anunciou que a carroça estava pronta. Emma largou o pano. Sophia se aproximou, a abraçou pela última vez e sussurrou em seu ouvido para não se afastar.

— A Sra. Jensen tem um telefone. Me ligue.

— Vou ligar.

A jornada até Brush de carruagem levou cerca de uma hora, a estrada passava por campos tão planos que pareciam ter sido engomados. A impressão que ela teve foi nitidamente diferente daquela através da janela do trem, com os campos passando zunindo. Agora ela observava as plantações, os rios estreitos, as poucas árvores. Ela não podia dizer que a área era bonita, mas tinha seu próprio charme e parecia segura. Depois do motim em Singapura e das rebeliões no Japão, ela ansiava pela tranquilidade rural, o local perfeito para fazer uma pausa enquanto decidia o que fazer da vida, seu futuro, o futuro das filhas. Sua única preocupação era a distância de Fort Morgan, que parecia mais longe quanto mais seguiam.

Foi só quando Brush apareceu no horizonte que Hans, um homem de poucas palavras, disse:

— O carro está no reparo.

Emma mal conseguiu conter seu alívio. Um carro levava Brush para mais perto de Fort Morgan. Mesmo assim, com seus crianças para cuidar, ela duvidava que Sophia e Hans fossem dirigir até Brush para pegar a ela e as garotas de vez em quando, para passar uma tarde em Fort Morgan.

Emma reprimiu seu desapontamento quando as terras agrícolas deram lugar à cidade e ela viu que era mais ou menos como Hans havia descrito; uma vasta variedade de habitações, algumas delas rebaixadas. Eles passaram por uma igreja luterana à direita, um prédio de tijolos vermelhos e, pouco depois, a linha da ferrovia surgiu. Brush parecia menor do que Fort Morgan e não tão bonita, embora ela não pudesse fazer uma avaliação completa enquanto Hans virava à esquerda no primeiro cruzamento e, antes de chegarem ao centro da cidade, parava diante de uma casa grande, de dois andares, na esquina seguinte. Emma reconheceu o estilo europeu, talvez dinamarquês na linha alta e inclinada do telhado e nas lucarnas.

A porta da frente abriu e uma mulher apareceu e saiu para ficar no caminho, observando. De cada lado dela havia áreas de gramado, sem cerca, mas Emma notou uma cerca do lado que parecia indicar onde ficava o jardim dos fundos. Um lugar para as garotas brincarem e ela sabia que elas ficariam animadas depois de passar semanas confinadas primeiro em um navio, depois em um trem. Mesmo em Yamamoto-dori, os espaços abertos eram limitados.

Hans pegou Gladys da carroça e Emma desceu com Irene.

Um vento suave soprou. Emma olhou para a mulher que presumiu ser a Sra. Jensen, ainda parada esperando. Ela tinha mais ou menos a idade de Emma, alta, com cabelos loiros e tez pálida.

Enquanto Emma se aproximava, a mulher disse:

— Olá e seja bem-vinda — em um sotaque puramente americano que surpreendeu Emma. — Eu sou Anna.

Elas trocaram algumas palavras de cumprimento enquanto Hans tirava a bagagem da carroça.

— Você vai ficar por muito tempo? — disse Anna.

— Eu não faço ideia.

— Não importa. Entre e eu vou mostrar o seu quarto. É lá em cima — ela parou no corredor e riu. — Hans não vai gostar — ela se inclinou em direção a Emma e sussurrou: — Faça os homens trabalharem, certo, Emma? — Ela não esperou por uma resposta enquanto subia as escadas. — Aqui estamos, bem aqui. O que você acha? É o maior quarto de hóspedes e você tem uma bela janela com vista para a rua.

Emma observou o ambiente.

— É adorável, obrigada.

— Você já comeu? Eu vou fazer café e podemos comer bolo de maçã — ela saiu do quarto. — Vou deixá-la se acomodar. Desça quando sentir o cheiro do café — Anna fechou a porta atrás de si.

O quarto tinha uma cama de casal centrada na parede mais longa, uma cama de solteiro encostada na parede atrás da porta e um berço. Um guarda-roupa e uma grande penteadeira estavam posicionados contra a parede oposta e uma escrivaninha ficava abaixo da janela. Havia duas cadeira confortáveis voltadas para o quarto e posicionadas em frente a uma pequena pia no canto, próxima ao guarda-roupa. Uma cômoda ocupava o único espaço restante, do lado da cama de casal, com algumas prateleiras presas à parede. A mobília era escura, polida e bem cuidada. Um grande tapete cobria grande parte do assoalho. Cortinas com belas estampas florais emolduravam as janelas. O ar tinha cheiro de flores frescas e ela viu que havia algumas rosas em um vaso na mesa de cabeceira. Ao todo, era um quarto cheio, uma certa desordem, mas era um lugar para se estar, um lugar para viver.

Emma colocou Irene na cama quando Hans entrou, sem fôlego, com o baú. Ele o colocou no quarto antes de descer para pegar o resto. Em sua última viagem ao novo quarto de Emma, ela disse um breve adeus.

— Sophia está certa. Você vai ficar bem aqui.

Emma o observou descer as escadas e sumir de vista antes de fechar a porta. Ela se sentiu sozinha repentinamente, dramaticamente. Mas não havia tempo para vivenciar o sentimento. Além disso, ela não cederia a ele. Ela pegou alguns brinquedos de Irene da bolsa e pediu a Gladys que cuidasse da irmã. Depois desfez as malas tão rápido quanto podia, primeiro uma e depois outra, colocando as roupas nas gavetas e no guarda-roupa até que houvesse alguma coisa dentro de todos os espaços. Ela colocou uma caixa dentro da outra e as guardou debaixo da cama. Em seguida, enfrentou o baú, colocando os cacarecos em todas as superfícies altas e prateleiras, longe das mãozinhas pegajosas de Irene. Ela conseguiu lidar com a maioria dos seus pertences antes de Gladys perder o interesse em Irene. Emma pensou que conseguia sentir o aroma do café vindo do andar de baixo.

Com Irene apoiada no seu quadril e Gladys descendo as escadas atrás dela, Emma seguiu o aroma e encontrou a Sra. Jensen na sala de jantar, junto com um casal mais velho. Eles estavam sentados em uma mesa grande de carvalho polido diante de uma bandeja de xícaras, um grande bule de café e pratos esperando para serem preenchidos com um bolo de aparência deliciosa, todo orgulhoso em sua bandeja de vidro.

Vendo Emma entrar no cômodo, Anna se levantou.

— Emma, conheça minha sogra e meu sogro. Estes são Carrie e Ben.

Emma se aproximou e apertou as mãos deles onde estavam sentados. Anna a convidou para ocupar a cadeira oposta. Emma colocou Irene no colo e disse para Gladys se sentar ao seu lado. Encarando os três parentes sentados em fila, Emma de repente se sentiu em um interrogatório. Ela notou os brinquedos em uma estante próxima a janela. Anna seguiu seu olhar.

— Eu tenho dois filhos. Harold tem seis anos. Ele está na escola. E, ah, aqui está o pequeno Edwin — disse ela, enquanto um menino loiro e magro de olhos tristes entrava na sala. — Ele tem quatro anos.

As duas mães observaram enquanto Edwin se aproximava de Gladys e eles se avaliavam. Com palavras de encorajamento de ambas as mães, o par saiu para explorar os brinquedos de Edwin. Irene saiu do colo da mãe e cambaleou para se juntar a eles.

— Meu marido, Jen, está no trabalho — disse Anna, servindo o café. — Ele é caixa de banco — ela se levantou um pouco ao dizer isso.

— E o seu marido? — disse Ben, olhando para Emma por cima do bolo. — O que ele faz?

— Pai — Anna sibilou.

— Tudo bem — Emma sorriu para mostrar que não tinha se incomodado, o que não era exatamente verdade, mas ela sabia que precisava se acostumar a explicar sua situação a estranhos. — Ele é um gerente de exportações.

— Parece bem importante — disse Carrie. — O que é um gerente de exportações?

— Você não precisa responder — disse Anna, cortando o bolo.

Emma a ignorou e continuou, esperando que uma explicação breve fosse o suficiente.

— Ele trabalha para uma grande empresa mercantil. Eles exportam todos os tipos de coisa. Borracha, estanho, arroz.

— Para onde?

Emma estava começando a se sentir constrangida com o escrutínio. Ela disse a si mesma que a velha mulher tinha um interesse ocioso, nada mais, e lutou para encontrar a forma mais fácil de explicar o trabalho de um comerciante para Carrie, que não parecia conhecer muito do mundo.

— Eles exportam bens para todo o mundo. Ernest é o responsável pela exportação, mas há outros que trabalham com importação.

— Importa, exporta.

— Apenas pense em todos aqueles navios de carga indo para lá e para cá pelo oceano — disse Ben, aceitando o prato que Anna colocou diante dele com um breve gesto de agradecimento.

— Não consigo imaginar.

— Você viveu tempo demais no Colorado, minha querida. Eu consigo imaginar muito bem. De onde é, o seu marido? Ele é americano?

— Britânico.

— Britânico — repetiu Ben.

— Ele vai se juntar a você em breve? — Apesar de toda a sua aparente ignorância do resto do mundo, Carrie era afiada.

Era uma pergunta óbvia também e um deles podia ter perguntado a ela para começar, pois sem dúvidas era a única informação que eles queriam.

— Eu espero que sim — disse ela, inventando. — Eu não sei. É difícil dizer. Ele está no Japão.

— Japão? Meu Deus, isso parece muito distante — disse Carrie.

Os dois Jensens mais velhos estavam visivelmente chocados. Agora era a vez de Anna parecer constrangida. Emma desejou que mudassem de assunto antes que alguém pudesse acrescentar "Então você o deixou".

Ela se sentiu grata a Anna quando ela disse:

— Você vai conhecer o Sr. Callier e o Sr. Parsons durante o jantar. Ambos tem negócios em Brush. O Sr. Parsons é canadense. Ele tem negócio com a loja de equipamentos. O Sr. Callier está aqui em negócios agrícolas.

A tensão diminuiu e Emma bebeu seu café e comeu o bolo, que provou ser tão delicioso quanto parecia e, até certo ponto, recompensou a inquisição a qual foi submetida.

Naquela tarde, Emma levou as garotas para uma curta caminhada, empurrando Irene em um carrinho que Anna lhe deu. Era quase verão, o dia estava quente e o sol do oeste picava sua pele. Havia pouca sombra além de Curster Street. Ela andou até o cruzamento seguinte e, quando viu uma loja próxima, cruzou a rua para olhar mais de perto, se perguntando o que poderia encontrar em uma pequena mercearia em Brush, Colorado, em 1919. Ela estava prestes a entrar quando notou uma placa colada no vidro da porta: Alemães devem falar em inglês. As palavras saltaram à vista como se cada letra a estivesse batendo no rosto. Ela ficou parada ali, no calor escaldante daquela tarde quente e calma em Brush como se estivesse atrás das linhas inimigas. A guerra tinha acabado há dois meses. Por que as pessoas mantinham as placas? Para provocar os alemães que viviam na cidade? Havia algum problema aqui que Hans e Sophia não haviam contado a ela? Afinal, Hans era tão alemão quanto ela. Quantos alemães havia em Brush e por que eles eram tão desprezados? Pior ainda, por que esse comerciante foi autorizado a manter a placa agora que a guerra tinha terminado?

Ela estava mais indignada do que inquieta. Ela não tinha

nada a temer. Não havia um único traço de sotaque alemão em sua voz e ela era cidadã britânica por casamento. Sua indignação deu lugar a ecos de Kobe e da antipatia silenciosa que havia suportado lá dos habitantes locais nas ruas, antipatia que culminou em rebeliões. Ela afastou suas memórias. Não queria que elas abafassem a pouca alegria que aquecia o seu coração.

O calor subitamente pareceu demais. Ela decidiu que não havia nada na vitrine para atraí-la para dentro da loja e se afastou. Ela guardaria suas explorações para o frio da manhã seguinte – encontraria uma loja sem uma placa provocativa, ela esperava.

Naquela tarde no jantar, todos estavam presentes. Sete adultos e quatro crianças era um grupo e tanto. Anna serviu almôndegas, batatas caramelizadas e repolho em conserva para clientes famintos e entusiasmados. A conversa foi leve e descontraída. Emma descobriu que o Sr. Parsons era solteiro e um comerciante e o Sr. Callier era casado e tinha interesse em fotografia. Ambos os homens eram agradáveis e educados. O marido de Anna, Jens, pequeno e bem arrumado, era um homem de poucas palavras, mas parecia bom o suficiente.

Depois do jantar, os convidados do sexo masculino se retiraram para os seus quartos e Jens retirou-se para a sala com os pais, deixando as crianças com as mães. Harold estava ocupado inventando um jogo e tentando envolver Edwin e Gladys. Irene estava absorta em algum brinquedo de Edwin. Vendo todos felizes e ocupados, Emma fez a pergunta que a incomodou a tarde toda. Ela a disparou sem perceber que pudesse estar revelando algo de sua própria identidade. No entanto, com certeza Anna Jensen sabia que Sophia e Hans tinham descendência alemã. É claro que sabia. Com um nome como Hans Harms, como ele poderia ser outra coisa?

— Por que a loja da esquina tem uma placa dizendo para os alemães falarem inglês?

Anna respondeu prontamente.

— Ah, isso. Ignore isso. Alguns da comunidade desprezam alemães, assim como o resto da América. É um legado da guerra. Bobo, na verdade. Os alemães que vivem em Brush não são um problema e nunca foram. Muitos são pacifistas, veja bem. Sabe, opositores conscientes. Isso não cai muito bem por aqui.

Ela olhou para Emma se desculpando e acrescentou:

— Perdoe-me. Eu estava esquecendo. Você é prima de Hans, então deve ter descendência alemã também, originalmente. Que tola eu sou por não ter pensado nisso. Eu peço desculpas.

— Não precisa — disse ela rapidamente. Ela estava prestes a acrescentar "Eu sou americana. Eu nasci na Filadélfia" para reforçar seu ponto, mas elas foram interrompidas por uma criança aos gritos. Era Gladys, que tinha caído e arranhado o joelho.

— Eu vou colocá-las na cama, eu acho.

— Desça quando elas estiverem acomodadas — Anna se aproximou e disse com uma risada irônica. — Eu gostaria de ter companhia. Não recebemos muitos hóspedes do sexo feminino.

— Se eu não voltar, é só porque caí no sono.

Emma não podia evitar gostar de Anna. Havia algo nela que invocava confiança e companhia feminina era sempre bem-vinda, especialmente recomeçando em um novo lugar. Chun, Yu Yan e agora Anna, embora ela não fosse uma empregada, mas sim uma provedora de serviços. Apesar disso, Emma sempre se deu bem com aqueles que coexistiam sob um mesmo teto.

Apesar de sentir vontade, ela não foi para o andar de baixo

naquela primeira noite, preferindo cuidar de suas filhas adormecidas, confortável em uma poltrona com sua costura.

Na manhã seguinte, logo depois do café da manhã, Emma levou as garotas para uma caminhada. Ela estava em uma missão. Tinha um monte de cartas para enviar agora que tinha um endereço de remetente. O ar estava quente em sua pele e não havia uma nuvem no céu. Ela caminhou pela estrada que cortava a cidade e depois virou à esquerda. Com o sol brilhando diretamente sobre ela, foi forçada a apertar os olhos.

Ouvindo ela se aproximar, um cachorro começou a latir e, enquanto se aproximava da casa seguinte, viu uma grande fera preta no jardim, seus olhos traçando a cerca para garantir que estava fechada. Estava, mas, mesmo assim, o coração de Emma batia forte. Ela mandou que Gladys trocasse de lado ao passar, o cachorro rugindo e rosnando, apoiando as patas dianteiras na grade, o lábio superior revelando dentes ameaçadores. Emma esperava que o cachorro não pulasse a cerca e atacasse. Ela não conseguiria se afastar rápido o suficiente e se perguntou se o dono estava em casa.

Assim que passou em segurança pelo cachorro, ela relaxou, fazendo uma nota mental para fazer um desvio por uma rua diferente no futuro. Ela teve que se perguntar por que um cachorro tão obviamente perigoso tinha permissão para aterrorizar transeuntes na vizinhança.

Quando atravessou a rua lateral seguinte, ela deu uma boa olhada nas duas direções. Todas as ruas eram muito parecidas em Custer Street. Uma cidadezinha muito uniforme, ela era.

Não havia ninguém por perto. Seis ruas depois e ela chegou à principal área comercial de Brush. Não havia muito lá, apenas uma longa exibição de lojas pequenas. Para o seu desgosto e consternação, Emma viu muitas outras placas exigindo que alemães falassem inglês. Talvez os donos das lojas tivessem esquecido de remover as placas, mas, mesmo assim, elas não deveriam ter sido colocadas, para começar. Como estava, ela mal conseguia acreditar em seus olhos. Alguma coisa não estava certa nessa cidadezinha. Ela nunca viu uma única placa dessas em São Francisco.

Ela sabia que o ódio podia durar. Seu pai tinha falado da diáspora no Canadá de alemães menonitas que estavam fugindo da violência e da perseguição, mas ela pensava que ele estava falando apenas da Filadélfia. Ela não tinha ideia do quão difundido era o sentimento. Embora devesse ter adivinhado depois das experiências de hostilidade fria do pai em Montreal. Agora ela enfrentava, bem aqui nessa cidade, o que ela só podia definir como puro ódio. Não apenas contra alemães, mas, ela decidiu, alemães menonitas. A ironia não lhe escapava, pois, da mesma forma, se aqueles menonitas estivessem vivendo em sua terra natal, eles teriam se agarrado ao seu pacifismo e se recusado a lutar.

No instante seguinte, ela pensou em George. George, que foi contra a sua fé para lutar por seu país. Ah, George.

Foi com um misto de receio e desafio que Emma entrou no correio, embora fosse um dos únicos negócios que não exibiam uma daquelas placas discriminatórias. Ela entregou as cartas ao dedicado carteiro, que a olhou com desconfiança antes de baixar o olhar para as duas crianças.

— Nunca vi você por aqui.

— Acabei de chegar — ela empurrou as cartas no balcão. — Eu gostaria de alguns selos, por favor.

O agente do correio folheou as cartas enquanto uma curta fila se formava atrás dela.

— Japão, Singapura, Canadá — o homem anunciou, a voz alta o suficiente para o prédio inteiro ouvir. — E Alemanha — acrescentou ele, erguendo o olhar para o rosto dela, cheio de curiosidade truculenta.

Emma congelou. Ela não contaria a ele a quem tinha escrito.

— Provavelmente não vai chegar lá — disse ele, enquanto virava a carta e notava o endereço do remetente. — Embora eu veja que você está esperando uma resposta.

Houve um movimento e um suspiro alto atrás dela.

— Espere um pouco, Sra. Pedersen. Esta senhora está fazendo a correspondência dela viajar o mundo.

Houve um risinho que cessou imediatamente quando o agente acrescentou:

— Por qual motivo pode ser, só podemos arriscar um palpite.

Os olhos dele se estreitaram, sua expressão cheia de suspeita. Emma estava incrédula. Lá estava ela, com duas bebês – uma em um carrinho – e o agente achava que ela era uma espiã. Ela não pôde deixar de enrubescer. Ansiosa para disfarçar sua reação, ela enfiou a mão na bolsa e extraiu uma nota de um dólar. Em sua mente, ela não conseguiria sair do correio rápido o suficiente. Mesmo assim, o agente demorou um bom tempo para dar a ela o troco e encontrar os selos apropriados. Quando finalmente o fez e eles estavam fixados nos envelopes, ela se virou, passou por duas mulheres em fila, seus olhos fixos nela, e pisou na calçada consumida pela indignação. Ela jogou os envelopes na caixa de correio e marchou de volta para a pensão com Gladys quase correndo para acompanhá-la.

Quando chegou ao seu quarto, ela lentamente percebeu que a cidade tinha uma comunidade dinamarquesa proeminente, incluindo os Jensens, já que Pedersen certamente era um sobrenome dinamarquês. Certamente não eram os dinamarqueses que estavam cheios de animosidade? Deviam ser outros, os americanos locais. Ela estava ansiosa por esclarecimentos, mas não tinha ninguém a quem perguntar, pois parecia rude perguntar à Anna se o seu próprio povo desprezava os alemães.

Naquela noite, depois do jantar, enquanto arrumava as filhas para dormir, ela falou suavemente com elas em sua língua nativa. Ela estava ensinando a elas os rudimentos da língua em Kobe e, no caminho pela América, brincou com a ideia de desistir, pois não conseguia ver nenhum benefício verdadeiro, mas agora seu coração se enchia de rebelião e ela contou a elas, em alemão, contos de fadas antes que elas dormissem.

Na manhã seguinte, ela deixou Gladys no jardim com Edwin sob os cuidados de Anna e colocou Irene no carrinho para dar uma caminhada. Ela decidiu evitar o centro da cidade e, ao invés disso, desceu as ruas de trás. Talvez houvesse um parque ou, melhor ainda, uma igreja. Ela não tinha intenção de ir até a igreja luterana que tinha visto quando Hans a trouxe para Brush. Em vez disso, seguiu ao norte.

Não demorou muito antes que avistasse uma. Era uma igreja presbiteriana. Uma grande construção também, grandiosa para esta velha cidade decadente, e ela pensou em entrar antes de mudar de ideia na base dos degraus de pedra. Os presbiterianos não eram o seu povo, assim como os luteranos, embora, no humor em que estava, ela provavelmente teria entrado em qualquer igreja da cidade. Mas achou que deveria explorar todas as igrejas antes de se decidir, então continuou andando. Três quarteirões depois e ela pensou ter avistado uma igreja em uma rua lateral. Ela seguiu os seus instintos e, em menos de um minuto, estava parada diante de uma igreja congregacional. Dessa vez, ela decidiu entrar.

O pastor estava caminhando pelo corredor, em direção a entrada, quando ela entrou na nave com o carrinho de bebê. Ele a recebeu e ela se apresentou. Para a sua surpresa e prazer, ele era alemão. Ela reconheceu o sotaque de imediato. Havia um ar de familiaridade nos modos do pastor e ela se perguntou se ela ali que as antigas famílias menonitas haviam estabelecido a sua fé. Sua curiosidade foi despertada, mas ela tinha uma pergunta mais urgente nos lábios e ali estava a pessoa ideal para educá-la sobre a demografia de Brush. Ela explicou que tinha acabado de chegar e tinha visto placas de ódio nas vitrines das lojas.

O pastor a convidou para se sentar na ponta de um banco. Ele se sentou na ponta do banco à frente e, enquanto virava para encará-la, disse:

— Esta tem sido uma região de gado por gerações. Então alguns fazendeiros descobriram como a beterraba cresce bem por aqui e os migrantes alemães foram trazidos de Lincoln, Nebraska, para trabalhar nas plantações de beterraba. A safra foi tão bem-sucedida que a Great Western Sugar Company abriu uma fábrica aqui e outra em Fort Morgan. Os habitantes locais se ressentiram dos recém-chegados. Acontece geralmente.

— Mas muitos deles são dinamarqueses.

— Os dinamarqueses não têm problemas conosco. São mais os vaqueiros e valentões. Como eu disse, esta é uma terra de gado. Muitas décadas atrás, algumas famílias dinamarquesas vieram para cá para cultivar. Os alemães aqui trabalham para os dinamarqueses.

Ela entendeu então, as divisões sociais que forneciam solo fértil para o cultivo da animosidade. Pelo menos ela poderia se consolar sabendo que os Jensens não tinham problema com a sua descendência. Sophia sem dúvidas havia escolhido sua recomendação com sabedoria. Ela não teria colocado Emma e as garotas em perigo intencionalmente. Talvez isso também explicasse por que Hans não gostava de Brush, embora deva haver ódio similar em Fort Morgan.

— Você tem uma igreja adorável — disse Emma, mudando de assunto.

O pastor riu.

— Nós assumimos esta igreja depois que os presbiterianos construíram uma igreja maior mais perto da cidade.

Uma imagem da igreja em que ela tinha quase entrado passou por sua mente. Ela agradeceu o pastor pelo seu tempo, tomou nota da programação da missa e saiu.

Andando pelas ruas residenciais de Brush, Emma considerou aquelas placas antigermânicas como preconceitos tolos de mentes fechadas. Mesmo a recepção fria nos correios não deveria incomodá-la. Isso acabaria; com certeza acabaria um pouco mais a cada dia, agora que a guerra tinha acabado. As pessoas só precisavam seguir em frente. Enquanto isso, ela não tinha nada com o que se preocupar. Se alguém perguntasse, ela diria que nasceu na Filadélfia e era casada com um inglês.

UMA DOENÇA

O calor do verão se intensificou. Junho deu lugar a julho e a umidade aumentou. Tempestades aconteciam com frequência. À noite, quando todos na pensão se recolhiam para a cama, os vários ruídos do dia eram substituídos por um coro quase ensurdecedor de grilos e sapos. Emma fez chapéus para as garotas e só saía no frio da manhã quando havia poucas pessoas por perto. Quando os dias eram mais quentes, ela se sentava com as filhas no quarto e lia para ela em inglês e em alemão e continuava as aulas de alemão que tinha começado em Kobe, introduzindo vocabulário e ensinando a elas frases curtas.

Nas horas em que as garotas dormiam, Emma pegava sua caixa de madeira contendo a tapeçaria de seda, tendo decidido que se ela conseguia passar a seda pela urdidura em Singapura, onde os dias nunca eram frios, então ela conseguiria ali em Brush. Muitos meses se passaram desde que ela tivera o estado de espírito para as complexidades do ofício. Em Kobe, durante as rebeliões e a gripe, ela estava muito angustiada para ao menos tentar. Agora, ela se forçava, ansiosa para entrar no espaço sereno que apenas a atenção focada em uma atividade envolvente podia fornecer. Ela estava terminando um dos pássaros, as penas azuis escuras e fulvas retratadas nas finas linhas da seda, e o progresso era penosamente lento. O tempo passava rapidamente e as garotas logo se agitaram e Emma logo guardou a tapeçaria em sua caixa especial, pronta para o dia e o cochilo seguintes.

Durante as tardes, ela levava as garotas para o andar de baixo para brincar com Edwin na cozinha ou no jardim, e passava o tempo conversando com Anna sempre que ela não estava ocupada e não tinha mais ninguém por perto. Emma descobriu que Anna era uma alma amável e boa companhia. Anna se deliciava com as suas histórias de Singapura e Kobe. Quando Harold não estava na escola, ele se juntava às outras crianças de vez em quando, embora ele fosse uma criança temperamental e reclusa que preferia ficar sozinha em seu quarto com os seus trens. Anna disse que ele era obcecado por trens.

Carrie e Ben tendiam a passar a maior parte do tempo na sala de estar, lendo o jornal ou um livro, ou jogando cartas juntos. O hábito diário deles mudou quando, um dia, Jens levou para casa duas novas e confortáveis cadeiras de jardim para substituir o par frágil no qual ninguém se arriscava a sentar. Jens colocou as cadeiras em uma pequena área de concreto, embaixo da janela da cozinha que desfrutava da sombra do carvalho. De lá, o casal podia observar as crianças brincando na grama. Ben lixou e pintou uma velha mesa redonda para completar o cenário externo. Depois disse, o velho casal realocou suas atividades ao ar livre sempre que o clima estava favorável.

Um dia, em meados de julho, Emma e Anna estavam conversando na cozinha quando um grito repentino seguido por uma sucessão de baques interrompeu a conversa. Ben entrou correndo logo depois.

— Carrie foi picada.

— Uma abelha?

— Vespa.

Carrie entrou no cômodo segurando a perna.

— A maldita tentou subir pela minha saia.

Ela se sentou à mesa e olhou para a sua perna. Um pequeno inchaço vermelho era visível em sua pele. Cassie cuspiu nos dedos e passou na área.

— Você precisa lavar isso — disse Emma.

— Cuspe é bom. Sempre usamos cuspe.

— Café? — disse Anna.

A porta dos fundos se abriu e Gladys entrou correndo.

— Mamãe, Edwin não que me dar minha boneca.

Emma saiu e levou todas as crianças para dentro, o jardim parecendo repentinamente perigoso, por mais irracional que ela soubesse que era. Cassie e Ben foram para a sala de estar. Pensando ser sábio deixar a família em paz, Emma levou as garotas para o andar de cima.

Na manhã seguinte, quando as três mulheres estavam sozinhas na cozinha, Anna perguntou à sogra se a picada estava melhor e Cassie ergueu a saia. Emma se inclinou, aproveitando a chance para ver a sua perna. Ela logo viu que o local da picada estava inflamado e a panturrilha estava inchada. Ignorando a resistência dela, Emma colocou as costas da mão na testa de Cassie. Como suspeitava, ela estava com febre.

— Você precisa fazer alguma coisa a respeito dessa picada — disse ela, voltando a se sentar.

— É só um ardor. Eu vou ficar bem

— Provavelmente é melhor deixá-la em paz, Emma. Ela não gosta de ser importunada.

Claramente não, mas Emma já tinha lidado com muitos

pacientes teimosos. Ainda assim, ela decidiu que uma abordagem de observação e espera era sábia.

Naquela tarde, a perna e a febre pioraram. Ben, Jens e Anna concordaram com Emma que algo precisava ser feito.

— Eu vou ver um médico.

— Isso só vai acontecer na segunda, no mínimo. E é sábado.

— É só um dia de espera.

— Dois dias.

— Um e meio.

Perdendo a paciência, Emma se meteu:

— Ou você chama o médico neste instante ou você me deixa fazer algo a respeito dessa picada.

— E o que você vai fazer?

— Eu sou uma enfermeira, Cassie. Eu sei exatamente o que fazer.

— Pode ser, mas você não vai chegar perto da minha perna.

— Então, para ser clara, você pode morrer — ela se voltou aos outros em busca de apoio. — Vê aquela faixa? — Todos olharam para onde Emma estava apontando. — Uma pequena mancha vermelha tinha aparecido na pele dela, acima do local da picada. — Isso é veneno entrando na corrente sanguínea dela.

— Cassie — disse Ben com alarme — você deve deixar a Emma tratar você.

Cassie olhou para cima e viu os rostos resolutos de seu marido, filho e nora pairando sobre ela. Ela deu de ombros.

— Acho que vocês se juntaram contra mim.

Ben deu tapinhas no ombro dela. Cassie se virou para Emma.

— Você não vai lancetar?

— Vou usar emplastro — disse Emma de forma tranquilizadora. — Anna, eu preciso de pão, linhaça e mostarda. Muito sal e atadura.

Ao longo do resto da semana, a cada três horas, Emma trocava o emplastro de Cassie. Quando a segunda-feira chegou, o local da infecção apresentava uma melhora visível e Cassie, de sua resistência inicial, se transformou no mais plácido dos pacientes. Ela parecia gostar da atenção. Era bom ser útil e Emma estava satisfeita com o seu progresso. Nenhum médico seria necessário.

Emma achou irônico conseguir curar um paciente mas não conseguir curar a si mesma, embora sua participação semanal nas missas da igreja congregacional fornecesse paz espiritual. Emma havia se reconectado com a sua fé, pelo menos uma versão dela. A igreja era o único lugar fora da pensão onde tinha uma recepção calorosa, a congregação ansiosa para conhecê-la. Embora ela fosse reservada quando se tratava de fazer amigos. Ela não queria formar amizades em um lugar que estava destinada a deixar e não queria o resto de Brush a rotulando como alemã por associação. Os fiéis formavam uma mistura de jovens e velhos, muitos deles e de suas famílias trabalhadores rurais e, apesar de sua resistência, ela ganhou muito com suas palavras gentis e hospitalidade calorosa. Mas não era o suficiente. Ela não pertencia a Brush. Ela não tinha certeza de onde pertencia. O que ela sabia era que precisava receber respostas às suas cartas. Apenas através da comunicação com aqueles que mais importavam para ela era que conseguiria dar sentido ao seu futuro.

Foi somente no fim de agosto que ela começou a receber essas respostas. A primeira que chegou foi de Ernest. Anna passou o envelope pela mesa do café da manhã e todos os olhos se fixaram em Emma enquanto ela guardava, envergonhada. Ela esperou até estar no andar de cima, no silêncio do seu quarto, antes de abrir o envelope. Enquanto o fazia, ela imaginou a expressão no rosto dele quando abriu a carta que ela enviou. Quando descobriu que ela estava vivendo em uma pensão em Brush.

A carta era breve. Ele dizia que as exportações estavam diminuindo e Guthries estava decidindo se encerrava as operações no Japão. Ele estava preocupado em perder o emprego em pouco tempo. Não mencionava sua mulherzinha. Ele esperava que ela pudesse perdoá-lo. Ele sentia muitas saudades das garotas. Quando chegasse a hora, ele deveria ir buscá-la em Brush?

Ela respondeu de imediato, desejando-lhe bem. Escreveu sobre a casa da pensão, os Jensens e o companheiro de brincadeiras de Gladys, Edwin. Escreveu sobre o calor infernal. Não mencionou o sentimento antigermânico. Ela contou a ele que tinha encontrado uma igreja e estava estabelecida. Não respondeu à pergunta. Ela não o havia perdoado. Ela não sabia se o queria de volta, embora não gostasse da alternativa.

Ao invés de enfrentar outro interrogatório silencioso do correio, Emma pensou em usar a oportunidade de uma visita de Hans e Sophia para enviar a carta, já que Hans levaria ela e as garotas para um passeio em Sterling. Certamente em Sterling ela não seria tratada com suspeita. A irmã de Sophia tinha uma fazendo do outro lado da cidade, e de lá era apenas uma pequena volta até os correios.

À primeira vista, Sterling parecia mais aberta e agradável, embora as mesmas placas aintigermânicas estivessem penduradas em algumas vitrines pelas quais ela passou enquanto caminhava do carro até os correios. A recepção que recebeu do agente dos correios foi cordial, embora reservada, o homem gordo em seu uniforme apertado olhando-a como uma intrusa. Mas ela não tinha a palavra *alemã* escrita na testa ou qualquer outro sinal e o seu sotaque a ajudou na provação de comprar um selo para a carta para o Japão sem discussão. Com a carta enviada, ela foi capaz de aproveitar o dia na fazenda, observando as garotas correrem livres no espaço aberto e amplo do pátio com o caçula de Sophia, Arthur, e os gêmeos da irmã dela, Caleb e Edgar. E depois eles se deliciaram com uma variedade de sanduíches, carnes frias e vegetais em conserva e bolo. O passeio foi o ponto alto daquele verão.

Em setembro, Emma recebeu uma carta de Dottie. Cynthia e Ian haviam voltado para a Inglaterra e Dottie sentia muitas saudades da amiga. Novos vizinhos tinham se mudado para o antigo bangalô de Emma em Orchard Road e Dottie tinha encontrado a esposa exatamente da mesma maneira que conheceu Emma. A descrição despertou vívidas memórias e um toque de nostalgia. Lá estava ela, de volta a casa de Dottie, lanchando, usando as roupas usadas da amiga. No último parágrafo, Dottie dizia que tinha recebido notícias de Lizbeth, que estava de volta na Alemanha com Gustav para que ele pudesse fazer sua parte para ajudar a restaurar a economia. Eles estavam bem e aproveitando a vida ao máximo, ao que parecia. Dottie admitia que se sentia desolada agora que era a única que restava e ansiava pelos bons e velhos dias. Emma não tinha certeza se eram parecidas, mas então ela nunca tinha realmente gostado de lanchar na varanda.

Era uma carta tão deprimente, que Emma demorou algumas semanas para criar entusiasmo para escrever de volta. Parecia haver pouco sentido em manter a amizade, mas ela sempre tinha sido do tipo leal e Dottie parecia estar terrivelmente à deriva.

Tendo recebido cartas de Ernest e Dottie, Emma antecipou uma carta de Karin ou mesmo do tio Wolfgang, mas nenhuma chegou.

Em outubro, o calor havia diminuído e o outono trouxe dias ensolarados e agradáveis e noites frias. Emma mudou sua caminhada diária para o fim da manhã. Às quatro da tarde, o ar ficava frio e Anna começava a acender as lareiras. O ponto alto do mês foi uma pequena festa de aniversário que Emma e Anna organizaram para Gladys, que fez quatro anos. Sem querer abusar da hospitalidade de sua anfitriã, Emma não convidou os primos Harms; havia simplesmente muitos deles.

Irene fez dois anos em Novembro. Ela, também, teve uma pequena festa, Emma enfrentando as lojas de Brush para comprar uma lembrancinha. Para o aniversário de ambas as garotas, os Jensens foram generosos, Anna preparando um bolo e ela e sua sogra comprando presentes.

A vida não poderia ser melhor naquela grande pensão em Brush. Emma pagava a pensão todo mês e, por respeito, sempre mantinha uma certa distância da privacidade dos Jensens, porém cada vez mais ela se sentia parte integrante da casa, sempre conversando com Anna e Cassie, sempre lá durante as refeições. E, é claro, havia as crianças, um poderoso laço, especialmente por Gladys e Edwin se darem tão bem, exceto pelas brigas ocasionais. Irene caminhava ao redor deles, ficando a maior parte do tempo de fora das travessuras. Ela era uma criança menos obstinada do que a irmã, suas birras eram poucas, embora demonstrasse curiosidade por seus arredores, uma ansiedade para explorar e correr, se conseguisse.

O inverno cobriu o Colorado de neve e as noites eram menos do que congelantes. Apesar de se perguntar por quanto tempo permaneceria em Brush, a vida com os Jensens se tornava cada vez melhor e se tornou impossível considerar ir para qualquer outro lugar, especialmente quando o Natal se aproximava e todos se enchiam de alegria festiva.

No dia antes da véspera de Natal, um grande pacote chegou do Japão. Emma resistiu abri-lo, colocando-o com os outros presentes, que formavam uma pilha e tanto debaixo da árvore de Natal. O pacote a abalava. Toda vez que ela olhava para ele, era transportada para fora da bolha em que se encontrava e jogada na dura realidade de sua situação. Ela era uma mulher separada do marido, um marido que a traíra. Ela tinha duas filhas pequenas para cuidar e nenhum lugar para ir além de Brush. Toda a sua família estava morta, exceto por Karin, que estava muito longe, e George, seu irmão desaparecido. Se não fosse por aquele presente, Emma poderia ter se enganado achando que tudo estava bem em seu coração. Assim, nos dias seguintes, ela participou de tudo o que os Jensens haviam planejado, exibindo um sorriso pelo bem das filhas, mas a perda de seus pais e irmão e o fim do seu casamento, junto com a falta de resposta de Karin e a falta de notícias de George, deixou grande parte dela vazia e à deriva. Ao longo das festividades, Anna, que percebeu o humor de Emma, fez questão de alegrá-la, servindo vinho e boa comida. E, quando os presentes foram abertos, as garotas ficaram encantadas por cada uma ter recebido uma grande boneca do pai. Ele enviou para Emma belos tecidos japoneses, que ela considerou ser uma oferta de paz e, quando subiu para o seu quarto, prontamente os guardou em seu baú. De todo, Emma se sentia grata a Anna, a toda família Jensen e, até certo ponto, a Ernest. Durante todo o Natal, ela se deixou ser paparicada, derramando uma lágrima apenas no silêncio de seu quarto no escuro.

O CENSO

Janeiro, e era tarde da noite quando Emma acordou no frio, em sua cama, ao som de um trem de carga passando pela cidade. Ela puxou as cobertas até os ombros e se deitou de lado. O barulho continuou até o último vagão passar pelo fim da Custer Street e o som lentamente desapareceu, deixando o silêncio para trás. Na cama contra a parede, Gladys dormia profundamente. Nenhum murmúrio de Irene.

Emma puxou as cobertas até o queixo e entrou em sintonia com as respirações suaves das filhas, seus pensamentos vagando todo o caminho até Kobe, até Ernest, adormecido em outra cama, com sua intérprete, sem dúvidas.

Para se livrar da imagem, Emma imaginou os outros na cama, dormindo profundamente, especialmente Anna, no quarto do outro lado do corredor. Emma gostava de pensar em Anna. Sempre que o fazia, ela se sentia melhor em suas circunstâncias. A amizade delas havia florescido durante o Natal e Emma pensava na amiga com muito carinho. Ela encontrou em Anna alguém em quem podia confiar e não tinha escrúpulos em revelar seu passado, sua descendência, suas histórias na Filadélfia e em Londres e o que ela lembrava da Alemanha. Era um alívio compartilhar a verdade e tornar o fardo de ser alemã no Colorado menos pesado.

Anna era compreensiva, ela sabia, e aprovava que Emma ensinasse alemão às filhas. "De que outra forma elas vão saber quem realmente são?", dizia ela. A sua sogra, Carrie, também era solidária. Anna disse que Carrie tinha tentado ensinar aos meninos um pouco de dinamarquês, mas eles não se interessaram muito. "Eles são verdadeiros americaninhos, aqueles dois", Anna gostava de dizer. Emma não tinha nenhuma intenção de criar as filhas como "verdadeiras americaninhas"; não se isso significasse que elas cresceriam odiando a própria descendência.

O sono veio eventualmente e quando ela acordou de novo já era dia. Irene estava sentada em seu berço e Gladys se virou e esfregou os olhos.

— Vamos lá, vocês duas — disse Emma, afastando as cobertas e pegando o seu roupão. Ela podia ouvir Anna na cozinha, vozes baixas, o som de água gorgolejando pelos canos.

Ela vestiu as garotas e as levou com ela até a pia para cuidar delas enquanto se lavava. Depois vestiu a roupa que usou no dia anterior. Era a mesma rotina todos os dias, a única mudança era a estação. Era janeiro e, enquanto abria as cortinas, ela viu que mais neve havia caído durante a noite.

Quando saiu do quarto para tomar o café da manhã, ela encontrou o Sr. Parson descendo as escadas com uma mala. O seguindo, com as garotas atrás dela como um par de patinhos, ela viu outra mala perto da porta da frente. Ela não fazia ideia de que ele estava indo embora. Um comerciante, ele ia e vinha, se hospedando com os Jensens sempre que estava na área. Desta vez, Anna não tinha mencionado sua partida e Emma estava surpresa, pois Anna com frequência contava a Emma quem estava chegando e quem estava indo, de quem ela gostava e de quem não gostava, e de quem ela suspeitava. Ela gostava especialmente do Sr. Parson. Enquanto Emma apressava as garotas para a sala de estar, o Sr. Parson estava logo atrás dela e ela o cumprimentou com um caloroso "bom dia".

— Bom dia para você, Emma. E é uma manhã fria.

Eles se sentaram diante da refeição de costume e, enquanto comiam seus grãos e ovos, muffins e café, Anna anunciou que a casa receberia um novo hóspede naquela mesma tarde.

— Sr. Short é o nome dele — Anna olhou para Carrie. — Antes que pergunte, mamãe, eu não sei nada sobre ele, exceto que ele é da Geórgia. Ele parecia ser muito legal no telefone.

O Sr. Short chegou ao pôr do sol. Ele trouxe consigo uma lufada de ar gelado quando entrou no corredor. Emma estava no degrau, prestes a descer as escadas, e sentiu aquele ar gelado girar em torno de suas pernas. Ela se arrepiou involuntariamente e caminhou suavemente para fechar a porta do seu quarto antes de voltar ao degrau como uma espiã.

O Sr. Short era, na verdade, muito alto e exibia uma barba que escondia grande parte de seu rosto. Suas sobrancelhas eram grossas, seu cenho carregado. Seus olhos – pequenos e escuros – eram bastante observadores e ele lançou um rápido olhar a Emma, que congelou. Ele tinha uma idade indeterminada, mas, se Emma tivesse que adivinhar, diria que ele tinha uns quarenta anos. Ela se viu recuando na sua presença, mas Anna não parecia incomodada por seus modos rudes e apressados. Enquanto ela o conduzia para o antigo quarto do Sr. Parson, Emma retornou ao seu, sua mente cheia de receios.

O jantar naquela noite foi melancólico. A família estava sentada junta de um lado da mesa como de costume. O Sr. Callier, o fotógrafo, um homem tímido e sensível que tinha voltado para fotografar a neve de inverno do Colorado – ele estava indo para Rockies mas ficou encantado pelos montes de neve nas planícies e prolongou sua estadia – estava sentado em seu lugar usual, o que significava que estava ao lado do Sr. Short. O Sr. Callier não parecia confortável estando tão perto, embora Emma pudesse ter imaginado a reação dele. Emma estava sentada de frente para a família, com Gladys de um lado e Irene do outro. Não era um arranjo feliz. A pobre Irene estava sentada entre Emma e o novo hóspede. Emma não gostava nem um pouco da proximidade do Sr. Short e teve que controlar a vontade de puxar a cadeira de Irene para mais perto da sua.

Ben tentou puxar conversa com o novo hóspede.

— Anna me disse que você é da Geórgia. Qual a sua linha de trabalho?

— Vendas, já que perguntou. Na verdade, não é da conta de ninguém, apenas minha.

Ben ergueu as sobrancelhas. Carrie arfou suavemente. Jens tinha acabado de abrir a boca para falar quando Anna colocou uma mão em seu braço e ele encolheu em sua cadeira. Ninguém parecia saber o que dizer depois daquilo. O resto da refeição foi consumida em silêncio.

Na manhã seguinte, Hans buscou Emma e as garotas para passarem o dia em Fort Morgan. Era uma ocorrência rara e Emma estava ansiosa por isso. A neve a tinha impedido de passar o Natal ou o Ano Novo com os seus primos e essa era a primeira oportunidade desde então. Era o sétimo aniversário de Louisa e Emma havia comprado uma pequena boneca de presente, forçando-se a ignorar a placa ofensiva pendurada na vitrine da loja de brinquedos. Todos os lojistas tinham escolhido deixar aquelas placas antigermânicas em suas vitrines, apesar de ser 1920. O perdão não parecia se manifestar em Brush, não quando se tratava da guerra. Emma fez o seu melhor para ignorá-las.

A casa dos Harms tinha um ar festivo, com balões pendurados na porta da frente e serpentinas coloridas na caixa de correio. Junto com os seis filhos de Sophie e Hans, outras quatro crianças pairavam ao redor de uma Louisa vestida lindamente. Elas formavam um grupo de cinco garotas risonhas.

Havia geleia, biscoitos, pão de gengibre e todos os tipos de guloseimas espalhadas na mesa da sala de jantar. Com todos os convidados presentes, Sophia começou a mandar as crianças se sentarem. Hans e Sophia tinham organizado alguns jogos entre a comida da festa e o bolo de aniversário. Os adultos ficaram para trás e deixaram as crianças se divertirem, intervindo apenas quando surgiam problemas ou um acidente parecia provável. Sophia apresentou Emma a alguns deles, mas Emma não lembrava de todos os nomes. Quando a brincadeira acabou e Hans conduziu as crianças para a sala de estar para jogarem cabra-cega, Emma se viu escutando uma conversa. Um dos casais estava discutindo sobre onde reservar o jantar de aniversário de casamento. Outros estavam fazendo recomendações.

— Já tentou Glenda's? — disse alguém.

— Não podemos ir lá. Lembra?

Houve murmúrios de descontentamento.

Sophia, que tinha ido até Emma, virou para ela e disse:

— Alemães não são permitidos nesse restaurante.

A atitude antigermânica era prevalente em Fort Morgan também? A guerra tinha acabado. Por que, oh, por que os habitantes locais não desistiam?

— Eu pensei que as coisas estavam se ajeitando — disse uma mulher robusta e gentil.

— Queria que fosse verdade — disse a mulher alto ao lado dela. — Meus meninos foram expulsos da sala de aula semana passada só por dizerem "Guten Tag".

Um arquejo de descrença percorreu o grupo.

— Isso é ultrajante — disse a mulher robusta.

Os homens concordaram ao mesmo tempo.

— Algo tem que ser feito.

— Devemos nos manter firmes.

— E fazer o quê? Lutar?

Sophia interrompeu oferecendo mais ponche de frutas e bolo. Os humores melhoraram instantaneamente, todos percebendo que estavam se deixando levar e uma festa de aniversário dificilmente era o lugar para discutir tal tópico. Depois dos jogos veio o bolo e depois era hora de Emma ir, já que Hans queria estar em casa antes de escurecer.

Emma saiu da festa com uma inquietação insistente. O problema estava se formando, ela podia sentir isso na vizinhança. Os habitantes locais estavam ansiosos por uma briga.

O grupo do almoço no dia seguinte era pequeno. Jens estava no trabalho, o Sr. Callier e o Sr. Short tinham saído e Ben estava passando o dia ajudando um velho amigo da escola a limpar sua cabana. Na metade do seu sanduíche, Anna murmurou um pedido de desculpas e saiu da sala. Quando voltou, entregou uma carta à Emma. Vendo o selo de Montreal, Emma abriu o envelope imediatamente. Suas mãos estavam tremendo. Era do tio Wolfgang. Ela achou que seria uma resposta tardia a sua carta, mas não era. Dobrada dentro do envelope tinha outra carta com um selo da Alemanha. Ela virou o envelope e viu que era de Karin. O endereço era diferente do que ela usou quando escreveu à sua irmã em junho. Ela devia ter se mudado. Ela estava desesperada para abrir a carta, mas, sob os olhares curiosos de Anne e Carrie, desistiu.

Anna, sempre discreta, saiu para pegar mais café.

— Mamãe — disse Gladys — eu quero sair da mesa.

— Não é assim que se pede permissão.

— Posso sair da mesa, por favor?

— Vá para a sala de estar com Edwin. E leve Irene com você.

Feliz por não ter sua tensão observada pela filha, Emma afundou-se em sua cadeira. Ela passou o resto da refeição conversando amenidades com Carrie e Anna. Quando finalmente foi possível sair da mesa, ela checou as crianças, que estavam brincando felizes, e depois subiu as escadas correndo e abriu a carta.

A letra de Karin era pequena e amontoada. Emma não estava acostumada a ler alemão. Ela se concentrou nas palavras, percebendo enquanto lia que a carta era a resposta à uma que p seu pai tinha enviado semanas antes de morrer. Karin não sabia de seu falecimento. Ela também não tinha notícias de George. Desapontada, Emma escreveu de volta. Karin merecia receber as notícias tão rápido quanto possível e Emma não podia assumir que o tio Wolfgang havia contado à ela. Enquanto escrevia, ela tentou imaginar sua irmã, mas não fazia ideia de qual era sua aparência agora, depois de todos esses anos. Uma nova ideia se formou em sua mente enquanto escrevia e, quando finalizou a carta, prometeu visitar Hamburg quando fosse possível, acrescentando que agora que elas não tinham pais nem Herman, deveriam se unir como irmãs, ao menos pelo bem das crianças. Ela esperava que Karin já tivesse recebido notícias de George. Ela devia ter. A guerra acabou há um ano. Ela colocou a carta no envelope, selou a aba e escreveu o endereço correto de Karin na frente e o seu, em Brush, atrás.

Ela desceu correndo as escadas e perguntou a Anna se ela se importaria em cuidar das garotas enquanto ela saía.

— Está frio lá fora.

— É apenas uma incumbência.

Emma subiu correndo de novo, pegou seu casaco, chapéu, cachecol e luvas e passou pela porta e se apressou pela rua antes de pensar no agente dos correios. Primeiro, as necessidades, ela disse a si mesma.

A neve acumulava-se dos dois lados da rua. O ar frígido

picava seus pulmões. Ela puxou o cachecol até o rosto, cobrindo a boca e o nariz. Sem querer ficar fora por mais tempo do que precisava, ela foi pela rota mais curta, passando pela casa com o cachorro perverso, apressando seu passo ainda mais enquanto passava, tomando cuidado para não escorregar nas partes molhadas do pavimento, grata pelo animal não estar por perto.

Quando chegou aos correios, ela parou para recuperar o fôlego, tirando o cachecol do rosto enquanto entrava no lugar quente e mofado e começava a suar. Os correios estavam vazios e o agente estava atrás do balcão, parecendo tão profissional quanto sempre.

— Boa tarde, Sra. Taylor.

Ela ficou chocada por ele saber seu nome e não se incomodou em esconder isso. Ele parecia satisfeito por ela estar chocada. Então ela percebeu que ele provavelmente sabia os nomes de todos em Brush.

— Eu quero enviar isso, por favor.

Ela passou a carta sobre o balcão. O agente olhou o envelope com suspeita.

— Para a Alemanha? De novo?

— Por que não?

— Temos muitos alemães nessa cidade, Sra. Taylor. E sabe o que mais? Nenhum deles escreve para a Alemanha. Nenhum. Agora, por que você acha que isso acontece?

Porque eles teriam a recepção que estou tendo agora, ela pensou, mas não disse. Sem dúvidas eles enviavam suas cartas de Fort Morgan ou Denver... qualquer lugar, menos aqui.

A suspeita nos olhos dele se transformou em hostilidade evidente.

— Quem é você, Sra. Taylor? Ou, para dizer de outra forma, *o que* é você?

Ela se indignou imediatamente.

— Eu sou uma esposa e uma mãe, esperando meu marido

britânico encerrar as operações no Japão e buscar a mim e suas filhas. Voltaremos para a Inglaterra, de onde viemos — era uma mentira. Ela não tinha intenção alguma de voltar para Ernest, mas, enquanto falava, ela percebeu que poderia ser sua única forma de escapar de Brush. E então ela poderia visitar Karin, como prometeu em sua carta.

O agente deu a ela um olhar cético.

— Isso é verdade?

— Por que diabos você duvidaria de mim?

— Você ouviu falar de Mata Hari.

A indignação a tomou.

— Não sou nenhuma Mata Hari! — disparou ela. — Você vai postar a carta ou não?

Ele pesou o envelope para calcular o preço. Ela passou as moedas sobre o balcão. Ele empurrou a carta e o selo para ela como se fossem tóxicos.

Ela os pegou, se virou e saiu do prédio, jurando nunca mais postar uma carta lá de novo.

Uma semana depois, ela recebeu outra carta de Ernest. Ela ficou surpresa por recebê-la, já que não tinha respondido a última. Não havia frases doces de carinho e ela ficou feliz por isso, pois seriam incomuns da parte dele e, portanto, falsas. Nenhum apelo desesperado para que ela voltasse a Kobe também. Não que ela esperasse isso. Lendo as palavras dele, a situação no Japão não parecia boa. Ele dizia que as exportações haviam caído e que Guthries continuava a encerrar operações. Muitos empregados foram enviados para outros lugares. Como gerente de exportações, ele não podia deixar seu posto, mas achava que não demoraria para que a empresa desistisse de vez. Ele sentia saudades dela, ele dizia, sentia saudades das filhas e não queria nada mais além de vê-las de novo. Então veio o pedido de desculpas, a garantia de que tudo estava acabado com a sua tradutora e que ele nunca mais seria tolo de novo. Por favor, ela não consideraria voltar para ele?

Ela guardou a carta, colocou de volta no envelope e guardou no bolso do seu cardigã. Ela não o tinha perdoado e não sentia saudades dele e certamente não o amava. Ela também sabia que não poderia ficar em Brush para sempre. Mas ela não tinha para onde ir. O mundo estava catando os cacos depois da guerra. Ela não tinha recebido notícias de George e nenhuma forma de se comunicar com ele. Se ela rejeitasse Ernest, o único lugar para onde poderia voltar era a Alemanha. Jogar-se à mercê de sua irmã. Pelo menos ela tinha o seu sangue. Ela esperava que Karin respondesse sua carta assim que a recebesse.

No caminho para a igreja congregacional naquela noite, enquanto caminhava pelas ruas residenciais mal iluminadas, ela passou por dois homens que falavam alto e estavam bêbados, apesar da proibição. Eles não a notaram, e uma vez que havia passado por eles, ela se apressou. Quando alcançou a esquina, escutou gritos e olhou para trás. Os dois homens – valentões – estavam atacando outro homem e xingando-o, xingamentos em alemão, insultos.

Ela dobrou a esquina correndo, com medo das repercussões caso chamasse atenção para si. Quando chegou à igreja, estava tremendo.

Ela conseguiu reganhar a compostura enquanto entrava no prédio, sentando-se em um banco na parte de trás, muito para a surpresa do pastor, que percebeu seu olhar com um breve sorriso. Outros chegaram, deixando entrar uma lufada de ar frio. Logo, a congregação se levantou e cantou um hino. Depois o pastor falou sobre amar o próximo e dar a outra face e se agarrar ao perdão. Era uma missa incomum. Havia um tom cauteloso nas ministrações. Outro hino, uma leitura da Bíblia, orações e a missa chegou ao fim.

Enquanto os outros saíam e entravam no ar frio da noite, ela abordou o pastor e contou a ele o que aconteceu.

Ele olhou para ela gravemente e disse:

— Aconselho a não vir à missa da noite de novo, Sra. Taylor. Não a pé.

— As coisas estão ruins?

O humor em Brush havia piorado desde o Natal e a chegada do Sr. Short, embora ela tenha decidido que era coincidência.

O resto dele ficou sombrio.

— A tensão está aumentando. Falam de um novo grupo se mudando para a área. Você deve ter ouvido falar deles. A Ku Klux Klan.

Ela tinha. Eles eram a praga dos estados do sul.

— Eu pensei que eles só tivessem como alvo os negros.

— Eles agora têm uma campanha mais ampla em mente.

— Alemães — disse ela categoricamente enquanto as engrenagens se moviam em sua mente. O Sr. Short era da Geórgia.

— Eu temo que sim.

— Mas os alemães não têm culpa da guerra.

— Não é possível argumentar com as forças do ódio. Eles estão se aproveitando da situação aqui. Essa cidade tem sido dividida por tempo demais.

— O que podemos fazer?

— Devemos orar e ser firmes em nossas crenças.

Ela caminhou apressada pelas ruas secundárias até a pensão. No caminho, não achou que orações e crenças firmes ajudariam se aqueles agressores se voltassem contra ela. Quando viu os dois valentões vadiando na esquina de uma rua lateral, ela praticamente correu de volta para a pensão, dizendo a si mesma que ninguém além dos Jensens sabia que ela era alemã, nem mesmo o agente dos correios e, enquanto fosse esse o caso, ela estava segura.

Durante a última semana de janeiro, a nevasca manteve as tensões nas ruas sob controle. Na pensão, Emma se sentia relativamente segura, embora a presença do sisudo e ameaçador Sr. Short significasse que ela não podia relaxar completamente. Na terça-feira daquela semana, Jens anunciou depois do jantar, quando todos estavam reunidos na sala, que era hora de preencher o formulário do censo. Ele tinha o formulário bem diante dele, a caneta na mão. Emma estava pronta com as suas respostas. Ela esperava ir por último, mas Gladys tomou a Raggedy Ann de Irene e Irene começou a chorar e a pedir de volta. Emma tomou a boneca de Gladys, pegou Irene e segurou-a com firmeza. Gladys começou a chorar e puxar o vestido da mãe. Exasperada, Emma rosnou para a filha. Jens olhou e, examinando a situação, pediu as informações de Emma.

Emma tentou dizer a ele as respostas para suas perguntas, apesar das reclamações de Irene. Então Edwin começou a bater em Gladys e o caos se formou entre as crianças. Acima da comoção, Emma rapidamente disse a Jens a idade dela e das filhas. Quando chegou a hora de dizer onde nasceram e suas nacionalidades, Irene puxou o cabelo da mãe e bateu em seu pescoço. Envergonhada, Emma deu um tapa suave na filha. Irene usou isso como desculpa para chorar a plenos pulmões.

— Aquiete-se, Irene — sibilou Emma. Irene não deu atenção.

Anna interveio e disse acima da confusão:

— Emma é alemã.

Os adultos congelaram. Emma ficou estupefata. Ela havia confiado aquela informação a Anna, nunca esperando que a mulher fosse soltar a língua. Embora ela estivesse apenas sendo honesta. Emma nunca deveria ter se aberto com ela. Ela deveria ter mantido a história que sempre contava, que nasceu na Filadélfia, de pais alemães. Ela estava prestes a contradizer a afirmação, mas qual era o sentido em fazer isso, se era a verdade e Anna, pelo menos, sabia disso.

A situação foi de mal a pior quando, olhando para o formulário, Anna acrescentou:

— A Alemanha é o país de origem dela. E os pais são alemães.

— E as crianças? — disse Jens, sem erguer o olhar.

— Pai da Inglaterra e inglês. Mãe alemã e da Alemanha.

— Entendi. Que língua elas falam?

Gladys, naquele momento, decidiu gritar:

— *Hör auf damit.*

Emma lançou a ela um olhar de censura e Gladys instantaneamente ficou quieta. Irene continuou a berrar. Emma desejou a Deus que nunca tivesse ensinado alemão às garotas.

— Então, todas elas falam alemão? — disse Jens.

— Correto — disse Anna.

— Mas eu também sou súdita britânica — disse Emma, defensivamente. — Casada com um cidadão britânico.

— Isso não conta.

O Sr. Short, que estava sentado na outra ponta da mesa durante toda a confusão com a cabeça inclinada como se estivesse examinando suas unhas, ergueu os olhos e lançou a Emma um olhar cheio de ameaça e ódio.

Emma tirou as filhas da sala, oferecendo um rápido pedido de desculpas pelo comportamento delas enquanto fechava a porta. O tremor só começou quando ela estava sozinha em seu quarto com suas duas filhas beligerantes. Ela poderia tê-las esganado, mas elas eram apenas crianças e não faziam ideia do problema que tinham causado. Ela trancou a porta. Ela teria construído uma barricada se pudesse.

Dali em diante, ela teria que dormir sob o mesmo teto que um membro da Ku Klux Klan, sabendo que era um alvo de sua ira. Ela queria fugir e teve que se controlar para não começar a fazer as malas.

TODOS SOB UM ÚNICO TETO

Durante a maior parte do ano, Emma residiu em Brush com resignação e, às vezes, com severa determinação, sua existência enfadonha temperada com a hospitalidade de sua amizade com Anna e o conforto de saber que o seu primo e sua família estavam há apenas uma estação de trem em Fort Morgan. Na noite do censo, aquilo mudou. Antes da noite do censo, Emma podia andar pelas ruas com a cabeça erguida como uma americana, afastando de si o sentimento antigermânico da cidade. Não mais. Nas semanas que se seguiram, graças à traição inadvertida de Anna, olhos a seguiram, expressões vazias se transformaram em carrancas e vizinhos cruzavam a rua em vez de passar por ela. A notícia de sua verdadeira nacionalidade rapidamente se espalhou e ela suspeitava que o Sr. Short estava por trás disso. Ela não tinha provas, se é que haveria provas, mas seus instintos eram fortes. Estar sob o mesmo teto que aquele homem era uma provação. Depois daquela revelação fatídica, à mesa de jantar ele não dirigia uma palavra a ela. Se ele queria o sal e ela o tivesse, ele pediria a Anna em vez disso.

O jornal local começou a noticiar a presença crescente do Klan em Brush e Fort Morgan. O nome do Sr. Short nunca era mencionado. Mas Emma supôs que ele tinha muito a ver com toda a fomentação de malícia na comunidade.

Na primavera, a percepção aguda do Sr. Short se provou um desgaste psicológico. Desde que ele tinha chegado na casa nos Jensens, a atmosfera na pensão parecia tensa, mas com sua clara animosidade em relação a ela, ela só conseguia relaxar na casa quando ele estava fora e começou a passar a maior parte do tempo em que ele estava lá se escondendo no quarto, tentando tirá-lo da mente entretendo as garota ou, quando elas estavam dormindo, trabalhando em sua tapeçaria.

O que tinha começado como uma atividade desafiadora em Singapura, tornou-se mais do que um passatempo e mais do que uma distração. Agora, tecer aquelas finas linhas de seda transformou-se em pequenos atos de desafio, uma afirmação de quem era ela, uma mulher bem-viajada com muitas habilidades, uma enfermeira treinada, uma mãe amorosa e uma boa cristã.

Mas frequentemente ela falhava em manter sua mente focada na tarefa. Seus pensamentos eram muito intrusivos. Emma não conseguia entender por que Anna decidiu revelar de onde ela realmente era. Como poderia ter escapado de sua atenção que a cidade estava cheia de animosidade contra os alemães e que o Sr. Short era um encrenqueiro? Não tinha. Então por que ela havia divulgado o segredo de Emma? Por que sacrificar a amizade delas, que até então tinha florescido pétala por pétala como uma linda rosa, provando ser o único bálsamo que Emma tinha nesse período tão difícil de sua vida. Era muito cruel para imaginar.

Emma não tinha provas de que o Sr. Short era um membro do Klan, mas suas suspeitas nunca desapareceram. E ela estava paralisada. Ela não tinha e não iria divulgar suas suspeitas a Anna. Ela não queria criar conflito. As coisas estavam estranhas o suficiente na hora das refeições, quando ela era forçada a ficar na presença dele. E, além disso, Anna, muito para o desgosto de Emma, havia sucumbido ao encanto meloso que o Sr. Short despejou sobre ela e Carrie. Emma sabia que se falasse dos seus receios, ela sairia como errada, não o Sr. Short.

Ele dava a ela o tratamento de silêncio durante as refeições, mas, se eles se cruzassem no patamar e ele via que não tinha ninguém por perto, fazia piadas maldosas e gestos exagerados de evasão. Sem ter para onde ir, tudo o que ela podia fazer era aguentar e esperar, com esperanças de que, mais cedo ou mais tarde, o Sr. Short fosse embora.

Foi o Sr. Callier quem se foi, vagando o quarto no começo de março. Ele foi substituído pelo Sr. Vickers, um trabalhador da Louisiana que tinha um sotaque forte e um físico robusto. Seus modos eram taciturnos e ele raramente falava.

Emma não fazia ideia se os dois homens se conheciam. Eles evitavam interagir um com o outro à mesa de jantar, embora sua presença gêmea na hora das refeições deixasse o clima da casa sombrio. Não houveram mais tentativas do Sr. Short de ser encantador. Ben e Carrie começaram a comer com as cabeças baixas. Até as crianças foram subjugadas. Muitas vezes Emma pegou Anna olhando para Jen e rapidamente olhava para o seu prato.

A situação tensa chegou ao auge no fim de março, enquanto os hóspedes consumiam o frango assado de Anna. O Sr. Short, tendo devorado metade da comida em seu prato, virou o rosto para Emma, esperou até capturar a atenção dela e disse:

— Benjamin Franklin foi um bom homem, não acha, Sra. Taylor?

Ela ficou chocada por ele escolher falar com ela.

— Eu não saberia dizer — disse ela, seu coração começando a bater forte.

— Ele sabia o que era certo para a América — ele fez uma pausa para causar efeito. — Mais importante, *quem*.

Anna abriu a boca para falar. Jens colocou uma mão no braço dela e ela afundou-se em sua cadeira. Os olhares voavam nervosamente de Emma para o Sr. Short. Emma não entendeu o que ele quis dizer, mas ela suspeitava que tivesse algo a ver com alemães.

Ele continuou.

— Não concorda, Sra. Taylor? Benjamin Franklin é o que esse país precisa. Certamente você pode me responder, Sra. Taylor? Se é que este é o seu nome — ele fez outra pausa, olhando para os outros como se para conquistar a audiência. O Sr. Vickers largou o garfo e olhou fixamente na direção de Emma. O sr. Short continuou: — Me diga qual é o seu verdadeiro nome, Sra. Emma Taylor. O nome com o qual nasceu.

Ela olhou para seu prato, recusando-se a encontrar aqueles olhares hostis, relutante em dizer seu nome de solteira.

— Porque a mulher não responde! — Ele bateu uma mão na mesa. As louças quicaram e tilintaram. Carrie arfou. Gladys choramingou e Irene começou a chorar.

— Sr. Short, eu acho que já basta — disse Jens. — Você está perturbando a mesa. Nos deixe desfrutar da comida que a Sra. Jensen preparou para nós.

Emma ergueu o olhar. Por um breve momento, o Sr. Short parecia estar prestes a explodir. Então ele relaxou em sua cadeira, evidentemente mudando de ideia, satisfeito por ter causado tumulto suficiente por um dia.

— Como quiser — disse ele para Jens. — Minhas desculpas. Eu só achei que a família gostaria de saber quem eles têm dormindo sob o seu teto.

— Nós já sabemos, Sr. Short.

— Eu duvido — disse o Sr. Vickers com escárnio.

Emma teve que controlar o impulso de se levantar e sair da sala. Sem apetite, ela se concentrou em garantir que as filhas terminassem a comida em seus pratos. Assim que conseguiu, foi para o andar de cima, conduziu as meninas para o quarto e trancou a porta atrás de si.

Ela estava consumida com o impulso de fugir de novo, assim como tinha feito em Kobe, mas não tinha para onde correr. Não havia ninguém na América, ninguém na Inglaterra e nada a faria voltar para Kobe. Sua única esperança era uma carta de Karin, uma carta que ela esperava receber, uma carta de boas-vindas, um convite. Quanto custariam as passagens? Emma verificou seu saldo bancário. Ela contou até mesmo as moedas em sua bolsa. Ela precisava se preparar.

Depois que as crianças dormiram, ela orou. Orou por direção, orou por proteção, orou por libertação. Ela orou e orou até que todas as suas orações fossem gastas.

Naquela noite, ela acordou assustada. Ela ouviu o barulho do trem de carga e pensou que talvez aquilo a tivesse acordado, já que tudo estava quieto na casa. Ela pensou que conseguia ouvir os roncos do Sr. Vickers através na parede adjacente, uma parede que parecia a ela fina demais para o seu conforto.

Ela se virou e deitou de lado, olhando para o escuro. O apito do trem soou. Na vigília do barulho estridente, perto da porta, ela distinguiu uma forma ressaltada por raios tênues de luz cinza. À princípio, ela pensou que seus olhos estavam pregando uma peça, até que a forma se tornou mais distinta e ela se viu encarando a figura de um homem, um jovem. Ela prendeu a respiração, transfixada. Um segundo depois e o rosto lentamente se fundiu ao preto da porta e se foi.

Ela exalou longa e lentamente, consciente das fortes batidas de seu coração. Para começar, ela estava assustada. Mas aquele sentimento logo deu lugar a uma mistura esmagadora de amor e compaixão.

Sua mente se debruçou sobre a experiência. Ela nunca tinha visto um fantasma antes, mas não acreditava que o que tinha visto era de fato um fantasma. Mais uma visão de algum tipo, uma presença. Uma alma benevolente? Um anjo? George? Não, não poderia ter sido ele, certamente. Se George tivesse vindo a ela sobrenaturalmente ela teria sentido tristeza, luto. Enquanto deitava no escuro, no silêncio, ela tirou um estranho consolo do evento sobrenatural, na análise final acreditando que suas orações tinham sido atendidas; que ela estava sendo protegida e, o que quer que acontecesse, ela e as filhas ficariam seguras. Tão momentânea foi a experiência que, depois de um tempo, ela começou a duvidar de que tinha acontecido.

Ela se virou de costas e a cama rangeu. Irene se agitou e se virou. Gladys não se mexeu. Emma fechou os olhos e se obrigou a voltar a dormir.

Os dias se arrastaram. Gladys pegou uma gripe de Edwin e passou para Irene. As garotas estavam fungando, tossindo, choramingando e de mau humor. Emma manteve as duas aquecidas, alimentadas e presas no quarto. De vez em quando, corria até a cozinha para pegar uma bebida. Lá, ela encontrava Anna e as duas trocavam algumas palavras hesitantes antes de Emma voltar correndo para o andar de cima, não querendo deixar as garotas sozinhas um segundo a mais do que o necessário.

No momento em que ficaram bem, ela ligou para o primo. Ela estava desesperada para sair de Brush, ao menos por metade de um dia. Sophia respondeu, parecendo um pouco sem fôlego. Emma prestou atenção ao barulho de fundo, mais uma comoção de baques e guinchos agudos.

— Espere um segundo — disse Sophia e tudo ficou repentinamente quieto.

Houve uma longa pausa.

Então Emma ouviu a voz de Sophia de novo. Depois de uma troca de gentilezas, Emma disse:

— Eu esperava ir visitá-los.

— Nós adoraríamos. Hans tem que ir a Brush amanhã de manhã. Posso mandá-lo pegar você?

Pela primeira vez em semanas, Emma sentiu uma onda de animação em sua barriga. Ela foi rapidamente afastada pela aparição inesperada do Sr. Short.

Na manhã seguinte, Emma e as garotas acordaram, se vestiram e se prepararam para o passeio antes do café da manhã. Emma sentou na beirada da cama com Irene em seu colo e Gladys ao seu lado enquanto escutava por movimento no andar de baixo. Ela passou a evitar o Sr. Vickers e o Sr. Short adiando o café da manhã até ouvir a porta da frente se fechar. Então ela espiava pela janela para confirmar que eles haviam saído de casa. Assim que a área estivesse limpa, ela conduzia as meninas para fora do quarto e descia antes que Anna limpasse as louças do café da manhã. Havia uma linha fina entre café da manhã gelado e escasso e nenhum café da manhã, caso os homens saíssem tarde. Dessa vez, eles saíram cedo e, quando Emma entrou na sala de jantar, encontrou Anna ainda comendo torrada e sua sogra bebericando chá. Sua aparição gerou movimento e Anna se levantou e começou a arrumar e transportar pratos para a cozinha. A saudação, como sempre, foi moderada.

Emma foi salva de ter que conversar pela chegada antecipada do seu primo. Ela apressou Gladys e Irene com os restos da torrada enquanto Hans conversava com Anna.

A jornada até Fort Morgan, através das planícies do Colorado, foi libertadora. Os campos arados, as beterrabas intercaladas com pastagens, tudo parecia bucólico e inofensivo. O mal se escondia em cavernas, pântanos, na lama. Ninguém poderia imaginar que tal escuridão poderia espreitar em espaços abertos e amplos como esses.

O cheiro acolhedor de café coado a recebeu na porta e, para o seu deleite, ela encontrou um segundo café da manhã esperando por elas na mesa da cozinha. Sophia se apressou e deu em Emma um abraço caloroso. Emma ficou satisfeita por encontrá-la de bom humor.

— Sente, sente. Me conte as novidades.

Emma hesitou. Por onde começar? Ela deveria revelar seus problemas domésticos? Parecia haver pouco sentido em reter a verdade.

— Isso é horrível — disse Sophia, colocando açúcar no café. As suas mangas estavam dobradas até os cotovelos. Uma mecha de cabelo tinha se soltado e caía em seu rosto. Ela não se incomodava.

— Você vai embora? — disse Hans, segurando o seu olhar.

Houve um rugido seguido de um grito e ele se levantou para ir cuidar das crianças no outro cômodo.

— Eu quero muito — disse Emma na ausência dele. — E acho que vou — lá estava aquela hesitação em sua mente de novo. Ela a superou e acrescentou: — Eu não posso ficar na pensão por muito mais tempo. Não somos bem-vindas.

— Eu sei. Mas Anna nunca a expulsaria.

— Ela quer. Posso ver nos olhos dela.

— Ela está em uma situação difícil.

Eu também, pensou Emma, mas não disse. Não havia sentido. Ela tinha chegado a um impasse. A vida parecia não oferecer saída.

O resto da manhã foi passada no jardim, ajudando Sophia a se preparar para o plantio da primavera e supervisionando as crianças. Hans apareceu para levar a ela e as garotas de volta para Brush cedo demais.

. . .

Emma observava os pássaros nos galhos das árvores do lado de fora de sua janela, enquanto Irene tirava seu cochilo da tarde e Gladys brincava silenciosamente com os brinquedos na cama. Um esquilo desceu o tronco correndo. Agora era meados de abril, as flores haviam começado a explodir com flores e folhas. Os dias mais quentes trouxeram otimismo à cidade, mas não havia alívio das tensões sociais em Brush. Os alemães eram tão indesejáveis como sempre e o preconceito de baixo nível e os conflitos ocasionais estavam se transformando em ódio e violência evidentes.

Emma se viu passando ainda menos tempo na companhia de Anna. Ela havia se tornado fria, quase hostil na presença dela. Mas Emma via o medo nos seus olhos e se lembrava do que Sophia havia dito e ela sabia que uma pessoa administrando uma pensão não podia ter problemas entre os hóspedes. Era uma pena que era ela, e não o Sr. Vickers ou o Sr. Short, que recebia a atitude indesejável, mas Anna dificilmente confrontaria aqueles homens. Emma sabia que os seus dias na pensão estavam contados e tudo o que ela podia fazer era confiar na natureza bondosa de Anna para não tomar a atitude que passava em sua mente.

O humor na cidade agora era tão antigermânico que Emma raramente saía. Os olhares hostis que tinha recebido dos lojistas e clientes tinham se transformado em carrancas agressivas e provocações, e ela não queria que as garotas ouvissem os xingamentos. Mais pessoas cruzavam as ruas quando passavam por ela. Ela não ia mais à igreja. Ela sentia falta da congregação, mas o pastor estava certo – a caminhada de ida e de volta a colocava em perigo. Sua vida havia encolhido para as quatro paredes do seu quarto, enquanto ali, sob o teto da pensão, uma ameaça ainda maior espreitava ao longo do andar dos quartos do Sr. Vicker e do Sr. Short.

Numa manhã, enquanto estava sentada à mesa do café com

as filhas ao seu lado, o Sr. Short e o Sr. Vickers entraram na sala atipicamente tarde e sentaram-se aos seus lugares de costume, ignorando os olhares surpresos de Ben e Carrie, Anna, que parecia determinada a ignorar a atmosfera tensa, entregou a Emma duas cartas que tinham acabado de chegar. Ela pegou as cartas da mão de Anna com um sorriso fraco, não desejando o escrutínio daqueles homens vis, especialmente quando ela viu que a primeira carta tinha um selo da Alemanha. Era de sua irmã. Então, em um ato singular de desafio e sem erguer o olhar, ela calmamente abriu o envelope, desdobrou as páginas finas e começou a ler, em alemão, o que Karin tinha a dizer. Ela decidiu que aqueles homens precisariam ter uma visão excepcional para saber em que língua a carta foi escrita e eles podiam assumir o que quisessem. Pela primeira vez, ela não seria covarde.

Karin pedia desculpas pela resposta tardia. Ela dizia que teve que esperar alguém traduzir o que Emma tinha escrito. E ela nunca tinha sido uma grande escritora de cartas. Emma conseguia ler alemão? Ela esperava que esse fosse o caso. Ela dizia que estava bem e que a família inteira havia sobrevivido à gripe. O filho dela, Gunter, um opositor consciente que escolheu a prisão à guerra, tinha recuperado a saúde e agora trabalhava no negócio da família. Ele tinha vinte e dois anos. Karin convidava Emma e as garotas para visitá-la quando quisessem. Ela continuou descrevendo a tristeza que pairava sobre a cidade – ela morava perto de Hamburgo – depois de tantos jovens soldados terem perdido a vida. E pelo quê? Ela descrevia a pobreza, as dificuldades depois do tratado e questionava o que toda aquela luta realmente tinha alcançado. *Por favor, venha* ela dizia ao fim da carta e Emma sabia que iria. Em sua mente, ela já estava fazendo as malas.

Sentada à mesa da hostilidade e do medo, sua mente se encheu de memórias dos seus pais e seus irmãos. Ela as afastou.

Ela mal conseguia se lembrar da Alemanha. Tudo o que sabia era que sua família de origem vinha de Aurich, uma cidade a oeste de Hamburgo, mas que os pais de sua mãe eram noruegueses e os de seu pai, alemães e holandeses. Alguns poderiam dizer que eles mal eram alemães e certamente não por descendência. Não que algo daquilo importaria para o Sr. Short. Ela se imaginou, com emoção, desembarcando em Hamburgo e ficando cara a cara com sua irmã, uma irmã que ela nem mesmo reconheceria.

Emma dobrou a carta e a colocou de volta no envelope. Ela olhou para os outros com confiança renovada, desfrutando de uma nova resiliência surgindo de laços familiares estreitos que a ligavam ao seu país de origem. Aqui, na América, especialmente em Brush, ela via pouco além de desprezo pelo povo alemão e desejava com todo o seu ser estar tão longe desse lugar quanto estava de Kobe.

A outra carta, de Ernest, ela guardou. Não queria ler as novidades dele na frente dos outros. Ela não queria ler as novidades dele de jeito nenhum.

Para a sua surpresa, o Sr. Short não fez nenhum comentário sobre sua correspondência. Ele não parecia estar com humor para provocá-la. Na verdade, ele parecia preocupado. Mesmo assim, na presença daqueles homens, comer se tornou intolerável e no momento em que julgou que as filhas haviam terminado, ela se retirou sem dizer nada, levando-as com ela para o quarto.

Ela esperava ter uma oportunidade de organizar seus pensamentos para decidir sobre deixar Brush naquele momento, atravessando a América para ir a Nova York e comprar uma passagem para a Alemanha, mas precisava pensar muito bem e decidir se conseguiria custear tudo. Ela não se sentia pronta para desembarcar em tal aventura quando não havia futuro nela. O que ela e as garotas fariam depois que tivessem ultrapassado o tempo de estadia na casa de Karin? E se descobrisse que nem havia um quarto para ela lá? Um convite para visitar era uma coisa. As acomodações eram outra.

Seus pensamentos foram interrompidos por um gemido e um choro e ela viu que não podia ter um tempo para si com Irene de mau humor e Gladys decidindo antagonizar sua irmã tomando seus brinquedos. Depois de lidar com suas brigas por uma hora ou mais, Emma pensou que uma caminhada faria bem a todas elas, apesar da atmosfera horrível nas ruas. Ela pesou os prós e contras. Quando pensou que não poderia mantê-las presas como galinhas por nem mais um minuto, começou a chover. Parecia que nem mesmo os elementos estavam do seu lado.

Sem nenhum sinal de que as filhas a deixariam em paz, a manhã parecia decidida a se arrastar. Ela não tinha escolha a não ser ignorar a carta em seu bolso, algo que ela achou fácil de fazer. O que quer que Ernest tinha a dizer poderia esperar. Ela afastou todos os pensamentos de uma fuga súbita e leu uma história para as garotas, depois outra. Então encontrou papel e giz e as encorajou a desenhar uma casa e as observou, ajudando Irene, elogiando Gladys. Quando elas se cansaram da atividade, ela falou com elas em sua língua e ensinou mais algumas palavras em alemão para elas, para que impressionassem a titia Karin.

Os minutos se tornaram horas e logo era hora do almoço. Ela escutou o pio familiar do trem do meio-dia à distância e se acalmou enquanto descia as escadas com as garotas, esperando que o Sr. Vickers e o Sr. Short estivessem almoçando em algum outro lugar, como era do feitio deles.

Para o seu alívio ela estava certa e os Jensens e os Taylors sentaram-se à mesa em uma atmosfera razoavelmente relaxada. Carrie perguntou a Emma se ela estava gostando do calor da primavera e das flores e Ben queria saber se Gladys tinha visto um esquilo na árvore. Eles estavam sentados diante de um prato de batatas e queijo que parecia delicioso. Anna, que parecia carregar o fardo da presença de Emma, permaneceu em silêncio enquanto colocava porções nos pratos e os distribuía.

O silêncio tinha caído sobre todos quando o último prato foi servido. Aquela afabilidade cordial dos dias antes do Sr. Short havia desaparecido para sempre, não importa o que fizessem para diminuir a tensão. Emma se perguntou mais uma vez por quanto mais tempo ela aguentaria a situação. Ela desejava desesperadamente quebrar o silêncio, mas não havia nada a dizer que pudesse restaurar o bom humor além do anúncio de que ela estava indo embora. Resignada à atmosfera, ela terminou sua porção do assado de queijo e ajudou Gladys e Irene com o delas. Ela estava prestes a dar um tapinha na mão de Irene por derrubar comida do prato na mesa quando ouviu uma batida urgente na porta da frente.

Carrie ficou rígida. Ben colocou a mão no braço dela para tranquilizá-la. Houve uma breve pausa, que deixou Emma se perguntando quem atenderia a porta. Anna franziu o cenho, se levantou e deixou a sala.

Ela retornou à sala de jantar e olhou para Emma de forma estranha.

— Tem alguém aqui para ver você.

Confusa, Emma se levantou e se preparou para ir ao corredor. Quem a visitaria aqui, na pensão? O pastor? Ele era o único amigo verdadeiro que ela tinha em Brush, mas não o via há meses. Talvez ele estivesse fazendo uma visita de cortesia. Ou o visitante poderia ser alguma autoridade, despejando ela e as crianças de uma Brush perigosa antes que o perigo real começasse?

Ela se preparou enquanto ia para o corredor. Lá, ficou cara a cara com o seu marido.

Ela rapidamente fechou a porta da sala de jantar atrás de si e ficou na frente dela como um guarda.

— Olá, Emma — ele se aproximou dela, mas ela deu um pequeno passo para trás.

— Ernest — sibilou ela. — O que está acontecendo?

Ele parecia confuso.

— Você não recebeu minha carta?

Ela tocou o bolso do cardigã.

— Não, quer dizer, sim, mas só chegou esta manhã e eu não tive a chance de abri-la.

— Ah.

Ele ficou diante dela, um pouco desgrenhado, seu chapéu torto, a pança esticando os botões do terno feito sob medida. Ele tinha ganhado peso no último ano e, pensou ela, talvez algumas rugas no rosto. Ele definitivamente estava aflito, ela decidiu; mais aflito do que poderia ser explicado por uma longa viagem de trem, especialmente porque ele, sem dúvida, tinha viajado na primeira classe.

— É melhor você se explicar.

— Parado aqui no corredor?

— Não consigo pensar em um lugar melhor.

Uma expressão vazia apareceu em seu rosto.

— Muito bem. Eu tive que deixar Kobe. A economia do Japão colapsou. O mercado de ações despencou e agora há uma corrida aos bancos.

Emma absorveu a informação.

— Por que você não enviou um telegrama?

— Eu pensei que minha carta chegaria antes de mim.

Para um gerente de exportações, ele parecia incapaz de fazer um cálculo muito básico. Mesmo ela sabia quando uma carta provavelmente chegaria, já que os correios não podem viajar mais rápido do que uma pessoa.

— Onde estão as crianças? — disse ele, passando por ela e entrando na sala de jantar.

— Espere. Você não pode simplesmente voltar para as nossas vidas assim depois de um ano de separação. É muito desconcertante.

— Eu não tenho nenhum outro lugar para onde ir.

Ele tinha. Diferente dela, ele tinha, sim.

— Você tem sua irmã em Nova Jersey. Hannah ficaria feliz em vê-lo, tenho certeza.

— Gladys e Irene são minhas filhas. Certamente você pode entender que eu espere ficar com elas.

— Duas cartas em um ano inteiro?

— E um presente de Natal.

— Pelo amor de Deus!

— Você sabe que eu não sou bom em escrever cartas.

— Nem mesmo para a sua esposa?

— Você me deixou, lembra?

— Por um bom motivo.

Ele deu a Emma um olhar suplicante.

— Venha comigo, Emma, por favor. Venha para a Inglaterra. Eu sou um homem mudado, eu prometo. Meu tempo com a Guthries acabou. Me ofereceram um novo emprego. Podemos viver em Londres. Você ama Londres. Você pode trabalhar como enfermeira. Você gostaria disso, não gostaria? Seremos felizes de novo. Podemos fazer as coisas funcionarem.

Antes que tivesse a chance de responder, Emma escutou o som de passos na entrada. Houve um murmúrio de vozes masculinas. A maçaneta virou e ela observou por sobre o ombro esquerdo de Ernest o Sr. Short e o Sr. Vickers entrarem no corredor e pararem repentina e ameaçadoramente.

Ernest se virou, deu alguns passos para trás e ficou com as costas para a parede.

O Sr. Short olhou para ele com toda a sua altura formidável.

— E você é?

— Desculpe? — disse Ernest, sua voz cheia de indignação.

Os homens trocaram olhares. O Sr. Vickers deu uma risada desdenhosa.

— Um inglês, ao que parece — disse ele.

— Percebi — o Sr. Short fez uma pausa, seu lábio superior se curvando, seu olhar desviando entre Emma e Ernest, antes de focar em Ernest. Então ele disse em voz baixa, mais como um rosnado: — O que faz casado com uma Kraut?

Imediatamente indignado, Ernest inflou o peito.

— Não é da sua conta.

Emma estendeu a mão.

— Ernest, não...

O Sr. Short deu um passo à frente e apontou os dedos para o peito de Ernest.

— É sim da minha conta.

Ele deu outro passo para a frente e Ernest deu um para trás. Ele teria dado um passo para o lado, mas estava encurralado. O Sr. Short aproveitou a oportunidade e jogou Ernest com força contra a parede.

Ernest emitiu um uivo. O Sr. Short ergueu o pulso, empurrando o cotovelo para trás, pronto para atacar. Então ele riu, abrindo o punho. Vendo a oportunidade, Ernest deu um passo para trás, tentando escapar. Sem perder tempo, o Sr. Short agarrou Ernest pelo colarinho – forçando Ernest a inclinar a cabeça para trás – e sibilou no ouvido dele.

— Agora me escute, seu lixo inútil. Eu não me importo com quem você acha que é. Nenhum homem que cumpre a lei e teme à Deus nesta cidade quer se casar com uma alemã. É melhor você sair dessa pensão respeitável e levar esse verme fedorento com você. Estou sendo claro?

Ele sacudiu Ernest quando o soltou.

— Bem, nunca! — Ernest vociferou, chocado, indignado e assustado ao mesmo tempo.

— É melhor fazer como eu mandei, se souber o que é bom para você — grunhiu o Sr. Vickers.

Emma queria levar Ernest para cima e tirá-lo do perigo. Antes que pudesse agir, houve movimento na sala de jantar. A porta abriu e Anna saiu, seu rosto corado.

Ela examinou os rostos, os peitos arfantes.

— O que está acontecendo?

— Perdoe-me, senhora — disse o Sr. Short, tirando o chapéu. — Este homem diz que é marido dela.

— Emma, é verdade?

— Ernest acabou de chegar do Japão.

— Então eu acho que é hora de você sair da pensão.

— Sim — disse Ernest, encontrando coragem e se virando para os homens. — É hora de sair.

— Não ele — Anna disse, com raiva. — Você. Você deve sair daqui, Sr. Taylor. Você também, Sra. Taylor. Pegue suas filhas, faça as suas malas e saia. Agora. Não há lugar para você aqui em Brush.

Emma ficou aterrada pelo comando repentino. Ela correu até a sala de jantar e pegou as filhas. Lutando contra as lágrimas, ela se apressou pelo corredor e subiu as escadas, mandando Ernest segui-la. Enquanto pensava na ordem de expulsão, ela entendeu que Anna não tinha escolha. Se ela tentasse expulsar o Sr. Short e o Sr. Vicker, haveria motivo para retaliação. Os Jensens não podiam correr o risco de ter a Ku Klux Klan queimando sua casa. Mas aqueles pensamentos não fizeram nada para abrandar a humilhação. Ainda assim, parecia que a vida havia decidido por ela. Ela estava indo embora, nesta tarde. Esse pensamento por si só era libertador.

Dentro de uma hora, eles fizeram as malas.

Emma estava pensando para onde ir quando Ernest disse:

— Tem um telefone na casa?

— Não sei se quero perguntar à Anna se posso usá-lo.

— Você deve. Ligue para o seu primo. Dia a ele que lhe pagarei generosamente se ele vier, nos pegar e nos levar para Denver.

— Denver?

— Pelo menos lá é civilizado.

— Mas é muito longe

— Bobagem!

Ela se aventurou no andar de baixo e encontrou Anna na cozinha, guardando os pratos. Carrie estava sentada à mesa. Uma aliada. Pelo menos, Emma esperava que sim. As duas olharam para ela, as expressões vazias.

— Posso usar o telefone?

Carrie olhou para Anna, depois deixou seu olhar desviar para o chão.

— Vá em frente — disse Anna e se virou para fechar a porta do armário.

Emma voltou para o corredor. O telefone ficava no aparador. Era impossível ter uma conversa particular com as duas mulheres logo ali, no cômodo ao lado. Ela queria fechar a porta, mas não tinha coragem para fazer nada assertivo assim, dadas as circunstâncias.

Ela discou o número e Sophia atendeu. Emma pediu para falar com o primo.

— Ele está ocupado, Emma.

— Mas ele está aí?

— Ele está aqui.

— Então, por favor. Eu preciso falar com ele. É importante.

Houve uma longa pausa. Então ela ouviu vozes. Em uma série de frases apressadas, ela conseguiu explicar a necessidade e a urgência.

— Eu já vou.

— Tem certeza?

Meia hora depois, ela estava sentada no banco de trás do carro do primo, com as filhas ao seu lado. Ela nunca ficou tão aliviada de ver algo pelas costas, embora estivesse partindo com o marido, o que, ela supôs, significava que eles estavam juntos de novo.

Ela disse a si mesma que teria ido embora com Ernest de qualquer forma, pois a Alemanha ficava mais perto da Inglaterra e, depois de tudo pelo que passou, ela sentiu a necessidade urgente de pisar em seu próprio solo e estar perto do seu próprio sangue e, se fosse possível, descobrir o que aconteceu com o seu irmão.

1940

UM DIA EM WIMBLEDON

Mais uma linha de sua agulha passava pela urdidura da tapeçaria e Emma apertou o xale com mais força ao redor dos seus ombros e reajustou o tapete de lã pendurado nos joelhos. Seus dedos estavam frios, assim como a ponta do seu nariz. O frio de inverno não mostrava sinal de diminuir e a velha e grande Cottenham House tinha muitas fendas que permitiam que o ar frio da noite entrasse. O melhor lugar para ficar durante uma noite como essa era a cozinha ou a cama, mas com apenas um pequeno canto verde para completar o jardim da casa, ela perseverou.

Foi quando perfurou a ponta do dedo com a ponta da lançadeira que ela parou para olhar além do tear, seu olhar pousando brevemente em sua obra-prima pendurada na parede oposta, as cores suaves realçadas pela lamparina abaixo dela. Ela permitiu que seu olhar baixasse, para vagar por outros objetos no quarto. Ela tinha o hábito de evitar olhar naquela direção. A tapeçaria ficava pendurada lá e era ignorada, as memórias ainda muito vivas. Quanto tempo demorou para terminá-la? Ela lançou a mente para o passado. O que começou como um passatempo em 1914 ocupou suas horas mais solitárias em Kobe e em Brush. Mas foi em Wimbledon que ela finalmente completou o trabalho, quando suas filhas cresceram, entretinham a si mesmas, começaram a estudar e ela tinha muito tempo livre. As técnicas eram complicadas e ela se lembrou daquele momento em que passou a lançadeira da pequena canoa pela urdidura e jurou nunca mais enfrentar uma tapeçaria de seda de novo. Além disso, lá lã era fácil de adquirir, diferente da seda.

Ela disse a si mesma que deveria apreciar seu trabalho, considerando o quanto ela se esforçou. Certamente agora podia admirar todas aquelas linhas finas de seda sem pensar em Ernest. Ela forçou seu olhar a voltar, avaliou o tronco nodoso da cerejeira, os galhos finos se curvando, sustentando flores rosa claro. Dois pássaros azuis, um sentado em um galho, o outro pairando em voo, olhavam um para o outro, seus bicos abertos em falatório. O fundo rosa pêssego claro realçava o arranjo lindamente. Sugeria primavera, amor e uma nova vida, e ela supôs que foi isso o que ela viveu por meio do nascimento das filhas. Mas, diferente da tapeçaria, sua vida não foi vivida em rosa pêssego.

O trabalho, dessa distância, parecia perfeito. Mesmo de perto, era fino e delicado e não havia erros evidentes. O que havia ao invés disso, em cada fio de seda, ela não se importava em reconhecer, mesmo agora. Tanto descontentamento, tanta angústia, mágoa e confusão, sempre aceitando uma coisa ou outra, uma nova situação, novas pessoas, Ernest. Como as pessoas aceitavam qualquer coisa? Repassando de novo e de novo o mesmo ponto, tecendo pequenos fios de história, agrupando uns sobre os outros, construindo um quadro, atendendo primeiro aqui, depois ali, entrelaçando, encaixando, fazendo tudo se conectar para formar um todo agradável. De todas as tapeçarias que ela criou ao longo dos anos, a única que ela mal conseguia olhar e ignorava incisivamente, a que ela se esforçou para criar, era a que trouxe grande satisfação e orgulho: sua obra-prima.

O trabalho quase finalizado em seu tear era evidência de décadas de prática. Era um trabalho perfeito e lembrava a tapeçaria pendurada na casa de Karin em Aurich. A que estava pendurada sobre a lareira, em uma moldura ornada. A primeira vez que ela visitou, Karin disse que a avó norueguesa a havia criado. Emma se lembrava de desfrutar do calor do fogo na lareira e observar admirada a complexidade da tecelagem. Era a primeira vez que Emma via Karin em mais de trinta anos e ela encontrou com seu sobrinho, Gunter, pela primeira vez. Ele se interessou pelas pequenas Gladys e Irene no momento em que passaram pela porta. Era o verão de 1921 e, em Aurich, os humores estavam otimistas. O alemão de Emma voltou rapidamente enquanto ela conversava com a irmã.

Depois de encerrar o assunto da morte dos pais e do irmão, Hermann, a conversa passou para George. Karin disse que ele desapareceu em ação. Emma recebeu a notícia com o coração pesado. Ela frequentemente o imaginava fazendo e arrumando relógios em Hannover. Depois ela se lembrou da aparição que tinha visto na pensão em Brush. A guerra tinha acabado há muito tempo quando Emma viu aquele fantasma benevolente, mas ela se perguntava se não tinha sido George, deixando-a saber que ele estava cuidando dela.

Enquanto passava a lançadeira pela urdidura uma última vez, Emma confrontou de novo a concepção de que ela era a única parente que restava de sua família, além de Gunther, e suas filhas não tinham contato com nenhuma tia, tio ou primos por parte dos Taylors. E nenhum pai. Não havia ninguém para se alegrar com o nascimento do filho de Irene além dela.

Embora Emma sentisse saudades da irmã, ela estava feliz

por Karin ter morrido antes que essa nova guerra começasse. Seria um fardo tê-la na Alemanha. E, aos quarenta e três anos, Gunther era muito velho para servir e estava salvo das consequências de ser um opositor consciente pela segunda vez. Mesmo assim, ele permanecia do outro lado da guerra, um não-ultrapasse entre eles.

Tinha sido mais fácil não tomar partido na Primeira Guerra Mundial. Dessa vez, Emma não conseguia encontrar nenhuma simpatia em seu coração por Hitler. Ela estava tão distante de seus descendentes alemães que não sentia nenhuma forte lealdade para com o seu povo. Ela orava por paz, orava por um fim rápido, embora se sentisse pesada, como se sob um grande peso e via a escuridão caindo sobre a Europa enquanto os Nazis perseguiam seus objetivos. Além disso, a Srta. Schuster era uma herdeira judia e, por meio dela, Emma aprendeu sobre a perseguição do povo judeu, de todos aqueles que fugiram da Alemanha assim como o seu próprio grupo religioso havia fugido há quase um século. Agora a Grã-Bretanha estava abrigando crianças judias que fugiam dos campos de concentração. Emma desejava que o governo fizesse mais, muito mais por aquelas crianças órfãs.

Um puxão final da linha e sua tapeçaria estava completa. Ela a deixou lá, na moldura, e se preparou para dormir. O dia seguinte era domingo e ela precisava levantar cedo para ir à igreja.

A calçada estava coberta de neve. Esperando na parada de ônibus, ela perdeu a sensibilidade nos dedos dos pés. Ela bateu os pés. Seu olhar estava fixado na esquina da rua enquanto esperava, desejando que o ônibus se apressasse.

Finalmente, escutou o chiado dos freios e cumprimentou o

condutor enquanto subia na plataforma e seguia em frente, passando pelos assentos laterais em favor de um assento vazio na frente. Era o seu ritual de domingo e o condutor tinha um rosto familiar. Ela pagou a passagem e mexeu os dedos dos pés nos sapatos, esperando aquecê-los antes de descer e fazer uma caminhada rápida pela Hartfield Road.

Não era longe e a calçada estava razoavelmente coberta de neve e gelo. Mas ela tomou cuidado mesmo assim, evitando pisar no gelo, pisando em trechos de neve e evitando a lama. Ela ouviu os próprios passos, o único som na rua. À frente, um gato malhado se esquivou. Alguém saia de casa enquanto ela passava e logo escutou o barulho metálico de uma tampa de lata de lixo.

Quando finalmente chegou ao portão baixo e abriu a porta, ela descobriu que o reverendo havia ligado o aquecedor para a congregação. Muitos enfrentaram o frio como ela, mas notou que um ou dois estavam ausentes. Ela tomou seu lugar na primeira fileira, sussurrando olás para as amigas enquanto se sentava. Alguns retardatários entraram, cada um trazendo consigo uma lufada de ar frio.

O reverendo fez uma breve missa, falando levemente dos problemas do mundo e orando por paz. Houve os hinos de costume. Ele também manteve a sessão espírita breve e logo Emma estava saboreando chá e pão-de-ló na sala lateral, onde o reverendo insistia no começo do seu sermão para que todos ficassem, ao menos pela deliciosa geleia de framboesa de sua esposa.

Sempre foi assim na Igreja Espírita de Wimbledon. Uma congregação devotada e unida centrada em torno de um reverendo gentil e generoso e de sua esposa encantadora. Então havia os vários médiuns convidados – eles estavam em um circuito e a igreja sempre estava lotada nessas ocasiões – e a cura pela fé, que ela e outra enfermeira promoviam conforme o necessário em uma pequena sala em horários designados.

Era o tipo de convivência e comunhão que faltava na vida de Emma até aquele dia em 1926, quando a filha de um dos seus pacientes – ela se registrou em uma agência de enfermagem quando Irene começou a estudar – fez amizade com ela e perguntou sobre sua família e, apesar de sua reserva habitual, ela contou sua história de perda.

— Eu só queria poder descobrir o que realmente aconteceu com meu irmão George. Eu sei que é impossível, mas, sem isso, não há um senso de fim, apenas essa dúvida incômoda. Esse "e se?"

A mulher tinha olhado para ela com simpatia.

— E se eu lhe dissesse que há um jeito?

— Como? Quero dizer, ele está desaparecido.

— Você gostaria de ir comigo à igreja um dia e descobrir?

Foi um momento decisivo em sua vida.

Emma se lembrava do dia em que entrou na igreja pela primeira vez, observou os esplêndidos vitrais da janela sobre a mesa do altar, sentou-se entre um pequeno mar de rostos abertos e prestou atenção à missa dada por um reverendo com um ar benevolente que, muito para a sua surpresa naquela primeira ocasião, atuava como médium. Ela imaginou aquele momento quando o reverendo disse que tinha uma mensagem para alguém especial na sala, uma nova participante, e seus olhos se fixaram nos dela. Alguém de quem ela gostava muito, ele disse. Ela congelou em seu lugar. Alguém que a amava muito. Ela não fazia ideia do que iria acontecer. Um relojoeiro, o reverendo disse. E Emma prendeu a respiração. Quando ele disse que George queria que ela soubesse que ele estava feliz e cuidando dela e das garotas, as lágrimas se formaram e ela mal conseguiu se conter. Vendo sua aflição, sua amiga se aproximou, assim como todos ao redor dela.

O consolo que ela sentiu então, ainda sentia agora, a igreja se tornando sua nova família quase da noite para o dia. Ernest estava ausente, como frequentemente estava, em alguma viagem no exterior. Na época, ele estava trabalhando para Corfields, que tinha uma fábrica em Merton que fazia impressão de cores em bandejas de cerveja. África do Sul, Austrália e Nova Zelândia haviam se tornado os destinos de viagem dele e ela nunca era convidada. Além disso, as viagens eram longas, vários meses de uma vez, e teriam atrapalhado os estudos das garotas. Desde que partiram de Brush para Londres, Emma passava longos períodos a cada ano sozinha com as filhas. A congregação acolhedora da Igreja Espírita de Wimbledon substitui tudo o que faltava em sua vida.

Mesmo quando estava em casa, Ernest não ficava muito por perto. Ele nunca gostou da igreja e só ia para a missa ocasional de domingo, algo que fazia a contragosto. A essa altura, Emma já tinha desistido do casamento, exceto no nome. Depois daquele ano de separação em Brush, o relacionamento nunca mais foi o mesmo. A distância física deixou no seu rastro uma distância emocional e Emma nunca poderia confiar em Ernest de novo, mesmo quando achou em seu coração o perdão pela traição dele. É claro, as garotas o adoravam, especialmente Irene, a menina dos seus olhos. E, quando estava em casa, ele as enchia de presentes e passeios, qualquer coisa que elas quisessem. Motivo pelo qual, quando ele deixou Southampton aquele dia, com destino a Austrália, e nunca voltou, Irene ficou tão mal. Ela ficou devastada. Ela chorava. Ela amuava. Ela ficava nervosa com coisas pequenas. Emma nunca se esqueceria disso. Ela era a única encarregada de dar explicações e garantias falsas. Irene, já quase na adolescência, também ressentiu o súbito aperto nas finanças da família. Não havia mais dinheiro para frivolidades, para presentes caros. Enquanto a Grã-

Bretanha mergulhava nos anos da depressão, a casa de Emma sofria com a perda dupla.

Mas o passar do tempo curou e, pelo menos agora, Irene estava casada, aparentemente feliz e prestes a dar à luz. Enquanto Emma bebericava o chá e comia o último pedaço de bolo em seu prato, ela decidiu, tudo fica bem quando termina bem, e assim foi.

O ar do lado de fora da igreja não estava mais quente quando ela saiu. Não haveria degelo naquele dia. Emma voltou apressada para a parada, chegando a tempo de pegar o ônibus de volta a Cottenham House. Ela estava lá em dez minutos. A Srta. Hint deveria tê-la visto pela janela, pois a porta da frente se abriu no momento em que ela pisou na varanda e desfrutou do calor de várias lareiras. A pobre Srta. Hint estava ocupadíssima colocando carvão em tantas grades. A casa também tinha aquecimento central, mas a Srta. Schuster exigia que as lareiras fossem acesas e o Sr. Holt garantia que fossem, apesar do fato de Adela estar acamada e nunca saberia se não estivessem.

À medida que o problema cardíaco de Adela piorava, suas demandas sobre o tempo de Emma aumentavam e ela não conseguia se lembrar da última vez que teve um dia inteiro para si mesma. Domingo não era exceção. No momento em que removeu sua roupa de sair, ela correu escada acima para ficar à cabeceira da cama de Adela, liberando Susan, que gentilmente cobria sua manhã de domingo em troca de um começo mais tardio na sexta-feira, que ela usava para visitar família e amigos. Quando Emma abriu a porta, foi atingida por uma lufada repentina de ar quente e sentiu seu calor corporal aumentar em resposta.

Várias toras ardiam na lareira. O Sr. Weaver as tinha coletado especialmente para Adela. Emma desabotoou seu cardigã enquanto sentava na cadeira da cabeceira.

— Aí está você. Onde esteve? — disse Adela, sorrindo de forma reprovadora.

— Igreja, Adela.

— Foi bom?

— A esposa do reverendo fez um pão-de-ló com geleia de framboesa delicioso.

— Parece bom. Não temos mais geleia de framboesa?

— A Sra. Stoker não disse.

— Esqueça. Não é importante. E, querida Emma — disse ela, dando um sorriso atrevido — Eu estava desejando algo importante.

Emma riu enquanto pegava o livro, sua alegria se transformando em apreensão. Ela desejava que Adela continuasse com *Dorian Gray* e não a forçasse a ler as peças.

— Antes de começar, me lembre de onde paramos.

— Lady Bracknell está interrogando a Srta. Prism sobre a confusão com o manuscrito e a bolsa.

— Ah, sim, minha parte favorita. Continue então.

Emma mal tinha lido duas frases quando Adela interrompeu com:

— Pare, pare! Você precisa de mais entoação, querida. "Uma bolsa". Você diz isso suavemente, se não se importa que eu diga. Você precisa dizer isso com gravidade. Lady Bracknell é uma mulher formidável, chocada e indignada com a ideia de um bebê em uma bolsa. Uma *bolsa*? Percebe a diferença? Tente de novo.

— Uma *bolsa*?

— Melhor, melhor. De novo.

Emma estava prestes a dizer a frase de novo quando Adela disse:

— Ele me deu essa cópia de presente, sabe, o querido Oscar, depois que saiu da prisão.

Emma sabia que era melhor não dizer "você já me contou".

Umas cem vezes, sem dúvidas. Em vez disso, ela disse: — Ele deu? Que generoso da sua parte.

— Ele estava em um estado terrível. Depois da soltura, quero dizer. Você sabe que ele trabalhou duro para reformar as prisões e para a anulação do ato que tornava a homossexualidade um crime. Esperando ajudar outras pessoas. Todos aqueles prisioneiros. Muito bom da parte dele. Altruísta. Piedoso, quase, não acha?

Adela examinou o rosto de Emma.

— Caridoso, sim.

Satisfeita com a resposta, Adela disse: — Mas então ele partiu, sabe, depois de sua soltura, com o jovem Bosie — ela balançou a cabeça. — Eles foram para Nápoles, de todos os lugares.

— Nápoles.

— É muito bom lá. Já foi?

— Nunca tive o prazer.

— A questão é, a esposa dele, Constance... — ela fez uma pausa, como se para recuperar o fôlego, mas foi mais com um suspiro que ela proferiu: — Constance negou a Oscar se aproximar dos filhos dele. Ah, como isso deve tê-lo machucado. Como uma mãe pode fazer uma coisa dessas? É realmente difícil de acreditar.

A mente de Emma se voltou para aquele ano em Brush. Para aquele momento em que ela poderia ter fugido se Ernest não tivesse aparecido e como ela voltou com ele, o suportou e, acima de tudo, suportou sua ausência e depois seu súbito desaparecimento das vidas delas. Ela se perguntou se ele realmente se importava com as filhas, apesar de toda a bajulação e alegria na companhia delas, e a indulgência que ele atribuía a elas.

Ela forçou sua mente a voltar para o assunto em questão e disse: — Constance deve ter tido um bom motivo, certamente.

— Ela sofria de mente fechada, Emma. Sim, Oscar e Bosie eram bastante desavergonhados em suas excentricidades em Nápoles, mas isso não influenciava a capacidade dele de ser um pai para os filhos. Oscar morreu não muito depois, sem nunca ter visto os filhos de novo. O que diabos Constance estava pensando?

Emma não conseguia pensar em nada para dizer em resposta. Esse Oscar cheio de virtudes que vivia na mente de Aleda havia rejeitado Constance em favor dos homens. Ele quebrou seus votos de casamento, cometeu adultério e depois tentou explicar tudo isso fazendo referência à condição da barriga pós-parto da esposa. Emma estava ciente de que havia muito mais na história, mas essa era a versão que ficou gravada em sua mente e, no lugar de Constance, ela sem dúvidas teria reagido da mesma forma. Talvez Constance tivesse amolecido se Oscar tivesse vivido o suficiente para ver os filhos envelhecerem.

Adela estava em sua própria linha de pensamentos.

— Ela enviava fotografias para ele, aparentemente. Fotografias! — zombou ela. — Dificilmente substituiria a coisa verdadeira.

Emma tinha que concordar.

— Ele aceitou mal, mas parecia tê-la perdoado. Eu admito que lidei mal com isso. Crianças precisam de um pai, não concorda, Emma? É claro que concorda. Aqui está você, sem um marido para suas meninas, e eu tagarelando sobre Oscar. É descuido da minha parte.

Houve uma longa pausa. Emma esperava que Adela tivesse terminado, mas não tinha, nem de longe.

— Ele morreu, sabe, de alguma inflamação horrível no cérebro.

—Encefalite.

— É isso. Parece terrível. Foi no dia anterior à véspera de

Natal e a notícia tornou o Natal péssimo, se quer saber. Eu enviei uma guirlanda, naturalmente. E depois aquele gentil cavalheiro, Robbie Ross, me enviou um relato sobre os meses finais da vida de Oscar. Foi um grande conforto para mim. Ser considerada por Oscar uma de suas amigas especiais também. Você tem alguém especial, Emma? Alguém de quem você se sente mais próxima do que dos outros?

— São minhas filhas quem eu mais prezo, Adela.

— É claro que sim. E porque não prezaria. É assim que deveria ser. Bem, eu suponho que, de certa forma, Oscar substitui as crianças na minha vida. Uma mulher deve ter algum tipo de interesse, não deve? Mesmo na minha idade.

O comentário penetrou na mente de Emma enquanto ela voltava a ler e Adela afundava nos travesseiros, contente.

Na manhã seguinte, enquanto Emma terminava sua tigela de mingau e a Sra. Stoker estava ocupada fritando ovos para todos, o telefone tocou no corredor. A Sra. Davies se levantou para atender. Ela voltou momentos depois, seu rosto com uma expressão inquisitiva.

— Sra. Taylor, é para você.

Emma saiu da sala e pegou o fone. Era seu genro, George.

— Você tem uma neta — disse ele sem preâmbulos, um pouco sem fôlego. — Vamos chamá-la de Margaret.

— Irene está bem?

— Mãe e bebê estão bem.

— Vou aí assim que puder.

George desligou. Ela podia dizer que ele estava feliz, embora talvez não tão feliz quanto deveria estar. A guerra estava acenando e ele logo seria chamado para servir.

Emma correu escada acima para pegar seu casaco, chapéu e cachecol. Ela ainda estava calçando as luvas enquanto saía. Ela conseguia ver o topo de um ônibus de dois andares entrando na rua e se apressou para pegá-lo. Uma caminhada rápida pela

Kingston Road e ela estava na casa de Irene e George em um instante.

George a conduziu para dentro e pelas escadas, até o quarto deles. Irene estava sentada na cama. A parteira ainda estava lá e Emma trocou algumas palavras sussurradas. Irene estava com a aparência de toda mulher depois de dar à luz, cansada e corada. O olhar de Emma se desviou para a bebê, toda embrulhada em um berço ao lado da cama.

— Posso?

Ela não esperou por uma resposta. Ela se aproximou e pegou o pequeno embrulho de pano. Embalando a pequena recém-nascida nos braços, Emma sucumbiu a uma onda de sentimentos, todo o seu ser sendo consumido por um amor envolvente. Era semelhante a uma experiência religiosa e tão inesperado que a deixou sem fôlego. As lágrimas transbordaram e seu coração parecia que ia explodir dentro dela.

— Pequena Margaret — sussurrou ela, colocando-a nos braços estendidos de Irene. Muito bem — ela acariciou o cabelo cacheado da filha.

Ela sentou um pouco, perguntando sobre o nascimento e conversando amenidades, até que os pensamentos sobre sua paciente em Cottenham House surgiram e ela disse que ela melhor voltar e liberar Susan.

— Eu venho visitar de novo amanhã — disse ela, esperando ter mais uma folga. — Há algo de que precisam?

— Estou bem, mãe.

— Descanse.

Quando voltou à casa, o Sr. Holt a informou de que ela tinha o dia de folga.

— Isso é inesperado — disse Emma, indo para a cozinha, sem saber o que fazer com o seu tempo livre.

— Você tem adiado comprar um presente para a recém-nascida — disse a Sra. Stoker. — Por que não pega o ônibus até Wimbledon e vê o que consegue encontrar?

— É uma ótima ideia — disse Emma, se perguntando por que não tinha pensado naquilo antes.

Algo rosa, talvez, ou amarelo. Um chocalho? Não, não, muito jovem. Devo ser prática? Mas Irene parecia ter tudo o que precisava. Sapatinhos, luvas e babadores. Ela tinha tudo isso. Um ursinho de pelúcia? O que teria em Woolworths?

Ela não esperou muito para descobrir. Pegou o próximo ônibus para Wimbledon.

Depois de um longo tempo vasculhando as prateleiras de Woolworths e não encontrando nada satisfatório, ela subiu a rua e parou diante da vitrine de uma loja de brinquedos, admirando o que estava à mostra. Ela entrou, procurou e comprou um pequeno urso de pelúcia com um laço rosa amarrado em volta do pescoço. Achando o presente muito pequeno, ela também foi até a Marks & Spencer e comprou um casaquinho rosa para o dia. Rosa! Uma neta! Seu coração se encheu de alegria.

De volta à rua, viu seu ônibus deixar a parada. Ela tinha quinze minutos antes do outro aparecer. Ela passou o tempo observando as vitrines das lojas. Uma estava cheia de bugigangas, curiosidades e colecionáveis. Em um ponto, entre as exibições de mercadorias em estantes de metal, ela conseguiu ver dentro da loja, o balcão e a caixa registradora.

Um casal entrou na loja e Emma observou enquanto eles caminhavam para os fundos e desapareciam. Ela olhou a rua e checou o tempo. Outros se reuniam na parada de ônibus. Confiante de que não perderia o próximo ônibus, voltou o olhar para a vitrine da loja. O casal, que estava parcialmente visível a ela, a parte superior dos seus corpos e cabeças escondidas por uma grande prateleira de metal, aproximaram-se do balcão. À medida que se aproximavam, ficavam mais visíveis. A mulher tirou as luvas. Emma notou a aliança no dedo dela. Ela tocou a sua própria. Apenas então, enquanto a mulher, pequena, loira, com seus trinta e poucos anos, se inclinou e curvou um pouca a cabeça, Emma conseguiu ver o homem ao lado dela, o homem cujos braços estavam entrelaçados com os dela, um homem careca com óculos redondos e um rosto alegre e papado. Era Ernest.

Ela se virou e foi para a parada de ônibus, esperando que eles ficassem na loja por mais tempo. Não ficaram. De esguelha, ela viu a porta da loja abrir. Ela olhou para a rua, sua mente num turbilhão, suas costas enrijecendo. Em seu casaco, chapéu e cachecol ela se parecia com qualquer outra mulher de meia idade. Ele não a reconheceria.

Ela esperou, dando a eles tempo o suficiente para irem embora antes dela se arriscar a olhar de novo para a loja. Ela o viu subindo a rua com a bela e jovem esposa nos braços enquanto o seu ônibus se aproximava. Quando ele parou, ela foi para a frente da fila em meio a arquejos de desaprovação, subiu na plataforma e seguiu pelo corredor do andar inferior. Todos os assentos que davam para a rua estavam ocupados. Ela se forçou a sentar em um que dava para a calçada, forçada a se sentar à janela pelo passageiro atrás dela.

O condutor do ônibus puxou o cabo. Os dois toques rápidos do sino soaram alto na cabeça de Emma. Não demorou para que o ônibus passasse por Ernest. Ela não conseguiu olhar para ele. Ernest, não na Austrália, não morto, mas muito vivo em Wimbledon. Casado de novo, ainda mais. Ilegalmente. E com uma mulher que tinha metade da idade dele.

Ela estava mais mortificada do que magoada. Ela, que não era mais uma viúva. E nem mesmo divorciada, por mais abominável que teria sido, mas oprimida por uma verdade inescrupulosa.

Ela queria apagar a memória de tê-lo visto. Ela ponderou se ele vivia ali perto ou só estava de passagem. Enquanto o ônibus avançava em direção a Cottenham House, havia apenas uma coisa da qual Emma tinha certeza. Ninguém poderia saber disso, nem mesmo, não, especialmente não suas filhas.

Fim

EPÍLOGO

A Tapeçaria de Emma é um reconto imaginativo de um período das vidas dos meus bisavós maternos.

Durante toda a minha vida, eu soube que tinha um parente desaparecido. Que meu bisavô Ernest havia desaparecido da vida da minha bisavó um dia e ninguém sabia o que tinha acontecido com ele. Tudo o que sabíamos, ou achávamos que sabíamos, era que ele tinha sido um comerciante com interesse em têxteis e um dia viajou para a Austrália e nunca voltou. Um dia, em 2018, eu estava na sala de estar com minha mãe, que estava me visitando. Eu morava na casa de um ex-trabalhador têxtil na época. Ela estava sentada abaixo da tapeçaria da minha bisavó, Emma, que a tinha emoldurado e me dado alguns anos antes, e estávamos falando sobre migração. Eu olhei para a tapeçaria e disse para a minha mãe:

— Não seria engraçado se o Ernest tivesse migrado para cá e vivido nesta casa? — O comentário precipitou uma busca pela verdade sobre o que tinha acontecido ao meu bisavô.

Nós descobrimos que Ernest Taylor se casou com Lucia Lackmann em 1922 em um cartório de Stratford, Westham,

"

Londres, onde minha mãe, em completa ignorância desse fato, se casou com o meu pai décadas depois. Depois do casamento, Ernest viveu como bígamo por cerca de seis anos antes de fazer sua escolha. Em 1928, no ano em que Ernest abandonou minha bisavó e as filhas, Ernest e Lucia partiram para a Austrália. O mito na família era de que Ernest nunca voltou.

Sem o conhecimento de Emma e das garotas, Ernest estava vivendo bem debaixo dos narizes delas. No fim da década de 1920, o casal morou em uma casa geminada em uma rua arborizada em St. Margaret's, Twickenham. Antes de irem embora e quando voltaram da Austrália, o trajeto de Ernest passava pelo subúrbio onde Emma e as garotas viviam.

Na década de 1930, Ernest se tornou um podólogo. Suponho que a Grande Depressão precipitou a mudança de carreira. Em 1939, Ernest e Lucia viviam em um apartamento modesto em Stockwell, perto de Brixton, um apartamento por onde eu costumava passar frequentemente durante um ano da década de 1980, a caminha da estação de metrô. Os Taylors se mudaram de novo e na década de 1950, antes da sua morte em 1955, Ernest e Lucia moraram em uma casa em Surbiton, há apenas alguns quilômetros de onde minha bisavó, minha avó, minha mãe e tia viviam.

Lucia e Ernest não tiveram filhos. Lucia morreu em 1956.

Depois que Adela Schuster faleceu, em 1940, Emma continuou a trabalhar como enfermeira particular até se aposentar. Em algum momento da década de 1950 ela alugou um apartamento acima de um açougue em Carshalton, Surrey, de onde viajava de ônibus até a igreja espírita de Wimbledon. Ela também cultivou os próprios vegetais em um lote próximo e minha mãe se lembra dela como muito gentil, amável e frugal. Eu visitei o apartamento quando criança e tenho a memória vívida de subir os degraus de metal atrás do açougue e temer cair por entre o piso.

Minha tia Gladys se casou com Tom, que é mencionado na história, e eles tiveram uma filha, Francis, que se casou e teve um filho. Todos se estabeleceram em Surrey.

Irene se separou de seu primeiro marido, George, em 1946, quando a minha mãe tinha seis anos. Irene então começou a trabalhar como governanta na Escócia antes de voltar para Londres e se tornar condutora de ônibus. Ela planejava migrar para a Austrália na década de 1950, mas seu segundo marido falhou no exame médico, pois tinha tuberculose. Eles finalmente migraram para a Austrália em 1969 com o filho, Steven.

Na época, minha família – meus pais, minha irmã Michele e eu – já tinha migrado para Adelaide. Chegamos na Austrália em 1968, deixando para trás a irmã da minha mãe, Sandra, e sua então jovem família. Eu nunca mais vi minha bisavó. Ela faleceu na noite de 20 de janeiro, em 1973, apenas dez dias depois do meu aniversário de dez anos e do aniversário dela de oitenta e oito anos.

Minha avó Irene nunca superou a perda do pai. Quanto tinha seus setenta e poucos anos, ela me contou como sua família passou da riqueza para a pobreza quando ele desapareceu. E sua busca pelo pai nunca terminou. Para onde quer que fosse, ela visitava cemitérios, examinando as lápides. Ela nunca soube que, desde o momento em que ele abandonou a família até o dia em que morreu, ele estava, na maior parte do tempo, vivendo em um subúrbio de Londres.

A tapeçaria de seda que Emma fez e é mencionada nesse livro foi destruída por Irene depois que sua tentativa de emoldurá-la se provou desastrosa. A tapeçaria de lã da casa de campo de Emma está pendurada no meu escritório em uma elegante moldura dourada.

Caro leitor,

Esperamos que você tenha gostado de ler *A Tapeçaria de Emma*. Reserve um momento para deixar uma crítica, mesmo que curta. A sua opinião é importante para nós.

Atenciosamente,

Isobel Blackthorn e Next Chapter Team

SOBRE A AUTORA

Isobel Blackthorn nasceu em Farnborough, Kent, Inglaterra, e passou muito tempo de sua vida na Austrália. Isobel é PhD em Ecologia Social pela Universidade de Western Sydney por seu inovador estudo dos textos da teosofista Alice A. Bailey. Ela é a autora de *The Unlikely Occultist: A biographical novel of Alice A. Bailey* e de diversas obras de ficção, incluindo a popular série *Canary Islands Mysteries*. Uma romancista prolífica e premiada, ela atualmente está trabalhando em uma trilogia de thrillers esotéricos.

A Tapeçaria de Emma
ISBN: 978-4-82412-336-7

Publicado por
Next Chapter
1-60-20 Minami-Otsuka
170-0005 Toshima-Ku, Tokyo
+818035793528

17 janeiro 2022

www.ingramcontent.com/pod-product-compliance
Lightning Source LLC
LaVergne TN
LVHW041451170726
843492LV00005B/1189